KB264578

반역의 벽

최신 과학기술 下 정보 X란 무엇일까?
X를 빼내려는 산업스파이의 음모와 반역.
그것을 저지하려는 수사기관의 활약이 숨가쁘게 전개되고
탐욕으로 얼룩진 반역의 검은 그림자의 말로는 어떻게 될 것인지…
국내 최초의 산업 스파이 소설!

도서
출판 남도

차　례
반역의 벽 (하)

그 림 자

　먼저 정복 경찰관이 들어섰고 그 뒤를 따라 사복 차림의 사나이 두 명이 조용히 들어왔다. 한 사람은 뚱보였으며 다른 한 사람은 비쩍 마른 모습이었다. 그들은 외견상 아주 대조적으로 보였지만 묘하게도 어울리는 한 쌍으로 보여졌고 그들은 거실의 소파로 안내되었다. 정복 경찰관이 먼저 질문을 던지자 권근수는 아내를 돌아다보았다. 손미화는 아기를 유괴당하게 된 경위를 울먹이는 목소리로 말해 주었다. 그녀가 이야기하고 있는 동안 사복 차림의 두 남자는 그녀의 말을 듣는 둥 마는 둥 연방 이곳 저곳을 둘러보고 있었다.

　이윽고 그녀의 말이 끝났을 때 정복 경찰관은 밖으로 나가고 사복 형사 두 명만 남아 있었다.

　박 명이 처음으로 말문을 열었다.

　「따님한테 직접 이야기를 들어보는 게 좋겠습니다.」

　잠시 후 자다 깬 소녀가 울면서 거실로 나왔다. 잠옷 바람의 소녀는 엄마의 품에 안겨 띄엄띄엄 남동생이 유괴된 경위를 이야기했다. 이야기를 끝내고 나서 소녀는 다시 훌쩍거리며 울었다.

　「그 여자, 아는 여자였니?」

문대가 질문을 던졌다. 소녀는 머리를 흔들었다.
「한 번도 본 적이 없는 사람이었니?」
소녀는 고개를 끄덕였다.
「혹시 자동차 번호를 기억해 두지 않았니?」
소녀는 머리를 흔들었다. 소녀는 머리를 양쪽으로 예쁘게 묶고 있었는데, 귀염성이 있는 반면 너무 살이 쪄 있었다.
몇 가지 질문을 추가로 더 물어본 뒤 형사들은 소녀를 잠자리로 돌려 보냈다.
그들의 시선이 약속이나 한 듯 권근수에게 집중되었다.
「마음이 아프시겠군요. 뭐라고 위로의 말씀을 드려야 할지 모르겠습니다만…… 우리가 경험한 바에 의하면 이럴수록 냉정을 유지해야 한다고 말씀드리고 싶습니다. 우리는 유괴를 전담하고 있습니다.」
박 명이 작은 눈으로 상대방을 살피듯이 하면서 말했다.
「수고가 많으십니다. 잘 부탁드리겠습니다.」
권은 정중히 머리를 숙여 예의를 표했다. 그때 부인이 끼어들었다.
「선생님, 우리 아이는 정말 유괴된 걸까요?」
「그렇게 보는 것이 옳을 것 같습니다. 아직 단언할 수는 없지만 따님의 목격도 있고…… 그 밖의 여러 가지 정황으로 미루어 보아 유괴가 거의 확실한 것 같습니다.」
「그런데 왜 범인한테 연락이 없을까요?」
「글쎄…… 그 점이 궁금합니다만 그렇다고 해서 유괴가 아니라고는 볼 수 없겠지요. 왜 유괴를 했는지 그 점이 아직 밝혀지지 않았군요.」
부인은 아이가 감기 기운이 있어서 걱정이라고 했다.
「몸도 약한데다 겁이 많은 아이예요. 제발 빨리 좀 찾아 주세요.」

그녀가 발작이라도 일으킬 것처럼 보이자 권근수가 그녀를 제지했다.

「그러지 말고 이분한테 마실 것이라도 좀 갖다 드려.」

손미화가 부엌 쪽으로 사라지자 권근수는 괴롭다는 듯 두 손으로 얼굴을 감싸쥐었다.

「짐작 가는 일이라도 없습니까?」

문대가 차갑게 그를 응시하며 물었다.

권근수는 얼굴에서 두 손을 떼고 형사를 물끄러미 바라보았다. 복잡미묘한 표정이 얼굴에 순간적으로 나타났다가 사라지는 것을 그는 놓치지 않고 보았다. 권근수는 형사의 시선을 피하면서 두 손을 흔들었다.

「짐작 가는 일이 있으면 왜 말씀 안 드리겠습니까.」

「누구한테 원한을 산 일 같은 것은 없습니까?」

「없습니다. 도대체 왜 우리 아이를 유괴해 갔는지 모르겠습니다.」

파리해진 얼굴에 경련이 일고 있었다. 그는 쉬지 않고 움직이고 있었다. 두 손을 마주 잡고 손가락을 뒤틀기고 하고, 그것을 다시 풀기도 하고, 상체를 뒤로 젖혔다가 갑자기 앞으로 기울이기도 했다. 두 눈은 허공을 더듬다가 갑자기 형사들의 눈치를 살피는 것이었고, 그러다가 시선이 마주치기라도 하면 재빨리 시선을 거두는 것이었다. 한마디로 불안하고 초조한 기색이었는데 그것을 내색하지 않으려고 무진 애를 쓰고 있었다.

부인이 주스를 날라왔다. 그러나 아무도 거기에 손을 대려고 하지 않았다.

형사들은 내심 당황하고 있었다. 그들은 이 갑작스런 사태를 어떻게 받아들여야 할지 모르고 있었다. 그것은 정말 갑작스런 사태였다. 그들이 그 언덕 위의 집 부근에서 잠복을 끝내고 막 돌아섰을 때 본부로부터 무전 호출 신호가 왔다. 그래서 본부로 급히 전화를 걸어 보니 유괴사건 신고가 접수되었는데 피해자가 다름아닌 권근수의 집이라는 것이었다.

권근수는 이미 감시 인물로 본부 리스트에 올라 있었다. 그리고 그에 관한 것이면 무조건 즉시 담당 수사요원에게 보고해 주도록 되어 있었다.

그들이 이렇게 빨리 권근수의 집에 나타날 수 있게 된 연유는 그러했다. 그리고 그 일로 해서 그들은 유괴 전담형사로 위장해서 자연스럽게 권근수에게 접근할 수 있게 된 것이다.

그런데 그것은 그렇다치고 왜 하필 이럴 때 권의 아들이 유괴되었단 말인가? 그것은 그들이 수사하고 있는 사건과 어떤 관련이 있는가? 관련이 없는가? 그들은 그 어느 쪽에 대해서도 명쾌한 답변을 할 수가 없었다.

문대는 유리잔을 들어 주스를 한 모금 마셨다. 벽 시계가 6시를 가리키고 있었다.

「이상하군요. 범인이 어떤 요구도 해오지 않는다는 건 이상하지 않습니까?」

권근수는 괴롭다는 듯 손으로 이마를 짚었다. 잠시 후 손을 떼고 그는 조심스럽게 말했다.

「아이가 없는 여자가 우리 아이를 데려다 기르려고 그런 게 아닐까요?」

그의 말이 떨어지기가 무섭게 박 명이 손을 흔들었다.

「그렇지는 않을 겁니다. 갓난아기라면 그게 가능하지만 여덟 살이나 먹은 아이를 데려다 기를 수 있겠습니까? 엄마 아빠 얼굴을 평생 기억하고 있을텐데 그건 거의 가능성이 없는 이야깁니다.」

문대는 남은 주스를 들이키고 나서 부드러운 시선으로 부인을 바라보았다.

「사모님께서는 아이가 유괴당했을 때 댁에 계셨나요?」

「네, 집에 있었어요.」

「선생님은 어디 계셨나요?」

문대의 부드러운 시선이 권근수의 얼굴을 더듬었다.

「저는 그때 연구실에 있었습니다.」

「그럼 연구실에서 연락을 받고 댁으로 달려오셨나요?」

「그렇지 않습니다.」

권은 아내 쪽을 힐끗 쳐다보았다.

그를 대신해서 그녀가 말했다.

「아빠가 퇴근해서 집으로 돌아오셨어요. 잠깐 들리셨다가 시내에 나간다고 나가셨는데, 나가신 지 10분쯤 지나 혜련이가 숨이 턱에 차서 뛰어들어왔어요. 그러니까 시간을 따진다면 아빠가 연구실에 계실 때 그런 일이 일어난 것이지요. 그런 줄도 모르고 아빠는 집에 들렀다가 시내에 볼일이 있어 외출하신 거예요.」

그녀의 표정은 지금 그런 걸 알아서 뭣하겠느냐고 형사들을 나무라고 있었다. 그녀의 입장에서 볼 때 형사들은 지금쯤 철이를 찾기 위해 동서남북으로 뛰어다니고 있어야 옳을 것이었다. 그런데 이 사람들은 거실에 앉아 주스나 홀짝거리면서 이것저것 쓸데없는 것만 물어보고 있다. 아이가 유괴당했는데 형사가 두 명밖에 오지 않았다는 것부터가 잘못되었다. 아까 들어왔다 나간 정복 경찰관은 수사요원이 아닌 것 같다. 그렇다면 이 뚱보와 갈비가 여기 앉아서 우리 철이를 찾아내겠다는 것인가? 그녀는 갑자기 억울하고 분한 생각이 들었다. 그것이 아들 생각과 겹쳐 다시금 뜨거운 눈물을 흘리게 했다. 그녀가 막 날카롭게 한마디 쏘아붙이려고 하는데 사흘 굶은 사람처럼 생긴 형사가 남편을 향해 질문을 던졌다.

「외출하셨다면 철이가 유괴당한 것을 늦게야 아셨겠군요?」

「네, 그렇습니다.」

그는 형사를 보지 않고 대답했다.

「그 사실을 아신 게 몇 시쯤이었나요?」

「새벽녘이었습니다.」

그는 여전히 형사를 외면한 채 말했다.

그의 질문이 끝나기가 무섭게 부인이 발딱 몸을 일으켰다. 그리고 날카롭게 쏘아붙였다.

「우리 아이는 지금 유괴됐어요! 죽었는지 살았는지 모르고 있어요! 도대체 뭣들 하는 거예요! 소파에 앉아서 그런 말이나 주고받고 있으면 아이가 돌아오나요? 아이가 유괴된 지 하룻밤이 지났어요! 저는 지금 미칠 것 같아요!」

형사들은 멍하니 그녀의 울부짖는 모습을 바라보았다. 그들은 마치 뒤통수를 한 대 얻어맞은 기분이었다.

「한 가지 물어볼 게 있어요. 두 분이서 이 사건을 맡으시겠다는 건가요? 단 두 사람이 말이에요! 수십 명이 동원돼도 어려운데 단두 사람이 어떻게 사건을 해결하겠다는 거예요?」

어리둥절해 있던 그들의 표정이 어이없다는 표정으로 변했다.

「이봐, 당신 그런 말 하는 게 아니야. 그건 이분들에 대한……」

권근수의 말을 막으며 박 명이 나섰다.

「한 사람이 수사를 하든 두 사람이 하든 또는 백 사람이 수사를 하든 그건 경찰이 알아서 할 일입니다. 우리는 이런 사건들을 수사하는 전문가들입니다. 상황을 살펴보고 나서 필요하면 인원을 보충하는 겁니다. 무조건 수사요원을 처음부터 많이 동원하지는 않습니다. 그렇게 수사인원이 남아돌아 가지는 않으니까요. 그리고 우리가 여기서 쓸데없는 말을 주고받고 있다는 식으로 말씀하셨는데 오해하신 겁니다. 우리는 쓸데없는 말을 하려고 잠도 못 자고 이러고 있는 게 아닙니다.」

박 명이 노골적으로 불쾌한 표정을 지었다.

부인은 거친 숨을 몰아쉬다가 거실을 떠나 방안으로 급히 들어가

방문을 쾅 하고 닫아 걸었다. 조금 후 흐느끼는 소리가 들려왔다. 권근수가 일어서서 난처한 얼굴로 아내에게 가려는 것을 문대가 막았다.

「그대로 앉아 계십시오. 아직 이야기가 끝나지 않았으니까요.」

권근수는 엉거주춤 도로 자리에 주저앉았다.

「몇 시쯤 귀가하셨습니까? 기분 나쁘게 생각지는 마십시오. 형식적이지만 수사원칙상 가장 가까운 사람부터 조사하도록 되어 있습니다.」

그는 '형식적'이라는 말을 강조했다. 권근수는 충분히 이해하고도 남는다는 듯 고개를 끄덕였다.

「당연한 일이지요. 제가 집에 돌아온 것은 세 시경이었습니다.」

그것은 거짓말이었다. 그가 언덕 위의 집에서 풀려난 것은 4시경이었다. 그것은 그 집 앞에서 잠복하고 있던 형사들이 두 눈으로 분명히 확인한 바였다. 그런데도 그는 세 시경에 집에 돌아왔다고 거짓말하고 있다. 왜 거짓말을 하는 것일까. 그러나 문대는 모른 체했다. 형식적으로 물어보는 척했다.

「세 시까지 어디서 뭘 하셨나요?」

「술 마셨습니다.」

「어디서 마셨나요?」

「해바라기라는 나이트클럽에서 마셨습니다.」

「그 클럽은 어디에 있나요?」

「강남에 있습니다.」

그의 거짓말을 더 듣고 싶었지만 문대는 그쯤 해서 질문을 다른 방향으로 돌렸다.

「얼굴이 많이 상하셨는데, 어쩌다가 그랬습니까?」

그는 오른손을 들어 콧잔등을 어루만졌다. 창피한지 얼굴이 붉어져 있었다.

「술 마시고 돌아오다가 길가에서 시비가 좀 있었습니다. 더 이상 묻지 마십시오. 창피하니까.」

「알았습니다.」

문대는 고개를 끄덕이며 말문을 닫았다. 그 대신 이번에는 박 명이 입을 열었다.

「실례지만 지금 하시는 일은 뭡니까?」

그는 쭈뼛거리다가 벗어 놓은 저고리에서 명함을 꺼내 두 형사에게 한 장씩 주었다. 그것으로 자신의 직위와 업무에 대한 설명을 대신한다는 태도였다.

문대는 박 명이 혹시 엉뚱한 질문이라도 던질까봐 조마조마했다. 황근호 씨를 아십니까? 하고 묻는 날에는 지금까지의 수사가 수포로 돌아가 버릴지도 모른다.

다행히 그는 엉뚱한 질문만은 삼가하고 있었다.

권근수는 땀을 흘리고 있었다. 집안이 별로 덥지도 않은데 땀을 흘리고 있는 것을 보면 몹시 긴장하고 있는 것이 틀림없었다.

「전에도 이런 일이 있었나요?」

「없었습니다. 이런 일은 처음입니다.」

그는 목이 타는지 자꾸만 엽차를 마셔댔다.

날이 밝기 전에 급한 대로 우선 지금 있는 전화기에다 수신용 전화기를 하나 더 연결시켰다. 전화공이 직접 와서 달아 주고 갔다. 도청장치는 주인 몰래 따로 설치할 계획이었다.

마침내 전화가 걸려온 것은 7시경이었다. 그때쯤 손부인도 냉정을 되찾고 거실에 나와 앉아 있었다.

부인이 먼저 수화기를 집어 들려는 것을 문대가 제지했다.

「박사님께서 받으시죠.」

권은 부인처럼 전화를 받으려고 하지 않았다. 전화벨이 울리자 깜짝 놀라는 표정을 지었을 뿐이었다. 수사관의 지시에 따라 그는 조심스럽게 수화기를 집어 들었다. 동시에 박 명도 새로 설치된 수화기를 집어 들었다.

「여보세요.」

「여보세요.」

양쪽에서 거의 동시에 서로를 불렀다. 저쪽은 매끄러운 여자 목소리였다.

「권근수 박사 댁이죠?」

「그, 그렇습니다.」

권근수의 숨결이 가빠지고 있었다. 상대방은 야릇한 콧소리를 내며 웃었다.

「여보세요! 누구시죠?」

권이 다급하게 물었지만 상대방은 얼른 용건을 말하지 않고 뜸을 들이기만 했다. 권이 다시 한번 다그쳐 묻자 그제서야 정체를 드러냈다.

「아이 때문에 걱정 많으시죠?」

「당신이 우리 애를 유괴했소?」

「박사님 아드님은 잘 있어요.」

「왜 그런 짓을 했죠? 도대체 어쩔 셈이오?」

「진정하세요. 소리지른다고 일이 해결되는 건 아니니까요. 귀가 아파 죽겠어요.」

「아이를 유괴한다는 것은 가장 큰 죄악이란 걸 모르나요? 당신은 지금 큰 죄악을 저지르고 있어요. 지금이라도 늦지 않으니까 우리 애를 돌려 보내 줘요.」

권은 감정을 최대한 억제하며 상대방을 설득시키려 애쓰고 있었다. 젊은 여자의 목소리는 갈수록 더욱 매끄러워지고 있었다.

「그렇지 않아도 돌려 보내려고 해요. 아이가 아무것도 먹지 않고 울기만 해서 귀찮아 죽겠어요. 몸에 열도 있구요. 이러다가 죽어 버리면 어떡하죠? 병원에도 못 데려가고.」

「거기 위치가 어딥니까? 나 혼자 갈 테니까 알려주시오.」

「성급하기도 하셔라. 세상 일이 그렇게 간단하게 처리될 수 있다면 얼마나 좋겠어요.」

말없이 수화기를 귀에다 대고 있는 박 명의 얼굴 표정이 붉으락푸르락해지고 있었다.

그가 듣기에 상대방은 권근수를 놀리고 있는 것 같았다. 애간장을 태운 다음 용건을 이야기할 생각인 듯했다.

「그럼 어쩌자는 거요? 어떻게 하면 되겠소? 목적이 뭐요?」

「이 세상, 돈이면 최고 아닌가요?」

「그래서요?」

「박사님은 돈보다는 아이가 더 중하시겠지요?」

「그렇소. 난 우리 애를 찾기 위해서라면 어떤 대가라도 치를 각오가 되어 있어요.」

「그럼 잘됐네요. 전 많이도 필요치 않아요. 한 장이면 족해요.」

「백만 원 말입니까?」

「여보세요. 박사치고는 머리가 둔하군요. 단돈 백만 원 때문에 아이를 데려온 줄 아세요? 이 일을 위해서 나는 백만 원 이상 경비가 들었어요. 밑지는 장사는 할 수 없지 않아요.」

「그럼 천만 원이란 말입니까?」

「천만 원 가지고는 아파트 한 채도 못 사요. 제일 작은 아파트도 말이에요.」

권은 형사들을 바라보았다. 그리고 마지막으로 아내를 쳐다보았다.

「1억이 많다고 생각하시나요?」

깍듯한 예의 속에 조롱기를 띤 채 여자가 물었다.

「아, 아닙니다. 좋습니다. 장소와 시간을 말씀해 주십시오.」

「빳빳한 만 원짜리 새 지폐로 1억이 필요해요. 헌 돈은 싫어요.」
「알겠습니다. 마련하겠습니다.」
「007가방에다 새 돈 백 다발을 채우세요. 빈틈없이 들어맞을 거예요.」
「007가방에다……알겠습니다.」
「1억을 마련하는 데 시간이 얼마나 걸리겠어요?」
이번에는 저쪽에서 물었다.
「오늘 정오까지는 가능할 겁니다.」
「그러면……」
무엇을 깊이 생각해 보는 듯 잠시 침묵이 흘렀다. 이윽고 여자의 목소리가 아까와는 달리 엄숙하게 흘러나왔다.
「오후 9시 정각 K호텔 뒤편에 있는 다방에서 만나요. 다방 이름은 산유화……」
「무, 무슨 다방이라고요?」
「산유화……」
그리고 전화는 끊어졌다.
그들은 잠시 멀거니 서로를 쳐다보았다. 대책을 세우기 전에 멍한 침묵 상태가 계속되고 있었다.
권근수가 먼저 입을 열어 통화 내용을 이야기했고, 박 명이 거기에 덧붙여 그의 이야기를 거들어 주었다. 문대는 조금 이상한 생각이 들었다. 유괴범들은 대개 피해자측에 경찰에 알리면 좋지 않다고 위협해 오기 마련이다. 경찰이 개입하느냐 안하느냐 하는 점이 그들에게는 제일 큰 관심거리인 것이다. 그런데 이번의 경우에는 그런 위협이 없었던 것 같다. 그가 그 점에 대해 묻자 박 명 역시 이상한지
「없었어. 그런 요구는 없던데.」
라고 말했다.
「그거 이상한데. 경찰 따위는 안중에도 없다는 건가!」

그렇지는 않을 것이다. 그럴 리가 없다. 경찰에 경계해야 할 일이 없기 때문에 그러는 게 아닐까. 다시 말해 약속 장소에 나타나지 않을 것이라면 경찰 운운한 필요도 없을 것이다. 범인들은 약속 장소에 나타나지 않을 가능성이 크다.

그가 이런 생각을 하고 있을 때 권근수가 1억을 마련해서 혼자 나가 보겠다고 말했다. 현재 집에는 그렇게 많은 돈이 없기 때문에 서둘러 마련해야 한다고 강조했다. 그의 말이 끝나기도 전에 그의 부인은 친정에다 전화를 걸었다.

형사들은 그들을 제지할 수 없었다. 그들이 범인과 통화하고 접촉하는 것을 지켜보는 수밖에 없었다.

형사들이 보기에 그들은 여느 부부들처럼 사랑하는 자식을 위해 모든 것을 바칠 준비가 되어 있는 평범한 부부로 보였다. 그들은 아들을 찾기 위해 1억을 서슴없이 바치려 하고 있었다. 1억이 아니라 10억도 바칠 것 같았다.

형사들은 현장에 경찰을 배치하는 문제를 놓고 그들 부부와 의견이 맞지 않아 얼마 동안 다투어야 했다.

「경찰은 필요없어요. 우리는 범인과 직접 협상해서 아이를 찾아오겠어요.」

경찰이 나타나면 오히려 일을 그르친다는 것이 손미화의 주장이었다.

「그것은 어리석은 생각입니다.」

형사들은 그들을 설득시키느라고 진땀을 빼야 했다.

유괴범들과 만나기로 한 밤 9시까지는 아직 충분한 시간이 있었다. 경찰은 유괴조직을 여자가 낀 2인 이상의 조직으로 보았다.

문대와 박 명은 아이를 찾는 일에는 관심이 없었다. 겉으로는 아이를 찾는 일에 열심인 것 같았지만 사실 그들의 의도는 딴 데 있었다. 너무 냉혹하다고 할지 모르지만, 그들은 지금까지의 살인사건과 이번의 유괴사건이 관계가 있는지 없는지를 밝히는 데 오로지 관심이 있을 뿐이었다.

수사요원 10명이 추가로 유괴사건 수사에 배치되었다. 그들이야말로 유괴사건만을 전담할 요원들이었다. 그리고 문대와 박 명은 그들 속에 자연스럽게 섞여 들어 눈에 띄지 않게 자신들이 필요한 것들만을 찾아볼 계획이었다.

그들은 뜬눈으로 밤을 꼬박 새웠지만 휴식을 취할 여유가 없었다. 아침식사를 하는 둥 마는 둥 마치고 나자 곧장 언덕 위의 집 주인인 양채기에 대한 조사에 착수했다.

그에 대한 조사는 그렇게 오래 걸리지 않았다. 오후 1시쯤에는 대강 조사를 끝낼 수 있었다.

· 양채기 = 1938년 5월8일생. 재일교포 출신. 일본 오오사까에서 출생하여 와세다 대학 공학부를 나온 인텔리. 그의 부친 양진국은 경남 H군 출신으로 토목기사이며, 1935년 일본으로 건너가 정착, 일본 여자와 결혼하여 양채기를 낳았다. 양채기는 현재 D화학 부사장으로 근무하고 있다. D화학은 재일교포 재벌인 김선명(金善明)이 출자해서 세운 고분자 화학 메이커로 금속이나 황금 등을 대체할 새로운 소재인 엔지니어링 플라스틱을 제조하고 있다. 엄한기(儼寒基)라는 사람이 자본금의 20프로를 투자하여 현재 사장으로 앉아 있으나 실권은 양채기에게 있는 것으로 밝혀졌다. 양채기는 3년 전 D화학 창설 당시 입국하여 현재에 이르고 있다. 가족은 모두 도쿄에 있으며 수시로 일본에 다녀오고 있음이 밝혀졌다. D화학은 견실한 업체로 평가받고 있다.

두 형사는 이와 같은 조사 결과를 놓고 생각에 잠겼다. 이것만 가지고는 아무 감도 잡을 수 없다. 그들은 말은 안했지만 똑같이 그렇게 생각하고 있었다. 견실한 제일교포 회사의 부사장이라면 함부로 대할 수도 없는 노릇이다. 불법적인 면이라고는 한 군데도 없다. 대단한 방패막이를 내세우고 있는 사람을 해부하자면 여간 힘든 일이 아니다.

무엇보다 먼저 지난밤에 권근수는 왜 청년들에 의해 집으로 끌려 들어갔을까? 그리고 그는 그 곳에서 구타당했음이 분명하다. 부풀어 오른 콧잔등이 그것을 말해 주고 있다. 왜 그는 그 곳에 끌려가서 매를 맞았을까? 그리고 그가 밖에 있는 동안 그의 외아들은 유괴당했다. 누가 그 아이를 유괴해 갔을까? 언덕 위의 그 집에 그 아이가 있는 게 아닐까?

「이것만 가지고는 아무것도 모르겠는데……」

박 명이 답답한지 미간을 찌푸리고 중얼거리자 문대는 확신에 찬 얼굴로 이렇게 대꾸했다.

「두 사람 사이에 뭔가 있는 게 분명해. 양이라는 자는 어떤 조직을 가지고 있는 것 같아. 어젯밤 권박사를 끌고 간 것이 그것을 말해 주고 있어. 그를 끌고 간 자는 일을 처리하는 것이 능숙하고 빨랐어. 어떤 명령에 따라 움직이는 인상이 짙었어. 조직원이 아니고는 그럴 수 없어.」

「그렇다면 양에 대해 좀더 자세히 조사해 보지.」

「그래야겠어. 일본 쪽에서 알아보면 좋겠는데.」

그들 사이에 그는 어느새 〈그림자〉로 통하고 있었다. 뒤쫓아오는 공포의 그림자란 뜻에서 그렇게 통하고 있었다. 〈그림자 같은 놈〉이라고 조금 길게 말하는 사람도 있었다. 정말 그림자인지 그의 실체는 좀처럼 나타나지 않고 있었다.

정만길이 부산에서 살해된 뒤부터 그들은 그 킬러를 그림자로 부르기 시작했고, 그가 나타날 것에 대비하고 있었다. 누구나 그에 대해서는 공포를 품고 있었기 때문에 으슥한 곳에서는 언제나 2명 이상 짝을 지어 다녔다.

그들은 조직의 끄나풀들이었다. 조직에 기생해서 안하무인격으로 우쭐거리면서 푼돈이나 타쓰는 그런 무리들이었다. 그런 만큼 언제나 조직의 들러리만 섰다뿐이지 그 내부를 기웃거린다거나 하는 일은 있을 수도 없었고 용납되지도 않았다. 조직은 그들을 결코 중용하지도 않았고 그들에게 큰 기대를 걸지도 않았다. 단지 그들에게 잔심부름 정도 시키는 선에서 그치고 있었다.

따라서 그들이 조직의 정체를 정확히 파악하고 있지 못하는 것은 당연한 일이었다. 그들은 단지 그들이 속해 있는 조직의 이름이 〈태양〉이라는 것, 그리고 그것을 단순한 범죄 조직으로만 알고 있었다. 그러나 그들의 생각은 틀린 것이었다. 태양은 〈국화와 칼〉의 지시를 받고 있는 하나의 세포로서 태양이라는 이름은 단지 위장일 뿐이었다.

김재봉은 건장한 사나이였다. 나이는 서른아홉으로 유도와 당수의 고단자였다. 정만길이 살해된 뒤 조직에서는 그에게 함부로 나다니지 말라고 주의를 주었지만 지금까지 누구한테 져본 적이 없는 그로서는 은근히 그림자와 부딪쳐 보았으면 하고 바라고 있었다. 그는 싸움에 있어서는 자신이 있었다. 그래서 피할 것이 아니라 맞부딪쳐 놈을 거꾸러뜨려야 한다고 생각하고 있었다. 상대는 혼자였다. 그런데 수적으로 우세한 이쪽에서 떨고 있다니 말도 안되는 소리였다.

그 점에 대해 그는 항의를 해보았다. 그러자 조심해서 나쁠 것이 없지 않느냐는 반응이 나왔다. 끝까지 조심하라. 동시에 기회를 포착해서 그를 제거하라. 이런 지시에 그는 코웃음쳤다. 두 가지를 동시에 이행할 수 없다는 것이 그의 생각이었다. 그림자를 피해 아예 몸을 숨겨 버리든가, 아니면 몸을 드러내 그자를 유인한 다음 제거한다든가 둘 중의 하나였다. 그는 자신의 판단에 따라 후자를 택하고 있었다.

그에게는 그림자를 알아볼 수 있다는 장점이 있었다. 그는 일찍이 그자를 한 번 만난 적이 있었다. 죽은 정만길을 통해서였다. 죽은 정만길로부터 쓸 만한 놈이 나타났다 해서 만나본 것이 바로 그 고수머리 사내였다. 강파른 얼굴에 안색이 창백한 그 사내는 말수도 적고 움직임이 무척 조용했다. 그자를 보는 순간 그는 이자라면 무슨 일이라도 할 수 있겠구나 하고 생각했다. 그래서 사람도 죽일 수 있느냐고 물어보았다. 고수머리는 질문이 끝나기 무섭게 돈만 많이 주면 아무 일이든지 가리지 않고 할 수 있다고 대답했다. 그래서 그는 그에게 전화번호를 적어주며 〈김사장〉을 찾으라고 말했다. 김사장을 만나면 일거리를 줄 것이라고 말해 주었다.

김재봉은 누군가에 의해 미행당하고 있는 기분을 항상 느끼고 있었다. 미행자의 정체가 그림자일 것이라고 생각은 하면서도 그 실체를 볼 수가 없었다. 길을 걷다가도 재빨리 고개를 돌려 뒤를 쳐다보곤 하는 것이지만 그때마다 미행자는 보이지 않았다. 분명히 미행당하는 기분인데도 그것을 확인할 수가 없었다. 자신이 너무 신경과민이 아닐까 하고 생각했지만 그런 것만도 아닌 것 같았다.

그는 그림자와 부딪치기 위해 일부러 으슥한 곳만을 골라 다녔다. 그리고 두 명 이상이 한 조가 되어 움직이라는 명령도 무시하고 혼자서 나다녔다. 위기를 대비해서 그는 무기를 휴대했다. 권총과 칼이었다. 권총은 왼쪽 겨드랑이 밑에 고정시켜 놓은 홀스터 속에 들어 있었고 칼은 오른쪽 다리에 붙여 두고 있었다. 자신의 체력과 무술, 거기에다 무기까지 있으니 세상에 무서울 것이 없었다. 놈이 아무리 그림자 같은 놈이라 해도 그 역시 인간이다. 따라서 놈에게도 많은 약점이 있을 것이다. 놈이 지금까지 살아 있는 것은 운이 좋아서 그렇게 된 것뿐이다.

「운 좋다고 까불지 마라! 내 손에 걸리기만 하면 너는 끝장이야!」

그는 건널목에 서서 중얼거렸다. 로터리 중간에 서 있는 시계탑의 전자시계가 새벽 1시5분을 가리키고 있었다.

길을 건너간 그는 공중전화 박스 안으로 들어가 지퍼를 내리고 물건을 꺼냈다. 그리고 아무 거리낌없이 거기에다 오줌을 갈겼다. 약간의 취기가 더없이 기분을 흡족하게 해 주고 있었다. 그와 함께 아무거나 닥치는 대로 부수고 싶은 충동이 일었다. 손이 근질근질해서 견딜 수가 없었다. 그것이 최대로 팽창해 있었다.

밖으로 나온 그는 골목 쪽을 주시했다. 지금 막 근사하게 생긴 계집애 하나가 골목 안으로 들어가고 있었다. 그의 시선은 잠시 그녀의 엉덩이에 머물러 있었다. 팽팽한 엉덩이가 바지를 찢을 듯 흔들리고 있었다. 위에는 흰 셔츠를 입고 있었고 가슴에는 책을 안고 있었다. 대학생인 듯했다. 그의 조그만 두 눈이 먹이를 발견한 맹수처럼 번뜩였다. 지금까지 그가 상대한 여자들은 쉽게 몸을 내던지는 부류의 여자들이었다. 그런 여자들은 어깨만 두드려도 옷을 벗고 드러누워 준다. 너무 쉽고, 그래서 행위 뒤끝은 언제나 떨떠름하다. 그는 신선한 여자, 잘 정복되지 않는 여자를 건드려 보고 싶었다. 그러나 그런 여자는 쉽게 걸리지가 않았다.

그는 허리를 굽혀 다리에서 칼을 뽑아냈다. 여자에게는 칼이 가장 효과적이다. 아무리 강심장인 여자라 해도 칼을 들이대는 데는 무릎을 꿇기 마련이다. 그는 재빨리 여자의 뒤를 쫓아갔다. 어둡고 긴 골목 안에는 그들밖에 없었다. 갑자기 뒤에서 접근해 오는 발짝 소리에 여자는 뒤를 힐끗 쳐다보았다. 그리고 한쪽으로 비켜서며 더욱 빠른 걸음으로 걸었다. 김재봉도 걸음을 빨리했다. 여자 뒤에 바싹 따라붙었을 때 여자가 돌연 뛰어가기 시작했다. 겁에 질린 나머지 그런 것 같았다. 그는 뛰어가 여자의 팔을 낚아챘다. 그리고 벽 쪽으로 그녀를 밀어붙였다. 그녀는 눈깜짝할 사이에 사내의 품에 안겨 버렸다.

「사람 살려요!」

그녀는 빠져나오려고 기를 쓰면서 비명을 질렀지만 그보다 먼저 사내의 왼손이 그녀의 목을 짓눌러왔다. 비명은 목구멍 속으로 도로 기어들어가고 그녀는 숨이 막혀 바둥거렸다.

그녀는 대학생으로 남자 친구와 어울려 나이트클럽에서 신나게 춤 추다가 집으로 돌아가는 길이었다. 남자 친구는 그녀를 건드려 보려 고 했지만 그녀는 그 유혹을 용케 뿌리치고 돌아오는 길이었다.

「이게 뭔지 알지?」

괴한은 칼을 얼굴에 들이댔다. 차가운 감촉에 그녀는 온몸이 얼어 붙는 것만 같았다.

「입을 다물고 조용히 있어. 그렇지 않으면 코를 잘라 버린다!」

겁에 질린 그녀는 무턱대고 고개를 끄덕였다. 우선 살아야 한다는 생각만이 앞서 있었고, 그 밖의 것들은 생각할 수조차 없었다.

사내가 목에 누르고 있던 손을 풀었다. 그녀는 캑캑하고 기침을 했다. 그러나 아까처럼 소리를 지르려고 하지는 않았다. 이윽고 사 내의 거친 손이 옷 속으로 미끄러져 들어왔다. 그녀는 반사적으로 몸 을 움츠렸다.

「죽고 싶지 않으면 가만 있어.」

위협에 그녀는 하는 수 없이 그가 하는 대로 몸을 내맡겼다.

「근사한 젖가슴을 가졌군.」

괴한은 웃으며 그녀의 가슴을 열심히 주물러댔다.

「밀가루 반죽 같군.」

괴한은 그녀를 바싹 끌어안더니 입을 덮쳐 눌렀다. 그리고 그는 손 을 내려 그녀의 바지 지퍼를 내렸다. 그녀가 몸을 웅크리자 턱으로 주먹이 날아왔다. 그녀는 몸에서 힘을 뺐다. 괴한은 바지와 팬티를 한꺼번에 끌어내렸다. 그녀의 하체가 어둠 속에서 흰빛으로 빛났다.

뒤에서 인기척이 난 것은 괴한이 그녀를 막 강간하려던 참이었다. 허리를 구부리고 있던 그녀는 뒤에 서 있던 괴한이 쿵 하고 쓰러지는 소리에 얼른 뒤를 돌아보았다. 한 남자가 흡사 그림자처럼 서 있었다.

물을 뒤집어쓰고서야 김재봉은 눈을 떴다. 아직도 그의 얼굴 위로 물이 쏟아지고 있었다. 그는 심한 지린내에 얼굴을 돌렸지만 물줄기는 정확히 얼굴을 겨냥해서 떨어지고 있었다. 누군가가 그의 얼굴에다 오줌을 갈기고 있었다. 그는 기겁을 하고 일어나려고 했지만 손발이 묶여 그럴 수가 없었다. 비로소 그는 뒤통수에 심한 통증을 느끼고 얼굴을 찡그렸다. 자신이 누군가에 의해 납치되었다고 느끼는 순간 구둣발이 얼굴을 짓밟았다. 어두워서 상대가 누군지는 잘 알아볼 수가 없었다. 그러나 그는 직감적으로 상대가 누구인지 알아차렸다.
「다, 당신은 누구지?」
그는 남자다움을 잃지 않으려고 애쓰면서 물었다.
「내 말 잘 들어. 넌 지금 공동묘지에 와 있어. 너도 이제 귀신이 되는 거야.」
여대생을 겁탈하려는 순간 그는 누군가에 의해 뒤통수를 얻어맞고 쓰러졌던 것인데, 그 다음은 아무것도 생각나지가 않았다. 이렇게 어이없게 당하다니 이거 정말 너무 억울하다. 뭔가 잘못된 거야. 바로 그때 조용한 목소리가 그의 생각을 차단했다.
「내가 누군지는 잘 알고 있을 거다. 모르겠나?」
「모른다. 당신 같은 사람을 내가 어떻게 알아.」
그는 손발을 버둥거려 보았지만 어떻게나 단단히 묶었던지 꼼짝할 수가 없었다. 그는 땅바닥에 뉘어져 있었기 때문에 땅에 닿은 부위가 고통스러웠다. 돌과 잡초, 그리고 나무뿌리 같은 것들이 그의 몸을 찌르고 있었다.

「정만길이 누구 손에 죽었는지는 알고 있겠지?」

「몰라. 그런 건 몰라.」

그의 몸이 한 바퀴 굴러 구덩이 속에 처박혔다.

어둠 속의 사나이는 삽자루를 쥔 채 장승처럼 우뚝 서서 그를 내려다보고 있었다. 그러다가 말했다.

「네가 누워 있는 그 자리는 시체가 들어 있던 자리야. 묘를 이장하느라고 파헤쳐 놓은 거야. 이제 너를 위해서 훌륭한 묘를 하나 만들어 주겠다.」

말이 끝나기가 무섭게 김재봉의 얼굴 위로 흙이 쏟아졌다. 그는 그것을 피하려고 얼굴을 흔들었지만 소용없는 짓이었다. 흙은 사정없이 그의 얼굴로 쏟아져 내리고 있었다. 흙이 눈으로 들어가는 바람에 그는 눈을 뜰 수도 없었다.

다급해진 그는 살려달라고 소리소리 질렀다. 그러나 그것은 허공을 울리는 덧없는 외침일 뿐이었다. 그 시간에 공동묘지에 사람이 있을 리 없었다.

「아무리 소리쳐 봐야 소용없어. 여긴 공동묘지란 말이야. 너를 여기까지 떼메고 오느라고 내가 얼마나 고생했는지 알아?」

삽질 소리는 규칙적으로 들려오고 있었다. 그의 몸은 가위눌리듯 점점 답답해져 왔다. 흙에 묻혀 몸을 움직일 수가 없었다. 목도 얼굴도 흙 속에 묻혔다. 숨이 막힐 때마다 그는 머리를 흔들어 흙을 밀어 내곤 했다. 그리고 가쁘게 숨을 내쉴 때마다 흙은 사정없이 입 속으로 들어가곤 했다.

「생매장되기 전에 유언이 있으면 말해.」

「그만! 그만해요! 말할 테니까 그만해요!」

고수머리는 삽질을 멈췄다.

「내가 누군지 알겠지?」

「아, 압니다. 당신은 정만길을 죽인 킬러…… 나문식 아닙니까?」
그는 아무래도 눈을 뜰 수가 없었다.
「우리는 한번 만난 적이 있지. 기억나나?」·
「네, 생각납니다.」
「그때, 넌 나한테 전화번호를 적어 주면서 김사장이란 사람을 찾아가 보라고 했어. 어디 가면 그자를 만날 수 있지?」
「그는 무역회사를 경영하고 있습니다. 그 회사는 밀수를 전문으로 하고 있습니다.」
김재봉은 술술 털어놓기 시작했다. 일단 입을 열자 묻지도 않은 것들을 털어놓았다.
「조직의 이름이 뭐지?」
「태양입니다.」
이놈은 신출내기구나 하고 그는 생각했다. 그가 지금까지 조사한 바로는 그가 상대하고 있는 조직은 국화와 칼이었다. 이놈은 자기가 속해 있는 조직의 진짜 이름도 모르고 있다.
「왜 나를 고용해서 황근호를 살해한 거지? 너희들이 노리고 있는 게 뭐야?」
「그 그런 것은 모릅니다. 제발 이 흙 좀……」
기도로 흙이 들어갔는지 그는 캑캑거렸다.
「저는 시키는 대로 하고 있을 뿐입니다. 자세한 내막은 알 필요도 없고 알아서도 안됩니다.」
「너희들 손으로 황씨를 제거할 수 있었을텐데, 하필이면 왜 나를 고용했지?」
「모릅니다.」
「왜 약속을 안 지키고 나를 죽이려고 했지?」
김재봉은 모르겠다고 머리를 저었다.

이튿날 오전 11시경이었다.

세 명의 남자가 공동묘지에 나타났는데 그중 두 명은 삽이며 곡괭이 같은 것을 들고 있는 인부들 같았다. 그리고 그들을 데리고 온 사람은 50대의 초라한 남자로 뒷짐을 지고 앞장서서 걸어오며 둘레둘레 주위를 살피고 있었다.

그는 적당한 묘자리를 찾고 있었다. 친척뻘되는 사람이 갑자기 세상을 떠나 오늘 발인하기로 되어 있는데 아직 묘자리도 잡아 놓지 않고 있었다. 여자들만 있는 집안이라 뭘 모르고 있었다. 그래서 그가 대신 나서서 묘자리를 정한 다음 구덩이라도 미리 파 놓을 계획이었다. 그런데 마땅한 자리가 얼른 눈에 띄지 않았다. 사람이 많다 보니 죽는 사람도 많아지고, 그러다 보니 공동묘지도 발 디딜 틈 없이 만원이었다.

「여기가 적당한 것 같은데……」

인부 한 사람이 걸음을 멈추고 빈 구덩이를 가리켰다. 50대의 사내는 뒤돌아 서서 인부가 가리키는 곳을 들여다보았다.

「남이 누웠던 자리에다 묘자리를 쓸 수야 있나.」

그는 머리를 설레설레 흔들었다.

「아따, 남이 누웠던 자리면 어떤가요. 공동묘지치고 남이 안 누웠던 자리가 어디 있당가요.」

전라도 출신인 듯싶은 인부가 곁눈질로 그를 흘기면서 말했다. 인부들은 더 이상 돌아다니기 싫다는 듯 그 곳에 주저앉아 담배를 피우기 시작했다.

「죽으면 말짱 다 헛것인디 아무데나 파묻으면 어뗘.」

「이런 데서 명당자리 찾을 수야 없지.」

그래도 그럴 수 없다는 듯 초라한 사내는 인부들의 말을 묵살하고 저쪽으로 가 버렸다.

인부들로서는 이미 파놓은 구덩이에다 시체를 묻으면 별로 힘도 들지 않고 편할 것이었다. 그들이 담배를 모두 피우고 났을 때 저쪽으로 사라졌던 사내가 돌아왔다.

그들은 인부들 곁에 쭈그리고 앉아서 피곤하고 짜증스런 표정으로 말했다.

「할 수 없구먼. 빈자리가 없어. 여기다가 묘를 씁시다.」

「진작 그러실 것이지.」

인부들은 저고리를 벗어부치더니, 손에 침을 바르고 나서 연장을 들고 구덩이로 접근했다. 한 사람이 구덩이 속으로 들어가 흙을 퍼내기 시작했다.

「누가 구덩이를 메꿔 놨어.」

인부는 흙을 가득 퍼서는 끙 하고 던졌다. 흙이 마르지 않은 것으로 보아 구덩이를 덮은 지 얼마 안된 것 같았다. 흙을 다져 놓지 않았기 때문에 별로 힘을 주지 않아도 삽이 쑥쑥 들어갔다.

「이게 뭐지?」

인부는 삽 끝에 걸린 것을 들어올렸다. 남자 구두였다. 그리고 새것이었다. 그는 언짢다는 듯 위에서 내려다보고 있는 동료 인부를 한 번 쳐다보고 나서 다시 삽질을 계속했다.

조금 후 무엇인가 또 삽 끝에 걸리는 것이 있었다. 이번에는 삽 끝으로는 들어 올려지지 않았다.

「이게 뭐지?」

삽으로 흙을 헤쳐보니 놀랍게도 사람의 발이었다.

「관도 없이 바로 묻은 모양이지?」

「아니야, 발목이 묶여 있어.」

인부는 재빨리 위로 올라왔다.

수사관들은 그것을 공동묘지 살인사건이라고 불렀다. 검시결과 질식사로 밝혀져 피살자는 묶인 채 생매장된 것으로 판명되었다. 살인

사건치고 사람을 공동묘지에 생매장시켜 죽인 사건은 기이하기도 하거니와 처음 있는 일이었기 때문에 자연 이목이 집중되고 수사의 초점이 그 쪽으로 쏠렸다.

문대와 박 명 역시 그 사건을 면할 수 없었다. 새로운 살인사건이 지금 수사하고 있는 사건과 혹시 관계가 있지 않을까 하고 생각하는 것은 당연한 일이었다.

그런 이유로 해서 그들은 상황실에 접수되는 모든 사건을 소홀히 보아넘기지 않고 하나 하나 꼼꼼히 짚고 넘어갔다.

공동묘지 살인사건 현장에는 수사진과 보도진이 뒤섞여 들끓고 있었다. 보도진의 극성으로 보아 그 사건은 떠들썩하게 취급될 인상이 짙었다. 경찰은 또 얻어맞을 것이고, 그러면 수사진은 갈팡질팡하겠지. 매일 새로운 사건에 쫓겨 천방지축 덤벙대는 사나이들. 자신도 그중의 하나라고 생각하자 문대는 쓴웃음이 나왔다.

그들이 현장에 접근하자 피살자의 시신이 막 들것에 실리고 있었다. 구덩이로부터 올려지는 시신을 향해 사진기자들은 요란스럽게 셔터를 눌러대고 있었다.

위로 올려진 시신은 한동안 들것에 실린 채 한쪽에 방치되어 있었다.

문대 팀은 조남석까지 세 명이었다. 혹시 조씨가 무엇인가 발견할지도 모른다는 생각에서 그를 현장에 데리고 온 것이었다.

박 명이 시트를 젖히고 시체를 내려다보았다. 문대와 조씨도 시체를 살펴보았다.

시체는 흙투성이었다. 눈에도 코에도 입에도 온통 흙이 들어가 있었다. 손발은 그대로 묶인 상태였다. 철사 줄로 단단히 묶여 있었다.

시체를 내려다보고 있던 조씨가 갑자기 나뭇가지 하나를 꺾어 들더니 시체의 얼굴에 붙어 있는 흙을 털어내기 시작했다. 대강 털어냈을 때 순경 두 명이 다가와 시체를 덮고 들것을 들어올렸다.

잠시 후 들것은 대기하고 있던 앰블런스에 실렸다.

이윽고 앰블런스가 출발하자 다른 차들도 하나 둘 떠나기 시작했다.

10분쯤 후에야 문대 팀만이 현상에 남아 있었다.

조씨는 구덩이와 그 주위를 샅샅이 살피고 있었다. 문대와 박 명도 얻을 게 없을까 하고 주위를 두리번거렸지만 조씨만큼 세밀한 관찰력은 없었다. 그는 역시 노련한 데가 있었다.

「너무 많은 사람들이 몰려온 바람에 현장 보존이 안돼 있어요. 어떤 게 범인의 발자국인지 알 수가 있어야지요. 담배 꽁초만 해도 그래요. 너무 많은 꽁초가 버려져 있어요.」

수사진과 보도진이 버린 꽁초들은 정말 눈에 거슬릴 정도로 허옇게 널려 있었다. 그중에는 범인이 피우다 버린 꽁초도 있을지 모를 일이었다.

「피살자는 보통 체구가 아니야. 혼자서 그런 사람을 운반하려면 힘이 장사라야 할 거요. 아니면 두 사람 이상이었겠지.」

「우리는 혼자서 피살자를 운반했을 거라는 관점으로 보아야 합니다.」

「그야 그렇지요. 우리가 찾는 킬러는 언제나 혼자서 행동하니까.」

박 명이 그들 사이로 끼어들었다.

「나문식이 그 정도로 장사인가요? 운반한 게 아니라 걸려서 여기까지 끌고 온 게 아닐까요?」

「범인이 혼자라면 그건 어려운 일이지.」

문대는 저 아래 차도를 가리켰다.

「저기까지는 차를 타고 왔을 거란 말이야. 혼자 차를 운전하면서 어떻게 그 덩치 큰 피살자를 데리고 왔겠어? 그건 어림없는 일이지. 내 생각으로는 의식을 잃게 한 다음 발을 묶고 차에 실어온 것 같아. 그렇게 했다면 혼자서도 가능하지.」

「차에서 내려서는?」

「그야 떼메고 왔겠지. 뭐 특별한 거 없습니까?」

문대는 조씨에게 시선을 돌렸다. 조씨는 생각에 잠긴 표정으로 말했다.

「피살자는 얼굴이 익은 사람이오. 강력계에 있을 때 만난 사람 같은데 정확한 건 아직 기억나지 않아요.」

「기억해 보십시오.」

「저녁때까지 알아보겠소. 피살자의 신원을 알아내면 적어도 범인의 윤곽만은 드러나겠지.」

「여기까지 힘들게 끌고 와서 생매장시킨 걸 보면 자백을 받으려고 했던 것 같아.」

문대는 그렇게 말하고 앞장서서 공동묘지를 내려왔다.

대머리에 배가 튀어나온 뚱뚱한 사나이는 당구대 위에 놓여 있는 빨간 공을 노려보았다.

그가 막 공을 치려고 했을 때,

「사장님 전화예요.」

하는 소리가 들려왔다.

그는 상체를 천천히 펴면서 카운터 쪽을 돌아보았다. 예쁘게 생긴 처녀가 수화기를 든 채 그를 바라보고 있었다. 그는 안경을 밀어올리고 콧수염을 만지작거렸다.

「누구래?」

처녀는 어디냐고 확인한 다음 대머리에게 미아리에서 걸려온 전화라고 일러 주었다.

대머리는 카운터로 다가가 수화기를 받아 들었다. 그리고 왼손으로 처녀의 어깨를 더듬었다. 몸으로 처녀를 가리고 있었기 때문에 당구대 쪽에서는 그의 그러한 짓거리가 보이지 않았다. 당구대 쪽에는 손님 서너 명이 당구에 정신을 팔고 있었다.

그와 상대하던 청년은 다른 게임을 구경하고 있었다.

「전화 바꿨습니다.」

그의 왼손이 어깨를 타고 밑으로 미끄러져 내려가더니 처녀의 가슴 위에서 멎었다. 처녀가 가슴을 움츠리자 그는 재빨리 젖가슴을 움켜잡았다.

「큰일났습니다.」

전화 저쪽에서 숨가쁜 목소리가 들려왔다.

처녀의 젖가슴은 말랑말랑했다. 그녀를 손에 넣은 것은 어젯밤이었다. 그녀가 당구장에 들어온 것은 닷새 전이었는데 그는 별로 어렵지 않게 그녀를 유린할 수가 있었던 것이다. 그녀는 남자 경험이 전혀 없는 숫처녀였다.

「뭐가 큰일이라는 거야?」

「고릴라가 죽었습니다! 석간 신문에 크게 났습니다.」

젖가슴을 열심히 만지작거리던 손이 갑자기 멎었다. 그녀는 수치심으로 빨개진 얼굴을 밑으로 숙였다.

대머리는 마른침을 꿀꺽 삼키고 나서 무거운 음성으로 말했다.

「뭐라고? 다시 한번 말해 봐.」

「고릴라가 죽었단 말입니다! 살해됐어요! 그놈이 죽인 게 확실합니다!」

상대방은 꽤나 흥분하고 있었다. 그는 그런 흥분이 싫었다.

「정말이야?」

「정말입니다. 석간 신문에 크게 났다니까요.」

「어떤 신문에?」

「모든 신문에 다 났어요.」

「알았어.」

「어떡하죠?」

38

「어떡하긴 뭘 어떡해. 모두 대기하라고 해.」

그는 안경을 다시 밀어 올리고 이마에 번진 땀을 손바닥으로 닦아 냈다.

「석간 신문 있는 대로 다 사와.」

그는 처녀를 쳐다보지도 않고 말했다. 조금 전과는 아주 다른 태도였다.

처녀가 신문을 사러 나가자 그는 그 자리에서 서성거리다 당구장을 나와 위층으로 올라갔다.

위에는 그의 개인 사무실이 있었다. 그는 책상 앞에 앉아 10분쯤 꼼짝 않고 있다가 인터폰을 들었다.

「신문 가지고 올라와.」

처녀가 신문을 들고 조심스럽게 들어오자 그는 낚아채듯 신문을 빼앗았다. 그리고 거칠게 신문을 펴들었다. 처녀는 조금 놀란 표정이다가 서운한 빛으로 돌아서 나갔다.

그는 세 개의 석간 신문 사회면에 보도된 공동묘지 살인사건 기사를 20분 간에 걸쳐 모두 읽어치웠다. 이윽고 신문을 내려놓았을 때 그의 얼굴은 흙빛으로 변해 있었다.

누구의 짓이냐 하는 것은 물어볼 필요도 없었다. 그리고 김재봉이 왜 공동묘지까지 끌려가서 살해되었을까 하는 것도 물어볼 필요가 없었다. 킬러는 김재봉의 입을 열게 하기 위해 그런 짓을 감행한 것이다. 그의 대담성과 잔인함에 그는 오싹 소름이 끼쳤다. 다음은 내 차례다 !

그는 이제 마흔셋이었는데 겉보기는 더 나이가 들어 보였다. 머리가 벗겨진 데다 코밑수염까지 기르고 있었기 때문에 더 늙어 보였다.

「나는 죽지 않아. 고릴라 그놈은 멍청하니까 죽은 거야.」

그는 벌떡 일어서서 실내를 왔다 갔다 했다. 이마에서는 계속 진땀이 배어나오고 있었다.

그가 킬러를 만난 것은 김재봉을 통해서였다. 딱 한 번 만났을 뿐이기 때문에 정확한 인상이 남아 있지는 않았다. 단지 모든 것이 얼어붙은 것 같은 표정을 하고 있었다는 기억이 날 뿐이었다. 그에게 일거리를 준 것은 그 자신이었다. 물론 그도 지시를 받고 전해 준 것이지만, 그것이 이렇게 잘못 꼬일 것이라고는 생각지도 못했다. 그놈이 총부리를 이쪽으로 겨눌 줄이야 누가 생각이나 했겠는가! 겁도 없이 말이다.

그러나 이제 겁은 이쪽에서 일고 있었다. 고릴라까지 그런 식으로 처치한 걸 보면 놈은 정말 신출귀몰하는 놈인 모양이다. 그러나 저러나 이 사실을 위에 보고하지 않으면 안되겠지. 그 불여우 같은 년이 어떻게 나올지는 보지 않아도 뻔하다. 빌어먹을!

그는 망설이다가 전화기 앞에 다가서서 수화기를 집어 들고 다이얼 넘버를 집게 손가락으로 톡톡 눌렀다.

「여기는 사하라 사막…… 흑장미를 부탁합니다.」

「잠깐 기다리십시오.」

그는 수화기를 들고 한참 기다려야 했다. 불여우는 언제나 사람을 기다리게 만든다. 그의 암호가 사하라 사막이 된 것은 머리가 벗겨진 때문이었다.

「전화 바꿨어요.」

매끄러운 목소리가 들려왔다.

「문제가 생겼습니다.」

그는 머리를 조아렸다.

「나도 방금 석간 신문을 읽었어요.」

「정말 유감입니다. 조심하라고 일렀는데……」

「당치 않은 소리 하지도 말아요!」

날카로운 소리가 귓속을 후비고 들어왔다.

「그자는 지금 가까이 와 있어요. 그런데도 속수무책으로 계속 당하기만 하다니 정말 한심해요.」
「죄송합니다.」
「다음엔 당신이 표적이라는 걸 알고 있나요?」
「알고 있습니다. 하지만 전 상관하지 않습니다.」
여자의 웃음 소리가 간드러지게 들려왔다. 그는 어리둥절했다.
「두렵지 않다 이 말인가요? 꽤 용감하군요. 어디 얼마나 용감한
지 두고 봅시다.」
「그자를 없애 버리겠습니다.」
그는 이를 갈며 말했다.
「지금까지 모두가 그자를 없애려 했지만 실패하고 말았어요. 당신
은 좀 특별하니까 기대를 걸어볼 만하겠군요.」
「그자를 틀림없이 없애 버리겠습니다. 머리를 쓰지 않으면 안됩
니다. 그놈은 아주 교활한 놈이니까 정면대결로는 안됩니다.」
「좋은 방법이 있나요?」
「네, 좋은 방법이 있습니다.」
「알았어요. 당신의 임무가 막중하다는 것을 알아야 해요. 그자를
없애지 못하면 당신이 죽는다는 걸 아세요. 그자의 손에 죽든가
조직의 손에 죽든가 둘중의 하나예요. 이제 당신은 우리한테도 위
험 인물이 되었어요.」
「알고 있습니다.」
「건투를 빌어요. 참, 아이는 잘 있나요?」
「네, 잘 있습니다.」
「그 애를 다른 곳으로 옮기겠어요. 사람을 보낼 테니 아이를 내 줘
요.」
「알겠습니다.」
「박사님한테 보고하겠어요.」
전화가 끊어지는 소리가 찰칵 하고 들려왔다. 대머리는 수화기를

내려놓은 다음 발을 끌면서 소파로 걸어가 거기에 털썩 주저앉았다. 그의 입에서 거듭 한숨이 새어나왔다. 눈꺼풀이 무겁게 밀려 내려왔다. 그는 눈을 감고 생각에 잠겼다. 자신은 지금 거짓말을 했다. 위험에 직면해서 자신이 이렇게 허약해질 것이라고는 미처 생각지 못했었다.

아무리 생각해도 그자와 상대해서 그를 거꾸러뜨릴 것 같지가 않았다. 말은 그자를 제거하겠다고 장담했지만 도저히 자신이 붙지 않았다.

그는 포악한 성격을 가지고 있었다. 그러나 그것은 약자를 대했을 때 발휘되는 것이지 강자 앞에서는 비굴과 아첨으로 변하는 것이었다. 그는 지금 엄청난 힘을 가진 강자와의 대결을 눈앞에 두고 있었다. 그런데 지금 그가 느끼고 있는 것은 심한 공포감과 어떻게든 살아야 한다는 본능뿐이었다. 대결의식은 그 밑에 짓눌려 숨도 못 쉬고 있었다.

그는 거의 한 시간 가까이 소파에 앉아 눈을 감고 있었다. 그가 눈을 뜨고 소파에서 일어났을 때 그의 표정은 다음 행동에 대한 결의로 굳어져 있었다. 그는 도망쳐야겠다고 결심했던 것이다. 그는 시계를 보았다. 4시가 막 지나고 있었다. 은행에 들어가 돈을 찾을 시간은 충분했다.

당구장으로 내려온 그는 처녀에게 잠깐만 나갔다 오겠다고 말하고 밖으로 나왔다. 그의 손에 가방이 들려 있는 것을 보고 그녀는 의아하게 생각했지만 그렇다고 따져 물을 수도 없는 노릇이었다. 어젯밤 그에게 순결을 빼앗긴 그녀는 그가 몹시 저주스러웠지만 한편으로는 그에게 마음이 쏠리는 것을 어찌할 수가 없었다. 그녀는 자신이 버림받을까봐 두려워하고 있었다.

은행에서 그는 우선 1천만 원을 찾았다. 모두 다 현금이었다. 이것으로 시골 구석에서 1년은 지낼 수 있을 것이라고 생각했다. 1년이

지나면 사태가 호전될 것이다. 그놈도 그때쯤에는 이 세상에 살고 있지 않을 것이다. 1년이 지나도 사태가 호전되지 않으면 외국으로 도망치는 거다.

그는 자가용을 버리고 갈까 하다가 아무래도 몰고 가는 게 좋을 것 같은 생각이 들었다.

그는 즉시 출발했다. 목적지는 지리산 속에 있는 어느 암자였다. 그 암자에는 그의 어릴 적 친구가 있었다. 그는 중이었는데 서울에 올 때면 가끔 대머리를 찾아오곤 했다. 그리고 머리도 식힐 겸 한 번 내려오라고 말하곤 했었다. 그는 진짜 중이었다. 그리고 대머리가 무슨 일을 하고 있는지 굳이 알려고 하지 않았다. 대머리도 그런 그가 부담이 없어 좋았다. 그들은 만나면 곧잘 옛날 이야기에 몰두하곤 했는데, 그의 친구인 중은 술도 곧잘 마시고 담배도 피우곤 했다. 그러나 그는 역시 진짜 중이었다.

시내를 벗어나기 전에 대머리는 공중전화 앞에 차를 세워 놓고 몇 군데 전화를 걸었다. 그의 아내는 전화를 받고 울었다. 그녀는 무슨 영문인지도 모르고 몸조심하라고 몇 번씩이나 말했다.

「걱정할 것 없어. 아이들이나 잘 돌봐.」

다음에 그는 납치해다가 가두어 놓은 아이에 대해서 지시를 내렸다.

「애를 다른 곳으로 데려갈 거니까 조직에서 사람이 오면 내 줘.」

마지막으로 그는 흑장미에게 다시 전화를 걸었다. 아무래도 알리고 떠나는 게 좋을 것 같아서였다.

「사하라 사막을 찾지 마십시오. 당분간 아무래도 피하는 게 좋을 것 같아서 지금 떠나는 길입니다.」

여자는 분노에 차서 숨을 헐떡였다.

「그럼 아까 그 말은 거짓말이었군요! 이럴 수가! 박사님한테 보고하겠어요!」

「마음대로 하십시오. 난 이제 피곤합니다. 그놈을 상대할 힘이 없어요. 그놈에게 잡혀서 입을 여는 것보다는 어디 가서 숨어 있는 게 좋을 것 같아서 가는 겁니다. 그게 서로를 위해서 좋지 않습니까?」

「안돼! 안돼!」

여자는 고함을 질러댔다.

「이 결정은 내가 내리는 겁니다.」

「안된다니까! 당신은 그놈을 제거하지 않으면 안돼. 맘대로 도망가다니 우리 조직을 뭘로 생각하는 거야?」

그는 화가 치밀었다. 지금까지는 이 여자에게 고분고분하게 대해왔다. 마치 보스를 대하는 것처럼. 그 바람에 그녀는 이루 말할 수 없이 오만불손해져 있었다. 그녀가 그렇게 된 것은 박사 탓이었다. 박사는 자기를 대신해서 그녀가 모든 일을 처리할 것이므로 모두가 전적으로 그녀의 지시에 따르라고 말했던 것이다.

박사는 만나기도 힘들고 통화하기도 어려웠다. 그는 모든 일에 있어서 결코 전면에 나서는 법이 없었다. 그것은 어떤 문제가 발생하더라도 자신은 법망에서 벗어나려는 속셈에서 그렇게 한 것이었다.

그는 보이지 않는 뒷전에서 모든 지시를 내리고 있었던 것이다.

「이제부터 내 일은 내 맘대로 하는 거야. 당신 같은 계집이 이래라 저래라 하지 마. 알았어?」

그의 돌연한 반말지거리에 그녀는 소스라치게 놀라는 것 같았다. 너무 놀란 나머지 한동안 침묵만 지키고 있었다.

「좋아요. 당신 맘대로 해요. 살려 달라고 애걸하지는 말아요.」

「이 불여우야, 나를 괴롭히지 마. 만일 나를 괴롭히면 모든 걸 경찰에 털어놓을 테야. 아이를 납치한 것까지……」

「당신은 판단을 잘못한 것 같군요. 바보 같으니!」

그는 다시 욕지거리를 퍼부으려고 했는데 그때는 이미 전화가 끊겨 있었다.

　공중전화 박스에서 나오다 말고 그는 다시 돌아섰다. 그리고 이번에는 당구장에다 전화를 걸었다.

　처음에 그는 혼자 산속에 들어갈 생각이었다. 그런데 그 외로움을 혼자서 감당해낼 것 같지가 않았다.

　그 외로움을 메워 줄 사람으로 그는 당구장 처녀를 생각한 것이다.

　「미스 박, 나야. 지금 바로 좀 나와 줘.」

　「거기 어딘데요?」

　그녀는 반가움 반 두려움 반으로 물었다.

　「남산 도서관 앞으로 나와. 6시까지 나와. 아무한테도 이야기해서는 안돼.」

　「무슨 일로 그러세요?」

　「글쎄, 나와 봐. 만나서 이야기할게.」

　「여기는 어떡하구요?」

　「만대한테 맡겨 둬. 알아서 할 테니까. 일이 있어서 오늘은 일찍 퇴근하겠다고 말하고 빨리 나와.」

　박은애는 백을 챙겨 들고 가만히 일어섰다. 당구장을 지키는 만대한테 몸이 불편해서 일찍 돌아가야겠다고 말한 다음 당구장을 나왔다.

　그런데 그녀가 나가자마자 당구를 치고 있던 한 청년이 갑자기 손을 털고 밖으로 사라졌다.

　은애는 급히 택시를 잡아탔다. 택시가 출발하는 것을 보고 더벅머리 청년은 골목에서 재빨리 차를 끌어내 그녀 뒤를 쫓기 시작했다.

　은애는 6시10분 전에 남산 도서관 앞에서 택시를 내렸다. 6시5분에 대머리가 모는 차가 나타났다.

　범인의 말대로 K호텔 뒤편에 산유화라는 이름의 다방이 있었다.

권근수가 1억이 든 돈 가방을 들고 그 다방으로 나간 것은 약속 시간보다 30분 이른 8시30분경이었다.

그보다 두 시간 전에 형사들은 부근 일대에 잠복하고 있었다. 그들은 부근을 관찰하고 도주로를 체크하고 잠복 장소를 찾느라고 부산하게 시간을 보냈다. 다방 전화에는 도청장치가 설치되었다.

문대와 박 명 역시 별로 기대를 걸지 않으면서도 현장에 나가 잠복했다. 문대는 다방 안에 앉아 있었고 박 명은 다방 앞에 있는 포장마차 집에 잠복하고 있었다.

권근수는 무릎 위에 올려놓은 007가방을 두 팔로 끌어안고 있었다. 그리고 두 눈은 불안한 듯 두리번거리며 입구 쪽을 바라보고 있었다.

마침내 9시가 되었다.

수십 개의 눈초리들이 출입구 쪽을 노려보고 있었다.

그 다방은 비교적 장사가 잘되는지 손님들이 계속 들락거리고 있었다. 그래서 어느 한 사람을 수상쩍다고 점 찍기가 어려웠다.

9시가 지나 9시10분이 되었다. 다시 10분이 지났다. 그러나 권근수에게는 아무 일도 일어나지 않고 있었다. 그는 미동도 하지 않고 그 자리에 앉아 있었다. 9시30분이 되었을 때 카운터의 전화벨이 울렸다. 이윽고

「권근수 씨 계세요?」

하면서 카운터 아가씨가 수화기를 높이 쳐들었다.

권근수는 급히 달려가 수화기를 받아들었다.

「권박사님이세요?」

여자가 물었다.

「네, 그렇습니다.」

「나는 약속을 지키고 싶지만 사정이 여의치 않아 안되겠어요. 그 이유는 박사님이 더 잘 아시겠지요?」

「미, 미안합니다. 어쩔 수가 없었습니다.」

권근수는 당황했다.

「경찰이 포위하고 있는데 어떻게 나가란 말이에요. 난 지금 망원경으로 그 다방을 지켜보고 있어요.」

여자의 목소리가 수화기 속에서 날카롭게 울렸다.

「죄, 죄송합니다. 다음에는 이런 실수를 하지 않겠습니다. 제발 우리 애를 돌려 주십시오.」

권근수는 애원했다.

「내 말 잘 들어요. 다음에 연락이 갈 때는 절대 경찰에 연락하지 말고 혼자 나와요. 약속을 어기지 말고 연락이 갈 때까지 기다려요.」

「여, 여보세요.」

그가 다급하게 상대방을 불렀을 때 전화는 이미 끊어져 있었다. 그는 절망적인 몸짓으로 문대를 한 번 쳐다본 다음 밖으로 나왔다.

「어떻게 됐어요? 누구 전화예요?」

구문대가 물었다.

「범인이 전화를 걸어왔는데 당신들 때문에 약속을 못 지키겠답니다.」

그는 충혈된 눈으로 문대를 쏘아보았다.

「당신들이 일을 망쳤어요! 경찰이 진을 치고 있어서 못 오겠다는 겁니다! 범인은 망원경으로 모두 관찰하고 있었어요!」

그는 금방이라도 울 것 같은 표정으로 소리쳤다. 형사들을 원망하는 표정이었다.

문대는 그렇게 될 거라고 이미 계산에 넣고 있었기 때문에 별로 놀라지 않았다.

세림 중앙연구소

권근수는 연구실을 나와 잔디밭 사이로 나 있는 아스팔트 길을 걸어갔다. 거기서 3백 미터쯤 떨어져 있는 곳에 백색의 조그만 건물이 서 있었다.

건물 입구에 몇 사람이 서 있는 것이 보였다. 낯선 사람도 보였고 낯익은 사람들도 몇 명 서성거리고 있었다. 그들은 차례차례 한 사람씩 안으로 들어가고 있었다.

그가 배무인 박사로부터 X 레이저 실험이 곧 있을 예정이라는 말을 들은 것은 일 주일 전이었다. 그것이 이제 곧 실시되려 하고 있었다.

구내에 있는 그의 아파트에는 형사들이 진을 치고 있었다. 유괴범으로부터 걸려 올 전화를 기다리고 있는 것이다. 아이가 돌아오지 않는 한 그들은 언제까지고 그러고 있을 것이다. 그것이 그들의 직업이니까.

그러나 그는 자신이 그들과는 다르다는 것을 보여 줄 필요가 있었다. 그래서 그는 먼저 어느 아빠나 다름없이 아들이 유괴당한 데 대해 몹시 슬퍼하고 분노했다.

그의 연기는 훌륭해서 형사들은 비탄에 잠긴 그를 위로해 주기까지 할 정도였다.

그 다음에 그는 자신이 과학자로서 불행을 극복할 수 있는 냉철한 이성의 소유자임을 보여 주었다. 또한 자신이 맡고 있는 일이 매우 막중하여 잠시도 자리를 비울 수 없다는 것도 은연중 암시했다. 그 결과 그는 아주 자연스럽게 다시 연구소에 출근할 수 있게 되었던 것이다. 아들이 유괴당해 생사를 모르고 있는 판에 출근하다니, 하고 이상하게 생각하는 사람은 아무도 없었다. 그의 아내까지도 모든 것을 형사들에게 맡기고 어서 연구소에 가라고 그의 등을 떠다밀었을 정도였다.

그는 맨 마지막으로 입구를 들어섰다. 입구 양쪽에는 허리에 권총을 찬 경비원 두 명이 굳은 표정으로 서 있었다. 그 곳을 통과하자 또 하나의 입구가 그를 기다리고 있었다. 입구는 철문으로 막혀 있었다. 그 앞에는 유리박스가 하나 세워져 있었다.

얼른 보기에도 그것은 방탄 유리로 된 박스 같았다. 박스 안에는 경비원 한 명이 책상 앞에 버티고 앉아 있었다.

「이름표를 맡기십시오.」

경비원이 기계적으로 무표정하게 말했다.

권박사는 가슴에 부착해 놓은 이름표를 떼어냈다. 그것을 구멍 속으로 밀어넣자 경비원은 그 대신 노란색의 삼각형 플라스틱 조각을 내주었다. 거기에는 넘버가 표기되어 있었다.

「가슴에 부착하십시오.」

경비원은 기계적으로 말한 다음 버튼을 눌렀다. 곧 철문이 열렸다. 권박사는 안으로 들어갔다. 철문이 닫히자 그가 들어 있는 좁은 공간이 밑으로 하강하기 시작했다. 이윽고 엘리베이터가 멎고 그는 밖으로 나왔다. 그 곳이 과연 지하 몇 미터쯤 되는 곳인지 그는 짐작조차 할 수 없었다.

회색의 콘크리트 통로가 그를 기다리고 있었다. 통로로 들어서기 전 그는 다시 한번 경비원들에 의해 체크당했다. 그는 몸수색을 받은 다음 깜박이는 불빛 사이를 통과해 걸어갔다.

또 하나의 철문이 그를 기다리고 있었다. 그는 삼각표를 떼어내 구멍 속에 집어넣었다. 그러자 철문이 소리도 없이 열렸다.

그는 안으로 들어섰다. 등뒤에서 철문이 소리도 없이 닫혔다.

겨우 얼굴을 알아볼 수 있을 정도의 침침한 불빛 속에 사람들이 앉아 있는 것이 보였다. 그 곳은 마치 극장의 객석처럼 정면을 향해 완만한 경사를 이루고 있었다. 넓이는 50평 정도의 학교 교실 같았다. 자리의 반 정도가 사람들로 차 있었다.

실내는 기침 소리 하나 없이 조용했다.

그는 맨 뒤쪽의 빈자리에 조심스럽게 엉덩이를 붙이고 앉았다. 모두가 미동도 하지 않고 말없이 앉아 있었기 때문에 그 역시 그렇게 했다.

10시쯤 지났을 때 갑자기 앞쪽이 밝아졌다. 대형 유리가 정면을 막고 있었다.

실내는 앞쪽으로 갈수록 점점 좁아지다가 대형 유리에 막혀 있었다. 유리는 투명했기 때문에 그 저쪽이 잘 보였다.

그 저쪽은 지하 실험장이었다. 넓이는 학교 교실의 두 배 정도였다.

실험장에는 아무것도 보이지 않았다.

갑자기 마이크 소리가 실내에 울렸다.

「오랫동안 기다리셨습니다. 그럼 지금부터 레이저 실험을 하겠습니다. 우리가 흔히들 미래과학의 총아라고 부르는, 무기면에서는 인류의 마지막 무기가 될 위력이 어떠한지 여러분들에게 보여 드리겠습니다.」

목소리의 주인공은 배무인 박사였다. 권근수는 마른침을 삼켰다.

목이 아파왔다.

「먼저 이어폰을 껴 주십시오. 다음에는 안경을 껴 주십시오. 여러 분들이 앉아 있는 쪽은 실험장과 완전히 분리되어 있기 때문에 이 어폰을 끼지 않으면 실험장에서 나는 소리를 전혀 들을 수 없습 니다. 그리고 안경을 끼는 이유는 눈을 보호하기 위해서 입니다. 레이저 광선이 여러분의 눈을 해칠 우려가 있기 때문입니다.」

배박사의 모습은 보이지 않았다. 그는 보이지 않은 곳에 앉아 스크 린을 보면서 컴퓨터로 조작을 하고 있는 것 같았다. 초대된 손님들은 재빨리 앞에 놓인 이어폰과 안경을 끼었다.

「이것은 세기의 실험이라고 해도 과언이 아닐 것입니다. 이것이 왜 세기의 실험인가 하는 것은 곧 아시게 될 것입니다. 우리는 이 와 같은 실험을 국내에서, 그것도 바로 이곳에서 하게 된 것을 크 나큰 영광과 기쁨으로 생각합니다. 오랫동안 기다리셨습니다. 자, 그러면 지금부터 실험에 들어가겠습니다.」

돌연 유리벽 저쪽 맞은편 벽이 양쪽으로 갈라지더니 우르르릉 하 는 굉음이 들려왔다. 곧이어 시커먼 괴물이 나타났는데 다름 아닌 철 갑괴물, 즉 탱크였다.

탱크는 실험장 가운데로 나오더니 포신을 높이 처들며 한 바퀴 돌 았다. 그것은 마치 코끼리가 코를 높이 추켜들며 울부짖는 형상이 었다.

「여러분이 보시는 탱크는 미제 M48입니다. 앞면 철판 두께는 5인 치입니다.」

배박사의 목소리가 계속 흘러나오고 있었다.

탱크는 왼쪽으로 이동했다. 그리고 엔진을 끄고 움직임을 멈추 었다. 굉음도 가라앉고, 모든 것은 다시 무거운 정적 속으로 빠져들 었다.

이번에는 오른쪽 벽이 갈라졌다. 갈라진 그 속에서 한 사람이 걸어나왔다.

　그는 누런 옷을 입고 있었다. 색깔만 다르다뿐이지 전투복이었다. 얼굴에는 방독 마스크를 쓰고 있었다. 그래서 얼굴 모습을 알아볼 수 없었다.

　권근수는 누런 옷의 사나이가 오른쪽 어깨에 걸고 있는 기관단총을 눈여겨 바라보았다.

　그것은 기관단총일 리 없었다.

　그러나 그의 눈에는 그것이 흡사 기관단총처럼 보이는 것이었다.

　총의 뒷부분에는 고무호스같이 생긴 줄이 달려 있었고, 그 줄은 등에 짊어지고 있는 통, 흡사 잠수용 산소통 같은 것에 연결되어 있었다.

　「준비!」

　명령이 떨어지자 괴이한 모습의 사나이는 다리를 벌리고 발사 자세를 취했다.

　질식할 것 같은 침묵이 실내를 내리눌렀다. 초대된 손님들은 숨을 죽이고 정면을 노려보았다. 권근수는 주먹을 쥐고 앞을 쏘아보았다.

　「발사!」

　배박사의 조용하면서도 단호한 명령이 실내를 울렸다.

　마치 가스 불빛 같기도 한 파란 빛이 직선으로 뻗어나갔다가 사라졌다. 빛은 다시 분출되었다가 또 꺼졌다. 그러기를 꼭 5초 계속했다. 사람들은 순간적으로 나타났다가 사라지는 빛만 보았을 뿐 아무 소리도 듣지 못했다. 아무 소리도 나지 않았으니 그럴 수밖에 없었다.

　방독 마스크의 사나이가 총을 내리는 것과 동시에 사람들의 입에서는

　「아!」

하는 탄성이 흘러나왔다. 그것은 경악 끝에 뱃속으로부터 나오는 소

리였다.

　두께 5인치의 탱크는 갈가리 찢겨 있었다. 가로 세로로 찢기고 구멍이 여기저기 나 있는 것이 영락없는 고철 덩어리였다. 사람들은 거대한 포신이 서서히 무너져 내리고 있는 것을 멍하니 바라보고 있었다. 이윽고 포신이 바닥에 부딪히는 굉음이 귀를 울렸다.

　「탱크를 완전히 녹여 버리는 데는 1분도 걸리지 않습니다.」

　배박사의 흥분한 목소리가 들려왔다.

　사람들은 비로소 제정신을 찾았다. 그들은 약속이나 한 듯 박수를 치기 시작했다. 우뢰 같은 박수 소리 사이로 배박사의 목소리가 다시 들려왔다.

　「이것은 현대 과학이 이룩한 경이이자 기적입니다.」

　박수 소리는 더욱 커지고 있었다. 실내에는 감동의 물결이 출렁이고 있었다.

　「이처럼 신속하고 철저한, 그리고 이처럼 조용한 파괴가 어디 있겠습니까?」

　권근수는 박수를 치다 말고 두 손을 밑으로 내렸다. 온몸이 불길에 싸여 활활 타오르는 것만 같았다. 얼굴은 온통 땀에 젖어 있었다. 그는 손등으로 땀을 훔치다 말고 손수건을 꺼내 들었다.

　배박사가 뭐라고 지껄이고 있었지만 그는 듣지 않고 있었다. 이번에는 바윗덩어리가 표적이었다. 거대한 바윗덩어리는 빛이 발사되자 산산이 부서져 흩어져 버렸다.

　「X 레이저가 파괴할 수 없는 것은 이 지상에 존재하지 않습니다! X 레이저가 녹일 수 없는 것은 이 세상에 존재하지 않습니다. 신을 제외하고는!」

　다시 박수가 일었다. 감동의 박수 소리는 실내에 환한 불이 들어올 때까지 계속되었다.

　불이 들어오고 박수 소리가 멎은 뒤에도 사람들은 한동안 얼빠진 표정으로 자기 자리에 앉아 있었다. 자리를 뜨기에는, 입을 열어 말하기에는 감동과 충격이 너무 컸던 것이다.

　그로부터 한 시간 뒤, 연구소 강당에서는 축하 파티가 조촐하게 열렸다.

　X의 개발과 그것의 무기화 실험 성공은 아직 극비에 속하는 일인 만큼 그것을 축하하기 위해 요란스럽게 파티를 개최할 입장은 못되었다.

　그렇긴 하지만 조촐한 파티장 이상으로 열기와 흥분에 휩싸여 있었다. 파티의 주인공은 누가 뭐래도 X를 개발한 배무인 박사였다.

　그는 손이 부르트도록 손님들의 악수를 받아야 했다. 외롭게 연구에만 전념해 오던 천재 과학자는 이제 그 보상을 톡톡히 받고 있는 셈이었다.

　사람들은 그를 천재라고 부르는 데 주저하지 않았다. 그는 확실히 천재였다. 자그마한 키에 조금 뚱뚱해 보이는 몸집, 아이 같은 얼굴, 굵은 검은 테 안경 너머의 투명한 눈빛 등이 그의 천재성과 천진성을 동시에 드러내 주고 있었다. 큼직한 머리통을 얹고 있는 까만 머리칼은 언제나 한쪽으로 흘러 내리고 있었고, 그는 가끔씩 그것을 손으로 쓸어 올리는 버릇이 있었다. 회색의 양복은 구겨져 있었고 넥타이는 일년 내내 검정색 한 가지였다. 그는 그만큼 순수하고 순박했다. 세파에 시달리지 않은 만큼 때묻지 않았고, 그래서 남을 의심할 줄을 몰랐다.

　놀랍게도 45세의 그는 아직 독신이었다. 마음에 드는 적당한 상대가 없어서 혼자 사는 게 아니라 원래가 여자에게 별로 관심이 없었다. 여자보다는 연구에 더 흥미와 관심이 있었다. 그를 결혼시키기 위해 그의 주변 사람들은 갖은 노력을 다해 보았지만 그는 결코 동요하는 기미를 보이지 않았다. 그는 일상적인 모든 것으로부터 벗어난 사람이었다.

실험의 성공에 만족한 그는 시종 천진스럽게 웃고 있었다.

그러나 그와는 대조적으로 유일하게 악수도 하지 않고 찬사도 보내지 않은 채 굳은 얼굴로 서성거리고 있는 사람이 있었다. 다름 아닌 바로 권근수였다.

그는 질투의 눈길로 배박사를 바라보고 있었다. 세림의 회장과 간부들, 정부 요인들, 군 장성, 저명한 과학자들에 둘러싸여 끊임없이 웃고 있는 배박사의 모습은 그에게 패배감을 안겨 주기에 족했다.

한쪽 구석에 머뭇거리며 서 있는 그에게 말을 거는 사람은 아무도 없었다. 회사 간부들은 그를 보고서도 아예 묵살해 버렸다. 그의 아들이 유괴당한 것을 알고 있을텐데도 거기에 대해서는 위로의 말 한 마디 없었다. 그는 이제 있어도 그만 없어도 그만인 존재로 전락해 있는 자신을 발견했다.

참담한 패배감은 그 반동으로 질투심을 불러일으켰다. 가슴 복판에 불길이 되어 활활 타오르는 질투심은 이윽고 그로 하여금 새로운 결의를 다지게 했다.

앞으로 8일이 남았다. 그 안에 X를 손에 넣지 못하면 그의 사랑하는 아들은 영영 집에 돌아오지 못할 것이다.

「저 웃는 얼굴이 비참하게 일그러지는 것을 보고야 말 테다. 저 자리에 내가 서 있어야 하는 것인데, 저자가 서서 찬사를 받고 있는 것이다……」

그는 어금니를 깨물며 배무인을 노려보았다. 그때 마침 실내를 훑어보던 시선과 부딪쳤다. 그대로 지나치던 배박사의 시선이 그 쪽으로 되돌아왔다.

그는 당황해서 시선을 돌렸다.

배박사는 그가 서 있는 쪽으로 다가왔다.

권근수는 억지로라도 웃지 않을 수 없었다. 그는 오른손에 들고 있던 맥주잔을 왼손에 옮기면서 배무인과 악수했다.

「축하해.」

배박사는 심각한 표정을 지었다.

「아이는 어찌 됐나?」

그 역시 권근수의 아들이 유괴당한 것을 소문으로 듣고 알고 있었던 것이다.

「아직……」

권은 힘없이 고개를 저었다.

「저런…… 정말 안됐네. 그렇지 않아도 이야기를 들었지. 집에 가 보려고 했는데 정신없이 바빠서 말이야. 정말 미안하네.」

천재 과학자는 진정으로 미안한 표정을 지었다.

「미안하긴……」

「어린 아이를 납치하다니, 죽일 놈들이야. 놈들이 노리는 게 뭔가?」

「돈이야.」

그는 지난밤에 1억을 들고 나갔다가 흥정에 실패했던 이야기를 했다. 이야기를 듣고 난 배박사는 그의 팔을 잡고 흔들었다.

「너무 상심하지 말게. 범인들이 노리는 게 돈이라면 아이는 안전해. 계속 접촉을 시도해. 경찰에 의뢰하지 말고 직접 범인과 접촉해서 돈을 전해 주는 게 좋아. 놈들은 돈만 받으면 귀찮아서라도 아이를 돌려줄 거야. 미국에 있을 때 내 친구 한 명도 그런 일을 겪었는데 중간에 경찰이 개입하니까 일이 안되더라고. 할 수 없이 경찰 몰래 범인과 접촉을 시도했지. 막대한 돈이었지만 잃은 셈치고 돈을 건넸더니 즉시 딸애가 돌아왔어. 놈들은 주위에 경찰이 얼씬 거리기만 해도 나타나지 않아.」

권은 알겠다는 듯 고개를 끄덕였다.

「그렇지 않아도 그럴 생각이야. 집에 지금 형사들이 우글거리고 있는데 그들과 대판 싸웠어. 나가 달라고 해도 막무가내야. 범인과 직접 접촉하고 싶은데 전화를 모두 도청당하고 있어서 어쩔 수가 없어.」

그는 울 것 같은 표정을 지었다.

「정 그렇다면 경찰을 이해시키는 수밖에 없어. 아이를 먼저 찾는 게 중요하니까 거래가 끝날 때까지는 제발 얼씬거리지 말아 달라고 부탁하는 거야. 수사는 아이를 찾고 나서 해도 늦지 않아.」

그는 정말 진지하게 이야기하고 있었다.

「내가 도울 일이 없겠나?」

「괜찮아.」

「무슨 일이라도 좋으니 내가 도울 일이 있으면 말해 줘. 범인과 만나라면 만나겠어.」

「말만 들어도 고마워. 아이만 해치지 않으면 어느 정도 안심하겠는데……」

「아이는 해치지 않을 거야. 해쳐 봐야 자기들한테 이익되는 게 없을 테니까.」

「오늘 실험…… 정말 훌륭했어. 그건 확실히 기적이었어. 난 그걸 보면서 이런 생각을 했어. 나한테 만일 그런 총이 있다면 범인들을 모두 쓸어 버리겠다고 말이야.」

「자네 심정 충분히 이해해.」

그들 사이로 한 사나이가 접근했다. 남자치고는 우아하게 생긴 모습이었다.

배박사가 그를 권근수에게 소개했다.

「D화학의 부사장이신 양채기 씨네.」

순간 두 사람의 시선이 무섭게 부딪쳤다.

먼저 손을 내민 사람은 우아하게 생긴 사나이였다.

「안녕하십니까?」

점잖고 부드러운 목소리였다. 권근수는 인사를 받지 않을 수 없었다. 그는 고개를 끄덕이며 상대방의 손을 잡았다.

「이렇게 뵙게 되어 반갑습니다. 권박사님에 대해서는 이야기를 많이 들었지요.」

권근수는 상대방의 눈을 가만히 들여다보았다. 날카롭게 빛나던 그 눈은 부드럽고 선한 빛을 띠고 있었다.

「두 분이 이야기 좀 나누시죠. 전 저쪽으로 가 보겠습니다.」

배박사는 두 사람을 거기에 남겨 두고 저쪽으로 가 버렸다.

「한 잔 더 하시죠.」

양채기가 권근수를 칵테일 코너 쪽으로 이끌었다. 권근수는 잠자코 따라가 새 잔을 받았다. 그들은 자연스럽게 구석 쪽으로 걸어갔다.

권근수는 믿을 수가 없었다. 양채기라는 이름은 그가 언덕 위의 집으로 끌려가던 날 밤 그 집의 문패에서 본 이름이었다.

그런데 이 사나이는 더없이 부드럽고 선한 인상이다. 그는 사나이의 정체를 파악하려고 눈을 날카롭게 굴렸다.

「오늘 실험 어떻든가요?」

상대방이 글라스를 흔들며 물었다.

「난 이미 알고 있었습니다.」

그는 무뚝뚝하게 대꾸했다.

「하지만 보신 건 처음 아닙니까?」

「처음입니다.」

「전 너무 놀라 말이 안 나왔습니다. 배박사의 말마따나 그것은 기적이었습니다. 그것을 우리 나라에서 발명해 냈다는 것은 정말 놀라운 일입니다. X가 그렇게 무서운 무기가 될 수 있으리라고는 생각지도 못했습니다.」

「D화학에서는 무엇을 생산하고 있나요?」

권근수는 느닷없는 질문을 던졌다. 그러나 상대방은 당황해하거나 불쾌한 표정을 짓지 않았다. 여전히 부드러운 인상으로 대답했다.

「우리 회사는 고분자 화학 메이커입니다. 저도 재일교포입니다만 …… 재일교포 재벌인 김선명 씨가 출자해서 세운 회사지요. 우리들이 주력하고 있는 것은 엔지니어링 플라스틱입니다. 금속이나 황금보다 더 견고하다는 것이 입증되었습니다. 그래서 자동차에는 이미 철판 대신 플라스틱을 본격적으로 이용하기 시작했습니다. 앞으로는 주택도 플라스틱으로 지을 겁니다.」

「훌륭한 일을 하시는군요. 그런데 그것이 X와 무슨 관계가 있지요?」

「무슨 말씀인지?」

그의 얼굴에서 부드러운 빛이 서서히 사라지고 있었다.

「난 선생이 어떻게 해서 여기에 초대되었는지 그걸 알고 싶습니다. 플라스틱과 X는 아무리 생각해도 직접적인 관계가 없는데 어떻게 해서 이 비밀스런 장소에 참석하시게 됐죠?」

「난 파티에 단골입니다. 어느 파티에나 빠지지 않고 참석합니다. 여기도 예외는 아니죠. 이 귀중한 파티에 빠질 수야 없었죠.」

권근수는 글라스를 움켜쥐었다. 조금만 힘을 주면 으스러질 것 같았다.

「난 당신의 이름을 본 적이 있어요.」

권근수는 소리를 죽여 말했다. 작은 목소리였지만 증오에 차 있었다.

「아, 그래요? 어디서 보셨나요?」

양채기는 별로 놀라는 기색 없이 물었다.

「언덕 위의 집 대문에 붙어 있는 문패에서 봤어요. 곧 눈이 가려졌기 때문에 그 집이 어디에 있는지는 알 수 없지만 난 분명히 문패에서 당신 이름을 봤어요. 그 집에서 내가 당한 모욕을 난 잊을 수가 없어요.」

다소곳이 귀를 기울이던 양채기는 냉소 어린 표정으로 끄덕였다.

「이 세상에 양채기란 이름이 어디 한 둘인가요. 단단히 오해를 하고 계시는 것 같은데 미안하지만 난 아파트에서 살고 있습니다. 언덕 위의 집이라니 금시초문인데요.」

「시침떼지 마시오!」

권근수는 잡아먹을 듯이 상대방을 노려보았다.

「정상이 아니군요.」

양채기는 냉소를 흘리며 그 자리를 피하려고 했다. 권근수는 재빨리 그의 팔을 낚아챘다.

「나하고 지금 경찰에 갑시다! 당신이 정말 아파트에 살고 있는지 확인합시다!」

「이거 봐요. 사람들이 이상하게 보기 전에 손을 놔요. 내가 어디 살든 당신이 상관할 일도 아니고 그걸 경찰에 확인시켜야 할 이유도 없어요. 당신 같은 사람을 알게 돼서 유감이오.」

「악마 같은 놈들! 내 아들을 납치하다니!」

권근수의 얼굴에 경련이 일었다. 그는 증오심을 이기지 못해 부들부들 떨고 있었다.

그의 입에서는 금방이라도 울부짖음이 터져나올 것만 같았다. 그것을 보고 양채기는 얼른 밖으로 빠져나갔다. 잘못하다가는 망신을 당하기 십상이라고 판단한 것 같았다. 권근수는 이미 제정신이 아니었다. 그는 양채기의 뒤를 급히 쫓아갔다.

양채기는 뒤쫓아오는 사내를 유인하듯 정원의 숲 사이로 천천히 걸어갔다. 그리고 인적이 없는 곳에 이르자 뒤돌아서서 권근수가 가까이 오기를 기다렸다. 헐떡거리며 다가온 권근수는 금방이라도 상대방을 후려칠 듯이 두 주먹을 불끈 쥐고 부들부들 떠는 것이었다.

「나한테 하고 싶은 말이 있으면 해보시오.」

양채기는 그를 느긋하게 바라보며 말했다.
「내 아들을 내놔! 내 아들을 내놓으란 말이야!」
권근수는 입에서 침을 튀겼다.
「당신 아들이 어떻게 된 모양인데…… 난 거기에 대해 아무것도 몰라요.」
「거짓말!」
손을 쳐드는 것을 양채기는 막았다. 그리고 정색을 하고 그를 쏘아보았다.
「이봐, 얌전히 굴지 않으면 가만두지 않을 거야. 참는 데도 한도가 있어.」 ·
눈을 부라리자 권근수는 멈칫해서 그를 바라보았다. 갑작스런 반격에 꽤나 놀란 것 같았다.
「당신 아들에 대해서 난 아무것도 몰라. 하지만 당신 아들이 납치되었다면 그건 정말 안된 이야기야. 아들을 빨리 구할 수 있는 방도를 연구하는 게 좋을 거요. 당신에게 어떤 요구가 제시되었다면 그 요구를 빨리 들어주는 게 아들을 구할 수 있는 길이겠지.」
「……」
「그게 현명한 길이라는 걸 알아달라 이 말이오. 내가 할 수 있는 건 이 말뿐이오.」
거기서 권근수가 더는 말을 못한 채 질린 표정으로 머뭇거리자 양채기는 먼저 실례하겠다고 하면서 어둠이 막 내리기 시작하는 수풀 사이로 사라져 갔다. 권근수는 그의 뒷모습을 망연히 바라보기만 할 뿐 더 이상 그를 쫓아가 붙잡으려고 하지 않았다.
이윽고 파티장으로 돌아온 그는 기회를 타서 다시 배무인에게 접근했다. 배박사는 이 사람 저 사람이 주는 잔을 받아 마시는 바람에 꽤나 취해 있었다.
「그 사람 정체가 뭐야?」

「아, 양채기 씨 말인가? 그 사람 갔나?」
그는 양채기를 찾아 두리번거렸다.
「갔어. 그 사람 정체가 뭐야?」
「왜 무슨 일이 있었나?」
「기분 나쁜 작자야.」
「좀 거만한 면이 없진 않지만 사귈수록 좋은 데가 있는 사람이야.」
배무인은 뭐가 우스운지 껄껄거리고 웃었다. 그가 양채기를 알게
된 것은 1년 전쯤이라 했다. 그러면서 덧붙여 하는 말이 믿을 만한
사람이라는 거였다.
「재일교포인데 믿을 만하다는 건가?」
「재일교포라고 해서 못 믿을 거야 없지. 오늘 밤 참석자는 내가 체
크한 게 아니야.」
「그럼 누가 체크했나?」
「자세히 모르겠어. 난 그런 데는 관심 없어.」
「그 사람 정체가 뭐야?」
권근수는 재차 똑같은 질문을 반복했다.
배박사는 의아한 표정으로 그를 쳐다보았다.
「내가 이야기하지 않았나? D화학 부사장이라고?」
「난 그 배경을 묻는 거야.」
「배경이라니?」
배박사는 어리둥절해 하다가 상대방의 심각한 표정을 보고는 어깨
를 치면서 다시 껄껄거리고 웃었다.
「권박사, 오늘 밤 왜 이렇게 심각하지? 하하하……」
그러다가 문득 무엇이 생각났는지 웃음을 거두고 조심스럽게 그를
쳐다보았다.
「아, 실례했군. 술이 들어가면 이렇게 망발이라니까. 양씨에 대해
서는 잊도록 해. 그 사람이 기분 나쁘게 굴었다면 내가 대신 사과

하지. 난 두 사람이 잘 어울릴 것 같아 소개한 거야. 아이 때문에 심경이 괴로울텐데 이거 정말 미안하게 됐군.」
「천만에. 배박사가 사과할 것까지는 없어. 내가 알고 싶은 건 그 사람의 배경 같은 거야. 아는 대로 좀 말해 줘.」
「이건 비밀인데 혼자만 알고 있어.」
배박사는 주위를 둘러보고 나서 나직한 소리로 속삭이듯 말했다.
「그는 회장의 조카야. 확실한 내막은 나 같은 사람이 알 수 없지만 조카인 것만은 분명한 것 같아.」
권근수의 놀라움은 컸다. 그는 눈을 크게 뜨고 배박사의 다음 말을 기다렸다.
「회장은 그를 크게 신임하고 있는가 봐. 알다시피 회장한테는 딸 밖에 없지 않나. 사위라는 게 기대할 만한 인물이 못되고 하니까 요즘은 부쩍 조카를 가까이 하나 봐.」
그야말로 권근수에게는 금시초문이었다.
놀라고 있는 그를 향해 배박사는 더욱 놀라운 말을 했다.
「지금 그 사람이 몸담고 있는 D화학을 세림이 인수하려는 모양이야. 그 사람이 나한테 살짝 귀띔한 건데 인수할 계획이 서 있는 것 같아. 그렇게 되면 양씨는 아주 자연스럽게 우리 세림에 참여하게 되는 거지. D화학과 함께 양씨도 끌어들일 계획이라니까. 회장은 그렇게 해서 그 사람을 키울 셈인 것 같아.」
「그럼 회장 추천으로 이번 실험에 참관한 건가?」
권근수는 회장 쪽을 힐끗 바라보았다.
늙은 회장은 어떤 뚱뚱한 사람과 머리를 맞대고 이야기에 열중하고 있었다.
「음, 그런 것 같아. 그는 중요한 모임이나 파티에 얼굴을 내미는 빈도가 잦아지고 있어.」
놀라움은 얼마 뒤 혼란으로 바뀌었다. 이것을 어떻게 해석해야 할까? 권근수는 갈피를 잡을 수 없었다.

「그래서 그 사람을 소개한 거야. 세림의 다음 실력자가 될지도 모르기 때문에 말이야.」

「근사한 이야기이군.」

「회장한테는 젊어서 죽은 동생이 있었나 봐. 양채기 씨는 그 동생의 아들이야. 어떻게 해서 그가 일본에 살게 됐는지는 모르겠어. 회장은 지금 일흔넷이야. 언제 세상을 떠날지 몰라.」

두 사람이 그들 쪽으로 다가섰다. 회사 간부들이었다. 배박사가 그들과 활발히 이야기 나누는 것을 보고 권근수는 한 쪽으로 슬그머니 물러섰다. 그에게 말을 거는 사람은 아무도 없었다. 대부분 형식적으로 그저 목례만 던질 뿐 그와 마주서서 대화하는 것을 기피하고 있었다. 그만큼 그는 사람들에게 인기가 없었다. 인기가 없다는 것은 이런 사회에서는 별볼일 없다는 뜻이다.

그는 얼이 빠져 한동안 멀거니 서 있었다. 배박사의 말에 거짓은 없을 것이다. 그가 알기로 배박사는 거짓말할 줄을 모르는 사람이었다. 그렇다면 그의 말을 어떻게 해석해야 할까? 양채기라는 인물을 어떻게 이해해야 한단 말인가? 그는 내 아들을 유괴한 조직과 관계가 있을까 없을까? 그는 조직 쪽 사람인가 세림 쪽 사람인가?

권근수가 전전긍긍하고 있을 때 배무인 박사는 걱정스러운 눈길로 그를 쳐다보고 있었다. 그는 사람들과 이야기를 나누고 있으면서 권박사 쪽에 신경이 쏠리는 것을 어찌할 수 없었다.

그가 보기에 권박사는 파탄 일보 전에 있는 것 같았다. 정신적으로도 육체적으로도 파멸에 직면해 있는 것 같았다. 우선 연구소 내에서의 그의 위치란 것이 너무도 불안했다. 그의 실력은 이제 인정받지 못하고 있었다. 반도체 연구실의 젊은 실장은 공공연히 그를 멸시하고 있었다. 사람들은 저마다 권박사가 언제쯤 사직서를 써내게 될까 하고 이제나 저제나 기다리고 있었다. 그러나 그는 끈질기게 늘어붙어 있었다.

개인적으로 배박사는 권박사가 안됐다 싶었다. 그들은 연구 분야가 서로 다르기 때문에 견제하거나 질시해야 할 하등의 이유가 없었다. 더구나 그들은 오랜 친분관계에 있었다. 미국에 유학할 때부터 관계가 있어 왔으니까 서로 알게 된 지가 20년 가까이 되는 셈이었다. 그렇다고는 하지만 속에 있는 것을 송두리째 꺼내 주어도 아깝지 않을 만큼 그렇게 허물없는 사이는 아니었다.

그렇게 오래도록 사귀어 왔지만 아무래도 두 사람 사이에는 벽이 있었다. 그 벽은 어느 한 쪽이 쌓아올린 것은 아니었다. 그것은 두 사람의 인간성이 빚은 아주 자연스러운 벽이었던 것이다.

배박사는 소박하고 원만한 인물이었다. 그는 오로지 연구밖에 몰랐다. 그래서 그를 아는 사람들은 그를 가리켜 때묻지 않은 순수한 사람이라고 했다. 그는 너무 선량해서 남에게 싫은 소리 하나 할 줄을 몰랐다.

배박사가 그러한 반면 권박사는 문제가 있는 인물이었다. 그는 노력보다는 자신의 두뇌를 너무 믿는 편이었다. 그리고 그러한 사람들이 흔히 빠지기 쉬운 요령주의에 젖어 있었다. 그들은 함께 미국의 유명한 공대에 다녔는데 그때에 이미 배박사는 권근수에게서 그러한 점을 발견하고는 어떤 벽을 느꼈다. 그때의 기분을 그는 서글픔 같은 것으로 생각하고 있었다. 세상사의 모든 것이 다 그렇지만 특히 과학 세계에서의 요령주의는 통해서도 안되고 통하지도 않는다. 박사학위 정도야 어느 정도의 요령을 피우면 받을 수 있을 것이다. 그러나 그 뒤가 문제다.

권근수는 예상대로 박사 학위를 획득했다. 배무인보다 1년 앞서 학위를 획득하고는 의기양양해서 유명한 IBM사에 입사했다. 1년 뒤 학위를 받은 배무인은 알라모스 과학실험소에 들어가 연구를 계속했다. 6천여 과학자들이 모여 있는 그 곳은 미국 국방과학의 핵이라

고 할 수 있었다. 원자탄 실험에 성공, 원자시대의 막을 연 이래 수
소폭탄을 비롯, 미국 정예병기의 3개 중 2개를 개발해낸 곳이 바로
그 실험소였다. 인디언 말로 끓는 샘이란 뜻을 지닌 예메즈 산속 피
야리토 고원에 자리잡은 그 실험소에서 배박사는 10년 넘게 마음껏
연구에 몰두할 수 있었다. 그 바람에 그는 혼기를 놓쳤지만 그런 것
은 아무래도 좋았다. 그런 것이 그에게 문제될 수는 없었던 것이다.
　제각기 근무처가 달랐기 때문에 그들은 자주 만날 수가 없었다. 자
주 만나고 싶을 만큼 그렇게 그립지도 않았다. 그런데 어쩌다 만나면
권박사는 그야말로 아주 최고급으로 차려 입고 귀족처럼 행세하곤
했다. 타고 다니는 차도 최고급이었고 옆에 데리고 다니는 여인도 최
상의 블론드 머리였다. 그때마다 배박사는 IBM사의 보수가 무척이
나 후한 모양이라고 생각하곤 했다. 그렇지 않고서는 권박사가 그렇
게 사치스러운 생활을 할 수가 없었다. 미국에서의 생활이란 뻔한 것
이다. 자기가 일하는 만큼 보수를 받고, 그 범위 내에서 생활할 수밖
에 없도록 모든 것이 제도화되어 있었다. 한국처럼 투기로 한몫 잡
는다는 것은 어림없는 이야기다. 그런데 나중에 들은 이야기지만
IBM사에서 권박사와 함께 일하고 있는 한국인의 말에 의하면 권박
사는 특별히 많은 보수를 받지는 않았다고 했다. 그는 다른 사람들과
비슷한 수준의 보수를 받았으며, 그 보수로는 호화로운 생활이란 생
각할 수도 없다는 거였다.
　그 후 권박사는 IBM사를 나와 한국으로 건너갔다. 그 사실을 배
박사는 나중에야 소식을 듣고 알았는데 귀국하게 된 동기에 대해서
는 꽤나 말들이 많았다. 한국의 재벌회사에서 스카웃해 갔다는 말도
있었고 FBI가 수사를 개시했기 때문에 도망쳤다는 말도 있었다. 어
느 것이 정말인지 알 수 없었지만 배박사의 흥미를 끈 것은 FBI 수
사설이었다.
　그것을 뒷받침하는 것이 권박사의 산업 스파이설이었다. 그는

IBM에 근무하면서 크고 작은 과학기술을 팔아먹었다는 거였다. 그가 그렇게 호화스러운 생활을 꾸려갈 수 있었던 것도 다 그런 때문이라고 했다.

과학기술을 빼내 팔아먹는 산업 스파이짓을 했다, 그리고 그 돈으로 호화스럽게 생활했다. 그럴듯한 이야기였다. 그는 언젠가는 한몫 잡아 미국을 뜰 생각을 하고 있었고, 그러던 차 수사의 손길이 뻗어 왔고, 그래서 그는 서둘러 귀국했으며 그전부터 이야기가 되어 있었던 재벌회사의 연구소에 들어갔다는 것이었다.

이야기대로라면 놀라운 일이었다. 그리고 권박사라면 충분히 그럴 수 있었다. 그러나 원래 남을 의심할 줄 모르는 배박사는 그러한 소문을 믿으려 들지 않았다. 한 인간을 그렇게 평가하는 데 대해 화를 내기까지 했다.

수사에 착수했다는 FBI가 어떤 결론을 내렸는지는 밝혀지지 않았다.

2년 뒤 그는 귀국하여 세림 중앙연구소에 들어왔는데 바로 그 곳에 권박사가 근무하고 있었다. 나쁜 소문 따위는 깨끗이 잊은 채 그는 진정으로 권박사를 다시 만나게 된 것을 기뻐했다.

그러나 그 기쁨은 단순하고 순수한 것으로 그것이 그들 사이에 그 이상의 어떤 것을 던져 주지는 않았다. 그 대신 시간이 흐르는 동안 무엇인가 꺼림칙한 것이 쌓여갔고, 어느 날 문득 그것이 벽으로 변해 있는 것을 그는 발견했던 것이다.

권박사의 요령주의는 마침내 그의 위치를 불안하게 만들었고 그 때문에 그는 설 자리를 잃게 될지도 모른다. 엎친 데 덮친 격으로 그는 아들까지 유괴당해 어쩔 줄 모르고 있었다. 그의 그러한 처지는 마음 약한 배박사의 동정심을 불러일으키기에 족했다. 내가 도와 줄 수 있는 일이 없을까 하고 그는 생각했다. 실험의 성공으로 기뻐하던 자신이 부끄럽기까지 했다.

권박사가 어깨를 늘어뜨린 채 밖으로 사라지는 것이 보였다. 집에 돌아가는 것 같았다. 배박사는 머뭇거리다가 그를 쫓아갔다.
「권박사, 어디 가는 거야?」
그는 정원의 나무 그늘에 서 있었다. 이미 밖은 어두워져 있었다.
「집에 갈려구……」
권이 힘없이 말했다. 배박사는 가까이 다가가 그의 손을 잡았다.
「너무 상심 말게. 잘 해결될 거야.」
「……」
권은 창백한 표정으로 말없이 끄덕였다. 그의 눈에 눈물이 어려 있는 것을 발견하고 배박사는 당황했다.
「잘될 거야.」
「정말 놀라운 실험이었어.」
그는 찬탄의 눈길로 배박사를 바라보았다. 배박사는 민망스러웠다.
「그건 기적이야. 부럽군. 들어가 보게.」
그는 돌아서서 걷기 시작했다. 다리에 힘이 없어 비틀거리는 것 같았다.
「괜찮겠나? 혼자 갈 수 있겠어?」
「괜찮구 말구.」
그는 뒤돌아보지 않고 그대로 걸어갔다. 그림자가 나무 사이로 흔들거렸다.
「있다가 집에 가겠네.」
배박사는 막 사라지는 그의 뒷모습을 향해 외쳤다.
「올 필요없어.」
그의 모습이 사라졌다.
배박사는 자신이 너무 무심한 사람이 되었다고 생각했다. 독신인 그는 자식이 어떤 것인지 아직 정확히 모르고 있었다.

그러나 절망에 빠져 있는 권박사를 보니 자식이 어떤 것인지 어느 정도 짐작할 수 있을 것 같았다.

평화주의자

조남석은 수첩을 꺼내 들고 그것을 펼쳤다. 그리고 거기에 적힌 내용을 보면서 차분하게 말해 나갔다.

「공동묘지에서 죽은 사람은 내가 생각했던 대로 전과가 많은 자였어요. 어렵지 않게 알아냈는데…… 본명은 이동진, 그러나 김재봉이라는 가명이 더 알려져 있지요. 별명이 고릴라일 정도로 몸이 건장한데 거기다 유도와 당수의 고단자이기 때문에 주먹으로 당할 자가 없어요. 나이는 서른아홉. 그런 자를 처치할 정도의 솜씨를 가진 자라면 보통이 아닌 것만은 분명해요. 김재봉은 태양이라는 폭력 조직 앞잡이로 주먹 쓸 일은 도맡아서 해온 자입니다. 특히 그는 김모라는 자의 하수인으로 밀수품을 처분하는 일을 주로 해왔어요. 나하고는 10여 년 전에 만난 적이 있는데 어떤 살인사건 용의자로 연행했다가 풀어 준 일이 있어요. 심증은 가는데 증거가 없어서 풀어 줬어요. 그때는 내가 부산에서 근무하고 있을 때였는데, 그 뒤로는 만나지 못했어요. 조사 결과 폭력 및 밀수 전과 5범으로 밝혀졌고 현재 역시 폭력죄로 수배중인 자였어요.」

조씨는 두 사람의 반응을 살피듯 잠시 말을 멈추었다.

　문대와 박 명은 숨을 죽이고 그의 말을 듣고 있다가 자세를 고쳐 앉았다.

「태양은 우리가 지금까지 조사한 바로는 국화와 칼의 일부입니다. 그러니까 국화와 칼의 방패막이로 내세우고 있는 자들이 바로 태양의 무리들이지요.」

　박 명이 눈을 굴리며 말했다. 조씨는 고개를 끄덕였다.

「부산에서 죽은 정만길과 한 패거리였어요. 정만길도 같은 사건으로 내 손에 걸린 적이 있어요.」

「김재봉은 결국 나문식이 한 발 더 접근하는 과정에서 살해된 정만길과 같은 희생자로군.」

　문대는 범인이 역시 나문식임을 못박았다. 다른 두 사람도 거기에 대해 이의가 없었다.

「놈은 계획대로 호랑이 굴속으로 접근하고 있습니다. 한 놈씩 제거하면서 착착 계획을 실천에 옮기고 있습니다. 우리를 비웃는 듯이 말입니다.」

　박 명은 조씨를 바라보며 분노에 차서 말했다.

　구문대는 묘한 기분에 사로잡혔다. 팽팽하던 줄이 돌연 탁 끊어진 것 같은 느낌이었다. 악마끼리의 싸움에 굳이 개입할 필요가 있을까. 서로 싸우도록 내버려두면 제풀에 꺾여 쓰러질 것이다. 경찰은 그때쯤 나서서 뒤처리만 하면 되는 것이다. 물론 그것은 원칙에 어긋나는 짓이다. 그러한 짓은 직무유기에 해당된다. 하지만 악을 단죄하기에는 법의 힘은 너무나 먼 곳에 있고 미약하기만 하다. 경찰은 범인을 수배하여 체포한 다음 조서와 함께 검찰에 넘기는 권한만 있지 그들을 직접 단죄할 권한도 자격도 없다. 직접 단죄하고 싶어도 그럴 수가 없다. 따라서 이번 기회야말로 기막히게 좋은 기회인 것이다. 경찰은 굳이 나서서 수고할 필요가 없다. 팔짱 끼고 가만히 구경만 하고 있다가 수사 흉내만 내면 된다. 사건의 내막만 파악하고

막이 내리기를 기다리고 있으면 된다. 악이 악을 제거해 준다는 것이
얼마나 아이러니컬한 일인가.
　「김모라는 자를 만나 볼 필요가 있겠군요?」
　박 명의 말에 문대는 생각에서 깨어났다.
　조씨는 그렇지 않아도 김모라는 자에 대한 정보를 가져왔다고 말
했다.
　「김재봉을 하수인으로 부려먹은 인물이라면 이 사건에 관련이 되
　어 있을 가능성이 많아요. 좀더 구체적으로 말한다면 나문식이 노
　리는 다음 인물이 바로 김가가 아닌가 생각해요.」
　조씨가 얻어온 정보에 의하면 김모라는 자의 본명은 김병관(金炳
寬)으로 나이는 50세, 직업은 무역업이며 당구장도 경영하고 있었다.
무역업은 밀수를 위한 위장업체이며 당구의 귀재라고 했다.
　조씨와 박 명은 김병관에게 접근하기로 하고 문대는 천상기가 말
해 준 인물들을 만나러 갔다.
　문대는 이제부터 나문식을 바싹 쫓는 것으로부터 한 발 뒤로 물러
설 생각이었다. 그렇다고 자신의 생각을 박 명에게 이야기하거나 강
요할 마음은 없었다. 나문식은 박형사에게 맡긴다. 그 혼자로서는
힘에 겨울 것이다. 그동안 나는 다른 것을 조사한다.

　박 명과 조씨는 어느 다방으로 들어갔다.
　두 사람이 그를 맞았다. 한 사람은 형사였고 다른 한 사람은 경찰
정보원이었다. 형사는 조씨의 후배로 김병관에게 대해 조사한 결과
를 이야기했다.
　「이 사람이 여기 있는 당구장에 잘 드나들고 있습니다.」
　이 사람이란 그가 정보원으로 쓰고 있는 젊은 사람을 가리키는 말
이었다. 정보원은 깨끗한 양복 차림이었다. 박 명은 그가 별로 마음
에 들지 않았다.

「그 사무실은 바로 이 건물 안에 있습니다. 당구장도 함께 있지요. 사무실은 3층에 있고 당구장은 2층에 있습니다.」

정보원의 말이었다. 그는 두 사람의 눈치를 살피고 나서 말을 이었다.

「그런데 그 사람이 갑자기 어디론가 사라졌습니다. 얼마 전에 들어온 계집애도 없어졌습니다. 사무실도 잠겨져 있고 당구장만 영업을 하고 있는데 만대라는 청년이 일을 보고 있습니다.」

「그 청년을 불러다 물어봤는데 주인의 행방을 모르고 있습니다. 거짓말하는 것 같지는 않았습니다.」

형사가 덧붙여 말했다. 조씨가 뭐라고 묻기 전에 형사가 또 설명했다.

「여자애에 대해 조사해 봤는데 어젯밤 집에 들어오지 않았답니다. 그리고 지금까지 소식이 없다고 걱정이 태산 같았습니다. 이름은 박은애입니다. 함께 사라져 버린 게 틀림없는 것 같습니다.」

잠시 침묵이 흘렀다. 그들은 말없이 커피를 마셨다. 조씨가 찻잔을 내려놓으며 먼저 물었다.

「어디로 갔을까? 갈 만한 데를 알 수 없을까?」

그의 시선이 정보원의 얼굴에 잠시 머물렀다. 정보원은 자신이 없는지 그의 시선을 피했다.

「그를 빨리 찾아 내지 않으면 위험해요. 그 사람은 살해당할지도 몰라요.」

박 명이 눈을 굴리며 말했다. 정보원의 얼굴 표정이 굳어졌다. 그는 머뭇거리다가 조심스럽게 입을 열었다.

「그 사람을 찾는 사람들이 있었어요. 수사관은 아니고 처음 보는 사람들이었는데 인상이 좋지 않았어요.」

조씨와 박 명은 이해가 안 간다는 듯 서로 쳐다보았다. 정보원이 말을 계속했다.

「알아봤더니 조직에서 그를 찾고 있다는 겁니다. 그는 배신자라는 낙인이 찍혔답니다. 그는 거액을 빼돌려 가지고 도망쳤답니다. 잡히면 아마 죽을 겁니다. 쉽게 잡기는 불가능할 겁니다.」
형사가 그를 맞았다.
「불가능하다고 하지 말고 갈 만한 곳을 수소문해서 알아봐. 빨리 찾아내지 않으면 안돼. 불가능이란 없어. 불가능하다고 수사를 포기할 수는 없는 거야.」
「알았습니다.」
정보원은 머리를 숙였다.

구문대는 문을 노크했다. 두 번 노크하자 안에서 들어오라는 말이 들려왔다. 그는 조심스럽게 문을 밀고 안으로 들어갔다. 그 곳은 세림 중앙연구소의 레이저 광학 연구실장실이었다.
넓은 실내는 온통 책으로 가득 차 있었다. 그리고 모든 것이 정신을 차릴 수 없도록 무질서하게 흐트러져 있었다.
방안의 주인공은 책상 위에 엎드려 무엇인가 쓰고 있었다. 검은 테의 안경과 앞으로 흘러 내린 머리칼이 묘한 조화를 이루고 있었다. 손님이 방안으로 들어섰는데도 불구하고 배무인 박사는 아는 체도 하지 않은 채 하던 일을 계속하고 있었다. 그는 마치 사람이 들어섰다는 사실 자체를 잊은 듯이 보였다.
문대는 불쾌했다. 괜히 찾아왔다는 생각이 들었다. 그대로 돌아서 나갈까 하다가 꾹 참고 더 좀 기다려 보기로 했다.
아마 2분은 지났으리라. 그는 더 이상 참을 수가 없었다.
「실례합니다.」
그는 볼멘소리로 말했다. 그제서야 배박사는 책상 위에서 얼굴을 쳐들었다.
「아, 네……」

배박사는 의아한 눈길로 문대를 올려다보고 나서 소파를 가리켰다.

「잠깐 기다리시죠. 하던 일이 좀 있어서……」

「바쁘시면 돌아가죠. 다음에 들르겠습니다.」

문대는 노골적으로 얼굴에 불쾌감을 드러내면서 돌아섰다.

「그대로 돌아가시면 어떡합니까. 자, 이리 앉으시죠.」

「바쁜 시간을 빼앗아 미안합니다.」

문대는 권하는 소파에 앉았다. 배박사는 그와 마주보는 자리에 불편한 자세로 있었다. 얼른 용건만 이야기하고 꺼지라는 뜻이 역력했다. 문대는 오래 시간을 끌어 골탕을 좀 먹여야겠다고 생각했다.

「경찰에서 오셨다구요?」

「그렇습니다.」

문대는 아이처럼 천진스러운 눈을 바라보았다. 오만하다거나 그런 빛은 조금도 보이지 않았다. 이 사람이 레이저광학의 권위자란 말인가. 천상기의 말로는 배무인은 천재 과학자라 했다.

「전 항상 경찰의 보호를 받고 있습니다. 제가 연구하는 분야가 매우 중요한 것이기 때문에 그러는 것 같은데…… 새삼스럽게 무슨 일입니까?」

경찰이 찾아왔는데 눈 하나 까딱하지 않는 이유를 이제야 알 것 같았다.

문대는 그에 대한 불쾌감이 서서히 사라지는 것을 느꼈다.

「저는 배박사님을 경호하는 경찰과는 다릅니다. 저는 강력사건을 수사하고 있습니다.」

배박사는 멈칫하는 것 같았다. 그는 자세를 바로하고 깡마른 형사를 쳐다보았다. 얼굴에 긴장이 감돌았다.

「수사관이 저 같은 사람한테 무슨 볼일이 있나요?」

「볼일이 있습니다.」

「뭡니까?」
「어떤 인물에 대해 아시는 대로 말씀해 주셨으면 합니다.」
「어떤 인물입니까?」
「권근수 씨에 대해서입니다.」
그의 얼굴에서 이제 부드러운 빛은 완전히 사라지고 없었다. 그는
굳은 얼굴로 문대를 응시했다. 그리고 물었다.
「왜 그 사람에 대해서 제가 말해야 됩니까?」
「그 이유는 묻지 마십시오. 아시는 대로 솔직히 말씀해 주시면 됩
니다.」
「고자질하라는 겁니까?」
「그런 건 아닙니다.」
「무슨 일로 그러는지는 몰라도 그건 곤란한 주문인데요.」
그의 눈빛이 흐려졌다. 이런 사람은 자기가 알고 있는 사람에 대해
절대 나쁘게 말하는 법이 없다. 바탕이 선량하고 인격이 갖추어져 있
기 때문이다. 하지만 수사관으로서는 달가운 인물이 아니다.
「협조해 주십시오. 우리는 그 사람에 대해 좀 자세한 것을 알아볼
필요가 있습니다.」
문대는 진지한 눈길로 그를 쳐다보았다.
「유괴 사건 때문에 그러는 겁니까?」
「잘 아시는군요.」
「그 사람 아들이 유괴당했는데 왜 보호자를 조사하나요?」
「그건 기초적인 겁니다. 가장 가까운 사람부터 조사하는 게 원칙
입니다. 보호자와 보호자를 둘러싸고 있는 사람들을 철저히 조사
하면서 수사범위를 넓혀가는 겁니다.」
「그렇다면 이해가 갑니다. 그래야겠군요.」
그는 수긍하고 나왔다.
「미국에 유학하고 있을 때 같은 대학에 다녔다고 들었는데 정말입

니까?」

「네, 그렇습니다.」

배박사는 권박사의 인간 됨됨이에 대해서는 일절 말하지 않았다. 권박사의 두뇌의 명석함, 그가 고생하던 이야기, 그런 끝에 IBM사에 들어가게 된 것 등을 이야기했다. 그의 이야기를 듣고 보니 권박사는 아주 훌륭한 인물이었다. 문대는 곤혹스러웠다.

「그에 대한 칭찬보다는 문제점을 듣고 싶습니다.」

「문제점 같은 건 없습니다.」

「그가 노름에 미쳐 있다는 걸 아십니까?」

배박사의 눈이 휘둥그래졌다.

「금시초문인데요.」

「그는 노련한 노름꾼입니다.」

「그럴 리가……」

배박사는 믿을 수 없다는 듯 고개를 흔들었다.

「노름이야 할 수 있는 거 아닙니까?」

배박사는 권박사를 변호하려고 애를 썼다.

「취미로 하는 것이야 얼마든지 이해할 수 있지요. 하지만 권박사의 경우는 그게 아니라 전문적인 노름꾼입니다. 수백 수천만 원이 왔다 갔다하는 노름판의 노름꾼입니다.」

「정말 몰랐는데요.」

배박사는 기막히다는 표정을 지었다. 누가 들어도 그것은 어이없는 일이라고 할 수 있는 그런 것이었다. 반도체 분야의 과학자가 노름꾼이라는 것은 믿어지지 않는 모순되는 이야기였다. 그러나 사실은 사실이었다.

「이 한 가지만 보아도 그에게 문제점이 있다는 것을 알 수 있습니다. 그는 왜 IBM사를 떠나 귀국하게 됐나요?」

「외국이 아무리 좋아도 자기가 태어난 조국보다는 못합니다. 외국

에 나가 있는 한국인들은 누구나 조국에 와서 봉사하기를 희망하
고 있습니다. 여건이 안 맞아서 못 오는 것이지 그렇지 않으면 모
두가 올 겁니다.」
「그러니까 권박사도 조국에 봉사하기 위해 귀국했다는 말입니
까?」
「네, 그렇게 봐야죠.」
「그건 권박사 자신의 말입니까? 아니면 배박사의 생각입니까?」
「제 생각입니다.」
「왜 그의 아들이 유괴당했을까요?」
갑자기 화제를 바꾸는 바람에 배박사는 당황한 기색이었다.
「모르시겠습니까? 왜 그의 아들이 유괴당했는지? 왜 하필이면
그 아들이 유괴됐을까요? 하고많은 아이들 중에서 말입니다.」
배박사는 천천히 머리를 흔들었다. 얼굴빛이 어두워지면서 강한
어조로
「모릅니다. 그 이유를 제가 어떻게 압니까?」
라고 말했다.
「유감이군요. 권박사에게 이상한 점은 없었습니까? 평소에 말입
니다.」
「그 사람은 훌륭한 인물입니다. 이상한 점은 없었습니다.」
문대는 기대가 와그르르 무너지는 느낌이었다. 좋은 정보를 기대
하고 왔는데 이건 오히려 정보를 빼앗긴 셈이 되었다. 이 사람에게서
는 아무래도 도움이 될 만한 말을 들을 수 없을 것 같았다.
「부탁 하나 드려도 되겠습니까?」
이번에는 배박사 쪽에서 공세로 나왔다.
「네, 말씀하십시오.」
문대는 긴장해서 상대방을 주시했다.
「권박사의 아들을 하루빨리 찾아 주십시오. 만일 아들을 찾지 못

하면 권박사는 파멸할 겁니다.」

문대는 맥이 탁 풀렸다.

「그렇지 않아도 우리는 최대로 노력하고 있습니다. 아이를 잃은 부모의 심정이 어떻다는 거 잘 알고 있습니다.」

「정말 큰일입니다. 권박사는 비탄에 잠겨 제정신이 아닙니다.」

「그럴 테죠.」

문대는 자리에서 일어났다.

「경찰이 여기 찾아왔다는 사실을 이야기해서는 안됩니다. 우리가 나누었던 이야기도 권박사에게 말해서는 안됩니다. 비밀을 지켜 주십시오.」

형사가 가고 난 뒤 배무인은 일을 할 수가 없었다. 그는 방안을 서성거리며 마음 속의 혼란을 진정시키려 애써 보았지만 그럴 수가 없었다.

권박사에게 이 일을 이야기해 주는 것이 옳지 않을까 하고 그는 생각했다. 그러나 얼마 뒤 그는 생각을 고쳐 먹었다. 형사와 약속한 대로 이 일은 비밀로 덮어 두는 게 좋을 것 같았다.

그것은 유괴 사건에 대한 형식적인 조사임이 분명했다. 비탄에 잠겨 있는 그에게 굳이 그런 말을 해 줄 필요가 뭐 있는가. 한 가지 마음에 걸리는 것이 있다면 권박사가 노름꾼이라는 형사의 말이었다. 그것은 그야말로 놀라운 사실이었다. 정말일까?

형사가 거짓말할 리는 없을 것이다. 누구를 비방하거나 의심할 줄 모르는 그의 마음속에 처음으로 의혹의 싹이 터올랐다. 그에게 정말 문제점이 있는 게 아닐까? 형사는 그 점을 알아내려고 했다. 그런데 나는 처음부터 끝까지 권박사를 두둔하는 말만 했다. 형사에게 바른 대로 말했어야 옳았다. 나는 거짓말을 한 것이다. IBM사에서 권박사가 나오게 된 동기에 대해 들은 대로 이야기했어야 했다. 확인된 사실은 아니지만 들은 소문이라도 말해 주어야 옳았다. 노름에 미쳤다면 과학자로서는 끝장난 것이나 다름없다. 이미 연구소 내에서 경시당하고 있는 그가 노름에 빠져들었을 가능성은 높은 것이다. 엎친 데 덮친 격으로 그는 아들까지 유괴당했다. 불쌍한 사나이.

그는 냉정해지려고 애쓰면서 창 밖을 내다보았다.

창 밖은 완연한 봄이었다. 날씨는 따뜻했고 수목이며 잔디밭은 푸르름을 띠고 있었다. 수목 위로 보이는 파란 하늘과 따사로운 햇볕은 그대로 평화를 말해 주고 있었다. 그러나 지붕 아래 사는 사람들의 세계는 그렇지가 못하다. 비극과 희극이 교차하고 있고 잦은 음모가 횡행하고 있다. X만 해도 그렇다. 그 실험의 성공에 나는 너무 기뻐 울기까지 했었다. 그러나 나중에 곰곰 생각해 보니 그렇게 기뻐할 것도 못되었다. 과학기술은 인류생활의 발달과 평화에 기여할 때 의미가 있는 것이다. 그것이 인류의 파괴에 기여할 때는 차라리 없는 것만도 못한 것이다. 그런데 인간은 과학기술로 선과 악을 동시에 수행해 왔다. 이 얼마나 모순된 일인가! 영리하면서도 어리석은 게 인간인 모양이다. 한 쪽에서는 평화를 갈구하고 있는데 한 쪽에서는 파괴를 일삼고 있다. 끊임없는 전쟁의 포화. 지금도 세계도처에서는 전쟁이 계속되고 있고 많은 생명들이 최신 과학기술에 의해 죽어가고 있다. 최소한의 양심을 가지고 있는 과학자라면 아인슈타인과 사하로프 박사를 들 수 있을 것이다. 그들이 평화주의자일 수밖에 없는 이유를 이해할 수 있을 것 같다. 인류의 마지막 무기인 레이저 무기로 또 얼마나 많은 사람들이 죽게 될까. 나는 결국 살인병기를 만들어낸 셈이다. 살인자. 대량학살의 주범.

그는 입술을 깨물었다. 그는 천재였지만 사고의 영역이 너무 단순했다. 그는 평화를 위협하는, 그것을 파괴하려드는 침략자가 등뒤에 도사리고 있다는 것을 인식하지 못했다. 그것은 현실인데도 불구하고 그는 관념 속에 살고 있었다.

그가 밖으로 나왔을 때 그의 머릿속에는 〈평화를 위한 투쟁〉이라는 슬로건이 마치 깃발처럼 나부끼고 있었다. 그 깃발을 흔들고 싶었다. 그는 갑자기 외로움과 투쟁심과 혼란스러움을 동시에 느꼈다. 어찌할 바를 모른 채 그는 따뜻한 햇볕이 내리쬐는 정원을 이리저리 거닐었다.

권근수 박사에게는 아들을 찾을 때까지 무제한의 휴가 기간이 주어져 있었다.

배박사가 그의 아파트로 들어갔을 때 그는 두 명의 형사와 지친 모습으로 거실의 소파에 앉아 있었다. 형사들도 기다리다 지쳤는지 반쯤 졸고 있었다.

권박사는 보기에도 딱할 정도로 초췌하고 불안해 보였다. 그는 충혈된 눈으로 배박사를 바라보면서 고개를 끄덕였다.

그의 표정에서 절망적인 빛을 읽은 배박사는 무슨 말로 위로해야 할지 몰라 다소곳이 권박사 곁에 앉았다. 곧 무거운 분위기에 빠져든 그는 숨이 막힐 것만 같았다.

그때 권박사 쪽에서 먼저 말을 걸어왔다.

「이젠 전화도 없어.」

배박사는 목이 타는 것을 느꼈다. 그는 형사들을 힐끗 보고 나서 물었다.

「경찰 쪽에서는 좋은 소식 없나?」

「두 손 놓고 있어. 단서도 못 잡고 있어.」

「야단났군. 이럴수록 마음을 굳게 먹어야 해. 하나의 시련으로 알고……」

그러다가 배박사는 입을 다물었다. 그런 따위의 말을 한다는 것이 너무 도식적으로 생각되었기 때문이다. 권박사는 어린애가 아니다. 그는 요령이 있는 인물이니까 어떻게든 이 시련을 뚫고 나올 수 있을 것이다.

　배박사는 권박사의 부인을 위로하기 위해 방안으로 가 보았다. 거기에는 권박사의 부인이 친척으로 보이는 사람들에 둘러싸여 드러누워 있었는데 링거 주사를 맞고 있는 것이 보기에 너무 측은했다. 그는 위로의 말 한마디 할 수 없는 것이 안타까웠다.

　거실로 돌아와 권박사에게 바람이나 쐬러 가자고 하자 그는 전화가 올지도 모른다고 하면서 쉽게 응하려고 하지를 않았다. 그것을 보고 형사들이 자기들에게 맡기고 밖에 나갔다 오라고 권했다. 그제서야 권박사는 배박사를 따라나섰다.

　그들은 석양에 물든 정원을 한동안 말없이 거닐었다. 자갈길을 한참 따라가자 벤치가 나왔다. 권박사는 거기에 털썩 주저앉았다. 그는 배박사를 힘없이 바라보면서

　「바쁠텐데 그만 가 보지.」

하고 말했다.

　「바쁜 거 없어.」

　배박사는 그의 곁에 나란히 앉았다.

　석양의 황홀한 빛 사이로 새들이 날아오는 것이 보였다. 둥지를 찾아 날아오는 새들이었다. 그것을 보고 권박사가 중얼거리는 소리로 말했다.

　「새들이 부럽군. 새들은 유괴 같은 거 하지 않을 거 아니야.」

　배박사는 가슴이 미어져왔다. 권박사의 목소리가 차츰 증오의 빛을 띠기 시작했다.

　「인간들이 저주스러워.」

　「……」

　「이런 곳에서 살고 싶지가 않아.」

　그의 눈에 눈물이 어리는 것을 보고 배박사는 외면했다.

　「너무 상심하지 말게. 아이는 돌아오게 될 거야.」

　권박사는 머리를 세차게 흔들었다.

「내 예감에 아이를 찾지 못할 것 같아.」

「그럴 리가 있나. 놈들은 지금 관망하느라고 연락이 없을 거야.」

「아니야. 그렇지 않아.」

그는 두 손으로 얼굴을 감싸쥐더니 소리를 죽여 울기 시작했다.

그의 돌연한 행동에 배박사는 꽤나 당황하지 않을 수 없었다.

권박사는 체면이고 뭐고 없이 마치 아이처럼 어깨를 들썩이며 우는 것이었다. 이럴 수가 있을까. 얼마나 아이를 사랑하면 이럴까. 그는 권박사가 측은해서 견딜 수가 없었다. 그는 권박사의 어깨를 가만히 잡아 흔들었다.

「진정하게. 이럴수록 냉정해야 하네.」

그러자 권박사는 의외로 눈물을 거두는 것이었다. 그는 고개를 끄덕이며

「그래. 맞아. 이럴수록 냉정해져야 한다는 것을 알면서도 그게 마음대로 안돼.」

「아이를 찾을 수 있다는 확신을 가져야 해. 확신을 가지는 것과 안 가지는 것과는 엄청난 차이가 있어.」

「그래. 배박사 말이 맞아. 술 한잔 하고 싶은데.」

「내 방으로 가지. 거기에도 술이 있으니까.」

배박사는 권박사를 데리고 자신의 연구실로 갔다.

배박사는 술을 많이 마시는 편은 아니지만 술을 즐기는 편이었다. 그래서인지 연구실의 다락 속에는 양주병들이 적잖게 들어 있었다. 그는 또한 칵테일 솜씨가 뛰어나 손님들에게 직접 칵테일을 만들어 주기를 좋아했다.

「칵테일 하겠나?」

「아니야. 난 위스키를 줘.」

배박사는 소형 냉장고 속에서 얼음 조각을 글라스에 집어 넣은 다음 거기다 위스키를 따랐다. 그리고 자신은 다락 앞에 서서 한참 동

안 자신이 마실 칵테일을 만들었다.

권근수는 술잔을 입으로 가져가면서 연구실 내부를 세밀히 살폈다. 그가 배박사의 연구실에 직접 와 보기는 처음이었다. 그동안 그 곳에 와 보려고 기회를 노려왔지만 뜻대로 되지 않아 오지 못했던 것이다.

그는 구석구석을 세밀히 살폈다. 마치 고양이가 쥐를 찾듯이. 이윽고 그의 얼굴에 실망의 빛이 스쳐갔다. 그것은 순간적으로 지나쳐 갔기 때문에 배박사에게는 눈치 채이지 않았다.

그가 실망한 것은 연구실 내부에 X를 숨겨둘 만한 장소가 눈에 띄지 않았기 때문이다. X가 이렇게 허술한 곳에 보관되어 있을 리 없었다. 그것은 아마 모르면 몰라도 전자 감시 장치가 되어 있는 금고 같은 곳에 들어 있을 것이고 감시원도 붙어 있을 것이다. 어디에 있을까. 갑자기 그의 눈길이 한 곳에 머물렀다. 안쪽 벽에 철문이 하나 붙어 있는데 문에는 자물쇠가 걸려 있었다. 그 문은 무엇을 보관해 두는 창고문 같은 것하고는 달랐다. 그것은 다른 곳으로 통하는 문 같았다. 그는 잔을 비우고 다시 위스키를 청했다. 배박사는 술을 따라주면서 걱정스런 눈길로 그를 쳐다보았다.

「나는 흥미를 잃었어. 모든 것에 흥미를 잃었어.」

권박사는 붉게 물든 서쪽 하늘을 바라보면서 낮은 소리로 말했다. 배박사도 그를 따라 서쪽 하늘에 눈을 주었다.

「자네 심정 알 만해.」

「그래도 자넨 성공했잖아. 난 뒤죽박죽이야. 뭐가 어떻게 되어가는지 모르겠어. 이젠 될 대로 되라는 식이야. 이렇게 자포자기 상태에 빠지기는 처음이야. 이젠 아이까지 잃었으니……」

그의 얼굴이 일그러지고 있었다.

「성공은 무슨 성공…… 실험에 성공했을 때는 도취감에 젖었었지.」

　배박사는 자리에서 일어나 다락 쪽으로 가서 다시 칵테일을 만들었다. 그는 등을 돌린 채 말했다.
　「난 아무래도 야심가는 못되나봐. 누가 뭐래도 난 평화주의자일 수밖에 없어. 이건 양심의 문제야.」
　그는 일어서서 권박사를 바라보았다. 그의 눈빛은 침울해져 있었다.
　「자네도 느꼈을 거야. 한 가지를 성취하고 났을 때의 도취감과 그 뒤에 찾아오는 허망함 말이야. 그건 마치 섹스에서 느끼는 것과 비슷하지. 만족이란 없어.」
　권박사는 배박사의 내부에 일고 있는 변화와 갈등을 읽으려고 귀를 기울였다. 이것은 그가 바라던 바였다.
　「자네가 자포자기를 말했는데…… 나도 지금 비슷한 기분이야. 물론 정도의 차이는 있겠지. 자넨 아이를 유괴당한 상태니까 그 정도가 더 심하겠지. 하지만 근본적으로는 다를 바가 없어.」
　그는 글라스를 흔들면서 소파에 돌아와 앉았다.
　「과학이란 결과적으로 허무감만 안겨 줘.」
　권근수는 가만 있을 수 없어 이렇게 말했다. 배박사는 동지를 만난 듯 크게 고개를 끄덕였다.
　「X는 결국은 살인 무기일 수밖에 없어. 나는 살인 무기를 만든 거야. 나는 그것이 평화에 이용되기를 바래. 하지만 현실은 그렇지가 않단 말이야. 건설과 파괴…… 이 두 가지가 동시에 수행되고 있는 인간사회의 이 모순을 자넨 어떻게 이해하겠나? 소리도 없이 눈 깜짝할 사이에 목표물을 녹여 버리는 가공할 무기 X를 만들었다고 기뻐 날뛰었으니 나라는 인간도 이쯤 되면 한심하기 짝이 없어.」
　권박사는 상체를 움직였다. 기다리던 말이 배박사의 입에서 흘러 나오는 순간 그는 가슴이 뜨겁게 달아오르는 것을 느꼈다.

「자네가 그렇게 말하니까 하는 말인데…… 난 그 실험을 보고 하나도 기쁘지 않았어. 자넨 섭섭하게 생각하겠지만 솔직히 말해 난 탱크가 녹아 버리는 것을 보고 남들처럼 박수를 칠 수 없었어.」

「섭섭하지 않아. 그건 당연한 생각이야. 진정한 지성인이라면 그런 느낌을 갖는 게 당연해. 당연하고 말고.」

「요란한 박수 소리 속에서 내가 느낀 것은 소름끼치는 공포였어. 나는 달려나가 그 무기를 부숴 버리고 싶은 충동을 강렬히 느꼈어.」

그들의 시선이 뜨겁게 부딪쳤다. 먼저 시선을 거둔 쪽은 권박사였다.

「미안하네. 쓸데없는 말을 해서……」

「천만에. 정말 솔직한 말을 해 줘서 기뻐. 사실 실험의 성공에 대해 입에 침이 마르도록 칭찬만 들었거든. 이젠 그런 말 듣기 역겨워.」

「X는 이제 자네도 어찌할 수 없게 거대한 괴물로 변해 사람들을 잡아먹을 기회를 노리고 있겠지?」

「정말 그래. 이젠 완전히 내 손에서 떠났어. 자식이 성장해서 부모 품을 떠나 멋대로 돌아다니는 격이지. 아인슈타인도 사하로프도 마찬가지였을 거야. 자식을 떠나 보낸 뒤 아무리 돌아오라고 불러 봐야 마이동풍이지.」

권박사는 철문 쪽을 바라보았다. 그리고 자연스럽게 물었다.

「저건 뭔가? 방안에 저런 시설이 있으니까 영 어울리지가 않는데……」

배박사는 문 쪽을 힐끗 바라보고 나서 미간을 찌푸렸다.

「마치 감방문 같아.」

권근수는 상대방의 입을 열게 하려고 한 마디 더 했다. 예상했던 대로 배박사는 쳐놓은 그물에 걸려들었다.

「저 문은 비밀통로로 나가는 문이야.」

「비밀통로?」

권박사는 강한 호기심을 보이며 물었다. 그것을 보고 배박사는 상대방의 호기심을 충족시켜 주고 싶은 욕구를 느꼈다.

「음, 이 건물에는 비밀이 많아.」

「돼먹지 않게 무슨 비밀이 그렇게 많은지. 이젠 비밀이란 말만 들어도 역겨워.」

「나도 마찬가지야. 저 문을 열고 들어가면 뭐가 있는지 아나? 놀라지 말게. 안으로 들어가면 엘리베이터가 있고, 그걸 타고 내려가면 실험실이 있어. 그리고 각종 극비자료는 그 옆에 있는 방에 있어.」

「그 방에는 아무도 들어갈 수 없겠군.」

「극히 제한된 인물들만 들어갈 수 있지.」

「X 같은 것이라면 그렇게 보관해야겠지. 자료가 누설되면 안될 테니까 말이야. 우리 반도체 쪽은 그 정도로 삼엄하지는 않아. 지킬 만한 것이 없으니까 말이야. 그저 금고 속에 넣어 두는 정도야. 거기는 어느 정도 삼엄한가?」

「말도 마.」

배박사는 손을 흔들었다.

「이젠 나도 맘대로 출입할 수 없을 정도야.」

「어느 정돈데?」

그는 무심코 묻는 듯했지만 귀는 온통 배박사 쪽으로 곤두세워 놓고 있었다.

배박사는 그런 말을 해도 좋을지 어떨지를 망설이는 눈치였다. 두 사람의 시선이 일순 부딪쳤다. 그러나 그것은 잠시뿐이었다. 그들은 약속이나 한 듯 얼른 시선을 피했다.

「이야기가 이상하게 돌아갔는데……」

배박사는 고개를 갸우뚱했다.

「뭐가 이상하다는 거야?」

「비밀이거든.」

배박사는 미안한 듯 말했다.

「우리 사이에 그런 게 존재해야 하나?」

권박사의 물음에 배박사는 놀란 듯한 표정을 지었다.

그는 다시 일어나 칵테일을 만들었다.

권근수는 조심했다. 상대방이 이상하게 생각하면 큰일이기 때문이었다. 그래서 그는 거기에 대해 더 이상 먼저 입을 열지 않으려고 했다. 배박사는 술잔을 들고 자리에 돌아와 앉더니 웃으며 말했다.

「너무 심한 보안조치가 사람들 사이의 신뢰까지 떨어뜨렸어. 우리 사이에 무슨 비밀이 있겠나.」

그렇게 말하고 나서 그는 철문을 지그시 바라보았다.

「모든 것은 전자 감시체제로 되어 있어. 그 주위는 물론 내부의 움직임은 낱낱이 스크린에 비치도록 되어 있어. 그리고 누가 접근하면 비상벨이 울리지. 비상벨이 울리면 자동으로 통로가 막히게 되어 있어. 그리고 경비원은 침입자를 살해해도 괜찮아.」

「무시무시하군.」

권근수는 겁먹은 표정으로 말했다.

「무시무시하지. 외부인이 무단으로 침입한다는 것은 불가능해.」

「그래도 자네는 가장 자유스럽게 출입할 수 있지 않나?」

「그렇지 않아. X가 완성된 후부터는 나 자신까지 요주의 인물이 되었어. 사실 어떻게 생각하면 나야말로 일급 위험 인물이라고 할 수 있지. X를 만든 장본인이니까. 그것을 빼돌리려면 얼마든지 가능하지. 회사에서는 그 점을 결코 간과하지 않을 거야. 그 중요성 때문에 지금은 국가 기관에서 신경을 써 주고 있지만, 그렇기 때문에 그것은 내 손에서 완전히 떠나 내 손이 닿기 어려운 곳에 숨겨져 있는 거야. 그것은 이제 국가적 차원에서 감시받고 있고 보호되고 있어. 나는 내 자식을 사랑해. 그러나 그것은 이제 내 품을 떠나 내가 어떻게 해볼 수 없는 괴물로 변해 버렸어. 내가 시내에라도 외출하면 항상 두 명의 사나이가 내 뒤를 따라붙는 거야. 두 가지 목적에서지. 나를 경호하기 위해서, 그리고 나를 감시하기 위해서. 그래서 내가 무슨 일을 하고 누구와 만나는가 낱낱이 체크되는 거야.」

그런 말을 하는 그는 어느새 우울한 표정으로 변해 있었다.

「그 짓도 못할 짓이군.」

「못할 짓이고 말고. 프라이버시가 없는 생활을 생각해 보았나? 당하지 않고는 그 고통을 모를 거야. 난 항의도 해보았지만 쓸데없는 짓이었어. 자기들도 어쩔 수 없다는 거야. 좋은 의미로 해석해 달라는 거야. 그렇게 나오는데 난들 어떻게 하겠어. X에 관한 자료는 사람의 손이 닿을 수 없는 깊은 곳에 보관되어 있지만 또한 군데 아주 허술한 곳에 한 부 더 보관되어 있지.」

권박사의 눈이 번쩍 빛났다. 그는 입으로 가져가던 술잔을 밑으로 내렸다. 그리고 낮은 소리로 물었다.

「어디에?」

「여기에……」

배박사는 자신의 머리를 가리키면서 미소했다. 권근수는 잠시 멀거니 그를 바라보다가 고개를 끄덕였다.

「거기야말로 가장 안전한 장소이군. 그보다 더 좋은 장소는 없지.」

「그렇지도 않아. 나를 납치해 가면 간단하거든. 난 육체적 고통에는 아주 약하기 때문에 조금 고문만 가하면 술술 토해낼 거야. 굳이 지하실까지 끌고 들어갈 필요없이 나를 납치해 가면 간단히 해결되지.」

그렇게 말하면서 그는 의미 심장한 눈길로 권박사를 바라보았다. 권근수는 뜨끔했다. 상대방이 마치 이쪽의 흉중을 꿰뚫어보기나 한 것처럼 쳐다보았기 때문이다. 그럴 리가 없다고 생각하면서 그는 상체를 뒤로 기댔다.

「하지만 자네를 납치하는 것도 쉬운 일은 아니겠지. 경호원들이 항상 붙어 있으니 말이야.」

「경호원 정도 따돌리지 못하고 어떻게 나를 납치하겠나.」

「하긴 그래.」

「나는 때때로 납치당하고 싶은 충동을 느낄 때가 있어. 아주 강렬히 말이야.」

이자가 왜 이런 말을 나에게 하는 것일까? 나를 바라보는 눈길이 마치 자기를 납치해 가라고 호소하는 것만 같다. 권근수는 심한 혼란에 빠져들었다.

배박사의 말을 어떻게 해석하고 받아들여야 할지 그는 아무리 생각해도 알 수 없었다. 한 가지 분명한 것은 배박사의 내부에 큰 혼란이 일고 있다는 사실이었다. 그가 마음에도 없는 말을 지껄이고 있을 리 없었다. 어째서 그에게 그런 변화가 일어났을까. 자칭 평화주의자이기 때문일까. 그것만으로 설득력이 부족하다. 그는 지금 생애 최고의 순간을 맛보고 있다. 최고의 찬사와 영광을 한 몸에 받고 있다. 자신의 선택 여하에 따라서는 이제부터 최고의 생활을 가질 수가 있다. 그런데도 그는 빗나가고 있는 것이다. 왜 그럴까. 무슨 이유로 그러는 것일까.

「그러다가 정말 납치라도 당하게 되면 어떡하려고 그래? 농담이라도 그런 말은 하지 말게.」

권박사는 제법 생각하는 척하고 말했다. 배박사는 미소를 지으며 머리를 천천히 흔들었다.

「내 말이 농담으로 들리나? 천만에. 농담이 아니야. 난 진심으로 말하고 있는 거야. 난 탈출하고 싶어. 자넨 모르겠지만 난 사실 철창 없는 감옥에서 살고 있는 것이나 다름없어. 내가 이래야 된단 말인가? 내 머릿속에 X의 공식이 남아 있는 한 나는 아마 죽을 때까지 감시를 받으며 살아가게 될 거야.」
「감시가 아니라 보호겠지.」
「보호라고 하지만 나한테는 감시로밖에 생각되지 않아.」
「그런 걸 두고 즐거운 비명이라고 하지.」
「즐거운 비명? 흥, 웃기는군. 난 말이야. 내가 어느 날 기억력을 완전히 거세당한 바보가 되지 않을까 하고 생각할 때가 있어. 그럴 때는 온몸에 소름이 돋지. 기억력도 아무 사고 능력도 없는 바보가 된다고 생각해 보게. 얼마나 끔찍한가? 그것도 외부의 힘에 의해서 그렇게 된다고 생각해 보게. 내가 바보가 되면, 그때부터는 나를 감시할 필요도 없겠지. 나는 그때 가서야 자유롭게 풀려나는 거야. 하지만 바보에게 자유란 무슨 의미가 있겠나?」
「자넨 상상력의 천재군. 그건 너무 비약이야. 자네 같은 사람의 천재성을 보호하면 했지 왜 그걸 제거하겠나.」
「쓸모없어졌기 때문이지. 이 배무인은 X 하나로 끝장이 난 거야. X가 완성됐으니까 이제 쓸모없어진 거야. 그대로 놔두면 골치 아프거든. 누군가가 나를 납치해 가면 X를 고스란히 손에 넣을 수가 있으니까 말이야. 만일 납치되면 나는 반역자가 될 수밖에 없겠지. 반역자가 되는 것을 지켜 보는 나라가 어디 있겠나?」
「납치 납치 하는데 과연 누가 그런 짓을 할까?」
「가능성은 얼마든지 있어. 자넨 자네 아이가 유괴당하리라고는 꿈에도 생각지 않았을 거야. 그건 정말 생각지도 않은 일이었지. 거기에 비해 나는 확실한 이유가 있기 때문에 납치될 가능성이 더 많다고 볼 수 있지. 그걸 알고 있기 때문에 경호와 감시는 더욱 강화될 거야.」

한동안 침묵이 흘렀다.

권근수는 배박사의 옆얼굴을 쳐다보았다. 그 얼굴은 어두워져 있었다. 조금은 이해할 수 있을 것도 같다. 그러나 아직은 뭐가 뭔지 분명치 않다.

「난 외국에 가서 살고 싶어. 여기 올 때는 행복을 약속받고 희망을 가지고 왔는데 지금은 실망밖에 남은 게 없어.」

배박사의 그 말은 갑자기 유리창이 깨지는 것 같은 놀라움을 권박사에게 안겨 주었다.

권근수의 머리는 부지런히 회전했다. 배무인의 말을 분석하고 판단을 내린 다음 거기에 대처할 만한 말을 만들어 내기 위해서는 쉴 새 없이 머리를 굴릴 수밖에 없었다.

배무인은 현재 정신적으로 위기를 맞고 있는 것이 아닐까. 보통사람이 볼 때 그의 생각은 정상이 아니다. 그는 위기의식 내지는 피해의식에 사로잡혀 있는 것 같다. X가 완성됨으로써 자신은 이제 쓸모없어졌으며, X를 지키기 위해 그 비밀을 담고 있는 자신의 기억력을 파괴할지도 모른다는 생각이 바로 그것이었다. 그의 피해의식이 심각한 것이라면 지금 실망밖에 남은 것이 없다는 그의 말은 거짓이 아닌 사실일 것이고, 그리고 외국에 가서 살고 싶다는 그의 희망 역시 진심에서 우러난 말일 것이다. 그가 알고 있는 한에 있어서 배무인은 거짓말을 할 줄 모르는 위인이었다.

그는 문득 배박사가 지껄인 말 가운데 다음의 두 가지 사항이 하나의 줄로 연결되고 있음을 간파했다. X의 비밀을 저장하고 있는 자신의 두뇌를 납치당하고 싶다는 것, 그리고 외국에 나가고 싶다는 것 등이 그것이었다. 이것은 즉 외국으로 납치당해 X의 비밀을 제공하고 그 대가로 그 곳에 안주하고 싶다는 뜻이 아닐까.

일단 이렇게 생각하자 그것은 어느새 하나의 확신이 되어 그에게 다가왔다. 아 그렇구나. 배무인이 원하는 바를 이제야 알겠다. 그 자신이 원하고 협조한다면 납치는 그렇게 어려운 일이 아닐 것이다. 앞으로 그와 나는 어쩌면 동지가 될 수 있을지도 모른다. 조국에 대해서는 반역이 될지 모르지만, 그러나 반역자끼리는 서로 동지가 될 수 있는 것이다. 반역의 길—그 얼마나 험난하고 외로운 길인가! 동지가 생겼다는 것은 정말 기쁜 일이다.

도대체 조국이란 무엇인가? 인간은 언제까지 그것이 주는 강박관념 속에 살아야 하는가! 강요된 이념에 복종하지 않으면 반역자로 낙인 찍힌다. 이 논리는 맞는 것인가. 통치자가 국민을 통치하기 위해 제일 먼저 내세우는 이 원리, 거역하기 힘들게 국민을 붙들어매는 이 매혹적인 논리, 아무도 거기에 대해 비판하거나 이의를 제기하지 않았다. 과거에도 그랬고 현재도 그렇다. 미래에도 마찬가지일 것이다. 그러나 나는 그것에 거역하련다.

지구는 하나의 인간촌(人間村)이다. 처음에는 하나의 인간촌으로 존재했을 뿐이다. 그런데 인간들은 거기에다 멋대로 선을 긋고 그것을 국경선이라고 선언했다. 국경선은 많은 국가를 낳고, 국가는 국민을 만들어 내고, 그리하여 그때부터 국민들에게는 조국이라는 이념이 주입되고, 국민들은 그것을 사랑할 것을 강요받았다. 그리고 국민들은 그것을 당연한 것으로 생각해 왔다. 그러나 나는 이제부터 거역하련다. 반역자가 되련다. 나는 한 국가의 국민이기 전에 지구촌의 일원이다. 따라서 나는 내가 살고 싶은 곳에 가서 살 권리가 있다. 아무도 나를 붙들어맬 권리는 없다. 나는 자유로운 존재다. 자유로운 돌멩이에다 조국이니 애국이니 하는 따위의 말을 속삭이지 마라. 나는 떠날 것이다. 새처럼 훨훨 날아 국경을 넘어 어디론가 갈 것이다.

어디가 좋을까? 스위스…… 하와이…… 뉴욕…… 도쿄…… 마르세이유…… 런던…… 파리……. 그렇다. 파리가 제일 좋을 것 같다. 파리는 망명객의 천국이니까 그 곳이라면 안전하게 지낼 수 있을 것

이다. 최고의 문화와 최고의 유행, 최고의 미인들을 접하면서 멋진
인생을 보낼 수 있을 것이다. 골프와 요트, 그리고 스키, 남은 인생
을 멋지게 보내려면 돈이 필요하다. 얼마나 많은 돈이 필요할까.

막대한 돈이 굴리들이올 수 있는 기회였는데 나는 실패하고 말
았다. 그들이 내 아들을 납치하리라고는 생각지도 못했다. 기껏 1억
을 주겠다니 말도 안되는 소리다. 그러나 할 수 없다. 아들을 먼저
찾아야 한다. 아들을 찾는 대로 외국으로 날으는 거다.

그리고 배무인을 팔아먹는 거다. 그의 머릿속에 들어 있는 X를 말
이다. 거금이 들어올 수 있는 마지막 기회다. 이중으로 팔아먹으려
면 고도의 기술이 필요하다. 만약 실패하면 조직은 나를 가만두지 않
겠지. 시간은 많지 않다. 연락을 취할 수 있는 인물이 필요하다. 도
교의 그 자식이라면 선이 닿을지도 모른다. 그 자식들은 X라면 눈에
불을 켜고 달려들 것이다.

「뭘 그렇게 생각하나?」

배무인이 벌겋게 달아오른 얼굴로 물었다. 권근수는 깜짝 놀랐다.
자신의 속셈이 드러난 것만 같아 배박사의 눈치를 살폈다. 배무인은
웃고 있었다. 야릇한 웃음이었다.

「찾으면 있을 거야.」

권근수는 조심스럽게 상대방의 의중을 떠보았다.

「찾으면 있을 거라니 뭐 말이야?」

배박사가 미소를 띤 채 물었다. 권근수는 더욱 조심스러워졌다.
이 친구, 아직 눈치를 못 채는군. 한 마디 하면 두 마디를 알아들어
야 하는데 이래서야 원.

「줄 말이야. 외국으로 나갈 수 있는……」

배박사의 얼굴에서 웃음이 사라지는 것을 보고 그는 딴 데로 시선
을 돌렸다. 반응의 정도를 알기 위해서는 딴청을 부려야 한다. 그는
담배에 불을 붙이고 자리에서 일어나 창가로 다가갔다. 잠시 후에 반

응이 왔다. 심각한 것이었다.

「그런 줄을 알고 있나?」

무거운 음성이었다. 그리고 팽팽히 긴장되어 있었다. 그는 고개를 저었다.

「알고 있지는 않아. 하지만 찾으면 있을 거야.」

그는 상대방을 보지 않고 말했다.

「찾으면 있을 거라는 걸 어떻게 자신하지?」

「자신 있는 건 아니야. 하지만 우리 주위에는 스파이가 득실거려. 돈을 싸들고 다니는 산업스파이 말이야.」

「그런 자들은 비열해. 상대하고 싶지도 않아.」

배박사는 손을 쳐들었다가 내려뜨렸다. 권근수는 돌아서서 상대방을 바라보았다.

「호랑이를 잡으려면 호랑이 굴속으로 들어가야 해. 비열하면 비열한 대로 이용하는 거야. 그들을 통하지 않고서는 아무것도 안돼. 그들을 통하면 안전하게 나갈 수 있을 거야. 그리고 잘만 하면 평생 먹고 살 수 있는 거금을 손에 넣을 수가 있어. 돈이 필요하지 않나?」

그의 말이 끝나자 배무인은 천천히 몸을 일으켰다가 도로 털썩 주저앉았다. 그의 손에 들려 있던 글라스가 바닥에 떨어져 박살이 났다.

「필요하고 말고! 나는 돈이 필요해!」

배박사는 구두 뒤축으로 유리 조각을 밟았다. 유리 조각이 잘게 으깨어지는 소리가 났다. 이건 정말 놀라운 일이다! 노골적으로 돈이 필요하다고 말하다니! 내가 그동안 이 사람을 잘못 봐온 게 아닐까. 권근수의 눈은 무엇 하나라도 놓치지 않겠다는 듯 날카롭게 빛났다.

「나와 똑같은 생각이군. 우린 어쩌면 같은 길을 모색하고 있는지도 몰라. 단지 그것을 밖으로 드러내지 않았을 뿐이지 실은 같은 세계를 꿈꾸어 왔는지도 몰라. 앞으로 더 두고 봐야 알겠지만 오늘 자네 말을 듣고 보니까 그런 생각이 드는군.」
「나를 위로해 주려고 그런 말을 하는 건가? 그런 말로 나를 붙잡아두고 있다가 경찰에 넘기는 건 아니겠지.」
배박사가 의심스러운 듯 그를 곁눈질했다. 두 사람의 시선이 불꽃을 튀기며 부딪쳤다.
「그것 역시 나와 똑같은 생각이야.」
그들은 거의 동시에 발작적으로 웃음을 터뜨렸다. 공허하면서 긴장된 웃음이 한동안 방안을 울렸다.
「우리는 서로 의심하고 경계하고 있었군.」
배박사는 권박사 곁으로 다가와 그의 어깨에 손을 얹었다. 신뢰의 표시였다.
「그리고 우리는 그런 과정을 거쳐 서로 믿게 된 거야.」
두 사람은 서로 뜨거운 시선을 교환했다.
「나를 믿는다면…… 어떻게 해볼 수 있어. 위험하지만 동지적인 입장에서 말이야.」
「믿고 말고. 자넬 믿지 않으면 누굴 믿겠나. 제발 좀 도와 주게. 자네도 알다시피 나라는 인간은 지금까지 오로지 하나밖에 몰라 왔어. 이 세상은 오직 하나의 색깔로만 보였지. 그렇지 않다는 것을 알게 된 것은 극히 최근의 일이야.」
「이 세상은 여러 가지 색깔로 이루어져 있어. 난 이미 경험한 바야. 미국에서.」
「아, 그렇지. 들은 적이 있어. IBM사에 있을 때 모종의 사건이 있었다는 거 들은 것 같아. 그것이 사실이었나?」
권박사는 끄덕였다. 이제 와서 부인할 필요는 없다고 생각했기 때문이다.
「나에게는 아주 좋은 경험이었어. 나는 그 일로 해서 많은 것을 배웠어. 잘 알겠지만 미국이란 나라는 자본주의의 장점과 모순이 아주 적나라하게 드러나 있지. 극과 극이 함께 공존하고 있는 나라야.」

「그중에서 자본주의의 혜택을 받고 있는 사람은 극소수의 돈이 있는 자들이지.」

배박사가 맞장구를 치자 권근수는 점점 열을 내기 시작했다.

「그렇지. 나머지 90프로는 자본주의의 모순에 희생되고 있는 사람들이야. 미국 같은 부국에 굶주리는 사람이 많다는 것……아마 웬만한 사람들은 모를 거야.」

「그런 말 믿으려고 하지도 않을걸.」

그들의 대화는 반역의 길로 열심히 들어서고 있었다. 일단 말문이 열리자 그것은 마치 봇물처럼 걷잡을 수 없이 터져나왔다.

「90프로는 착취당하고 있는 거야. 그러니까 그들은 10프로의 인간들을 배불려 주기 위해 존재하는 거지. 나도 그중의 하나였어.」

권근수의 눈은 과거를 회상하는 듯 먼빛으로 변했다.

「나는 IBM에서 열심히 일했지. 여기야말로 내가 일생을 바쳐 일할 곳이라고 생각하면서 말이야. 그러나 그러한 나의 생각은 잘못이었어. 그들은 나에게 근면과 성실, 그리고 희생을 끊임없이 요구했어. 나는 그들의 요구에 부응해서 밤낮으로 일만 했지. 나에게도 밝은 미래가 기다리고 있는 줄 알고 말이야. 그러나 그렇지가 않았어. 나는 우선 피부 색깔에서부터 그들에게 지고 있었어. 싸움에서는 분명히 내가 이기고 있었는데도 불구하고 판정에서는 내가 언제나 졌어. 피부가 누렇기 때문이었지. 저들은 피부가 희다는 이유 하나만으로 별 노력도 하지 않고 나보다 많은 급료를 받았고, 나보다 높은 지위를 획득했어. 그러나 나는 참고 기다렸지. 모순은 시정될 것이라 생각하고 말이야. 그러나 시간이 흐르면서 나는 그 모순의 벽이 얼마나 두터운 것인가를 깨달았어. 그

벽은 엷어지기는커녕 더욱 두터워지고 있었어. 그 벽을 지탱하고 있는 힘은 돈 많은 소수의 인간들이었어. 나는 IBM이라는 거대한 기계의 톱니바퀴 중 하나의 톱니에 불과했어. 기계의 부속품, 생명이 있으나 그것이 인정되지 않는 부속품, 스물네 시간 혹사당하는 부속품, 감가상각비도 고려되지 않는 불쌍한 부속품, 메커니즘의 그늘 속에 가린 현대의 노예…… 결국 나는 생각했지. 그대로 당할 수만은 없다고 말이야. 지렁이도 밟으면 꿈틀거리는데 하물며 인간으로 태어나 꿈틀거리지도 못하고 질식사할 수는 없잖아. 그렇다고 그들을 상대로 정면으로 싸운다는 건 불가능한 일이었어. 그건 계란으로 바위를 깨는 격이었지. 약자가 가장 유용하게 써먹는 방법을 나는 생각했지. 테러, 스파이 같은 것이 바로 그거지. 오늘날 소수민족이나 테러조직들이 써먹는 방법 말이야. 그전부터 국제조직에서 손을 뻗어왔지만 나는 거절했었지. 그럴 수는 없다고 말이야. 그러나 나는 마침내 그들의 요구에 응하기로 했어. 그 방법이 가장 적합했기 때문이지. 나는 거액을 받고 기술 정보를 넘겼어. 그 정보란 사실은 내가 개발한 것이었지. 나는 양심의 가책을 느끼지 않았어. 그것으로 내가 바친 희생의 대가를 받았다고 생각했어. 나중에 그것이 발각되고 소문이 퍼졌을 때 나는 아주 나쁜 인간으로 낙인이 찍히고 말았지. 그렇다고 내가 일일이 찾아다니며 변명할 수도 없는 일이고, 난 그러고 싶지도 않았어. 나는 나의 길을 간 것뿐이었으니까.」
「내막을 알고 나니 그건 용기 있는 일이었군. 그걸 알고 있으면서도 사람들은 용기가 없어 감히 실천을 못하지. 그 대신 용기 있는 사람들의 행동을 비난하고 나서지. 약자들의 자기 위로라고나 할까.」
「그렇게 생각해 줘서 고맙군. 그런 말을 듣기는 처음이야.」
권근수는 눈물을 글썽이며 배무인을 바라보았다. 배박사는 감동하는 표정이 되었다.

「마음은 있지만 난 용기가 없어. 난 자네의 용기와 협조가 필요해. 도와줄 수 있겠나? 난 혼자이기 때문에 언제라도 떠날 수 있어.」

권근수는 무겁게 끄덕였다.

권근수가 배박사의 아파트를 나온 것은 저녁 8시경이었다.

그는 꽤 마셨기 때문에 걸음걸이가 불안해 보였다.

어떻게 되겠지. 잘될 것이다. 배박사가 정말 그렇게만 해 준다면 좋겠는데, 그 자식이 그럴 줄은 정말 몰랐는데. 그 자식이야말로 불평불만 없이 오로지 연구에만 몰두하고 있는 줄 알았는데 알고 보니 그게 아니었다. 개새끼들, 해볼 테면 해보라지. 지렁이도 밟으면 꿈틀거린다고. 이렇게 당하고만 있을 줄 알아?

그는 멈칫하고 섰다. 갑자기 아들 생각에 가슴이 미어져 왔기 때문이다. 그는 피가 역류하는 것을 느꼈다. 그의 몸은 분노로 부들부들 떨려왔다. 그는 주위를 둘러보았다. 아무도 없이 자기 혼자 어둠 속에 서 있는 것을 발견하자 안심하고 공중전화가 있는 곳으로 걸어갔다.

연구소 단지 내에는 공중전화가 여기저기 설치되어 있어서 편리한 대로 아무데서고 전화를 걸 수가 있었다.

이윽고 공중전화 앞에 이른 그는 주위를 살핀 다음 아무도 없는 것을 확인하고는 박스 안으로 들어가 전화를 걸었다.

신호가 떨어지면서 굵은 남자 목소리가 들려왔다.

「여보세요.」

「흑장미와 통화하고 싶어서 전화를 걸었습니다.」

「그 쪽은 어떻게 되죠?」

「나…… 나는…… 강남에서 일하고 있는 부동산업자입니다.」

잠시 침묵이 흐른 뒤 상대방이 말했다.

「지금 여기에 없어요. 이사갔습니다.」
「이거 보시죠! 난 강남의 부동산업자란 말이오! 그렇게 말하면 연락이 된다고 했어요!」
「전화번호를 가르쳐 줄 테니 그 쪽으로 전화해 보시죠.」
상대방은 전화번호를 일러 주었다.
권박사는 그 번호의 다이얼을 돌렸다. 그리고 숨가쁘게
「강남의 부동산업자인데 흑장미에게 급히 전할 말이 있으니 빨리 좀 바꿔주시오.」
하고 말했다.
전화를 받은 남자는 군소리 없이 전화를 바꿔 주었다.
「어머, 어쩐 일이세요?」
색정을 느끼게 하는 야릇한 목소리가 그의 피를 끓게 했다. 그는 거칠어지는 숨결을 가라앉히려고 애쓰면서 말했다.
「우리 아들을 좀 바꿔 줘요. 목소리라도 듣게 바꿔 줘요.」
그는 너무 감정이 격했기 때문에 울먹이는 소리로 말했다.
「아이, 난 또 무슨 소리라구. 걱정하지 않아도 돼요. 아이는 우리가 잘 보호하고 있으니까 일이나 빨리 처리해요.」
「아이 생각 때문에 일을 못하겠어요.」
「아이를 빨리 보고 싶으면 빨리 일을 끝내 줘요. 이제 일 주일밖에 안 남았어요. 일 주일이 지나면 어떻게 되는지 알죠?」
여인의 목소리는 어느새 차갑게 변해 있었다.
「목소리라도 듣게 해 줘요!」
그는 울고 있었다. 그러나 상대방은 코웃음쳤다.
「이상한 짓 하지 말아요. 당신이 울고불고 해봐야 지금 아이 목소리를 들려줄 수는 없어요.」
그는 볼을 타고 흘러내리는 눈물을 손등으로 닦으며 어금니를 깨물었다.

「당신의 잔인성…… 결코 잊지 않을 거요. 당신도 언젠가는 당할 때가 있을 거요.」

「아, 맘대로.」

비웃는 듯한 목소리가 그의 귀를 후볐다.

「X를 꺼내 온다는 것은 불가능해요. 배박사로부터 이야기를 들었는데 X는 지하실에 있소. 감시가 심해서 아무나 접근할 수 없대요. 전자감시 체제로 되어 있대요.」

여인이 앙칼지게 쏘아붙이는 바람에 그는 움찔했다.

「지하실에 있다는 거 누가 모를 줄 알아요. 다 알고 있어요. 그 정도는 알고 있단 말이에요! 그러니까 당신한테 부탁한 거 아니에요?!」

「불가능한 걸 어떻게 하란 말입니까?」

「당신이라면 할 수 있으니까 부탁한 거예요.」

「도저히 불가능합니다. 그런데 X가 또 한 군데 있답니다. 그건 가능성이 있을 것 같아요.」

「어디에 있다는 거예요?」

「배박사의 머릿속에……」

「무슨 소릴 하는 거예요?」

「배박사 자신이 그랬어요. 자기 머릿속에 X가 고스란히 들어 있다고.」

「그걸 어떻게 하라는 거예요?」

「그를 데려다가 머릿속에서 그걸 빼내는 겁니다.」

「그를 납치하라구요?」

「네, 납치하는 겁니다.」

「미쳤어요? 그에게는 경호원이 그림자처럼 따라다니고 있어요.」

「그건 문제 없어요. 경호원 정도는 해치울 수 있지 않습니까. 우리 아들을 유괴해 간 거 보니까 당신들은 그 방면에 솜씨가 뛰어난 것 같아요.」
「어림없는 소리 하지도 말아요! 만일 그를 납치한다 해도 그가 입을 열지 않으면 어떻게 할 거예요?」
「그는 협조할 겁니다. 그는 그런 뜻을 나에게 비쳤어요. 그가 협조한다면 경호원 정도 따돌리는 것은 간단해요.」
「그에게 모든 걸 이야기했나요?」
여인이 숨넘어가는 소리로 물었다.
「아니오. 우리 사이의 관계에 대해서는 한 마디도 하지 않았어요. 그는 지금 심한 불만과 갈등 속에 놓여 있어요. 나에게 외국에 나가 살고 싶은데 돈이 없다고 그랬어요. 그는 자기가 개발한 X에 대해 실망을 금치 못하고 있어요. 그것이 무기로 사용되면 본래의 목적에 어긋나는 겁니다. 그는 평화주의자예요. 그는 평화를 사랑하는 사람, 평화에 이용할 사람에게 X를 넘기고 싶어해요.」
잠시 침묵이 흘렀다. 그때 통화시간이 끝난 것을 알리는 삑삑 소리가 들려왔다. 그는 전화를 끊었다가 다시 걸었다.
「그렇게 불확실한 것은 안돼요. 우리는 확실한 것을 필요로 해요. 만일 납치해 오는 과정에서 배박사가 죽기라도 하면 어떡하죠?」
「그럴 리는 없어요.」
「천만에. 사람 일이란 몰라요. 만일 그가 없어지면 몹시 시끄러워질 거예요. 우리는 그런 걸 바라지 않아요. 모든 걸 조용히 해결하고 싶으니까 X 파일을 가져다 줘요. 하나도 변경된 것은 없어요. 그전대로예요. 기간은 앞으로 일 주일 남았어요.」

도쿄 밀사

도쿄 경시청의 야마다 형사는 책상 위에 놓인 메모지를 내려다보며 미간을 찌푸렸다. 백지 위에 볼펜으로 휘갈겨 쓴 글씨는 반장이 쓴 것이었다. 혼죠 반장은 언제나 이런 식으로 지시를 내린다. 그의 코빼기를 보기는 매우 힘들다. 그는 일정한 시간도 없이 아무때나 불쑥 나타나서 부하들에게 메모를 남기고는 자기 볼일 보러 바람처럼 사라져 버린다. 그 다음부터는 전화로 추궁해 온다.

야마다는 메모 내용을 다시 한번 읽어 보았다. 그것은 어떤 일들을 조사해 오라는 것으로서 극비를 요하는 일이라고 주의를 달았다. 무슨 사건에 관계된 인물인지는 밝혀져 있지 않았다. 무조건 한 인물을 지목해서 그 인적사항을 조사해 오라는 것이었다. 그것 역시 혼죠 반장이 즐겨 쓰는 수법이다. 무슨 사건에 관계된 누구인데 신상조사가 필요하다고 말해 주면 얼마나 좋은가. 그러나 혼죠 반장은 절대 그런 식이 아니다. 전체는 베일에 가려둔 채 하나만 꺼내 놓고 조사해 오라고 함으로써 잔뜩 궁금증을 유발시킨다.

야마다가 언짢게 생각하고 있는 것은 비단 그런 것만이 아니었다. 자신의 능력이 발휘되지 못한 채 썩고 있다는 데 대한 불만도 있었다. 사실 그는 소외되고 있었다. 중요한 사건이 발생될 때면 그는 언제나 뒷전으로 밀려나고 다른 사람들이 설치고 다닌다. 그에게는 기회가 주어지지 않고 있었다. 혼죠 반장의 눈 밖에 난 때문이었다. 2년 전 그는 큰 실수를 저질렀는데 웬만한 사람이라면 봐 줄 수도 있으련만 혼죠 반장은 그것을 잊지 않고 머릿속에 접어 두고 있는 것 같았다.

신원조사나 하고 다니는 형사 나부랭이라면 차라리 그만두는 게 낫지 않을까. 그는 메모지에 적힌 양채기(梁彩基)라는 이름을 뚫어지게 들여다 보았다.

「죠센징 아니야?」

어깨 너머에서 소리가 났다. 돌아보니 시모무라 형사가 내려다보고 있었다. 입가에 그 특유의 냉소를 띤 채. 그들은 제일 가까운 사이였다. 하지만 시모무라는 그와는 달리 언제나 중간에서 맹활약을 벌이고 있었다. 그들은 이름만 보아도 대상 인물이 일본인인지 한국인인지 알아낸다. 야마다는 아무 말없이 메모지를 호주머니 속에 구겨 넣고 일어섰다.

「커피 한잔 할까?」

시모무라의 말에 야마다는 말없이 끄덕이면서 앞장서서 밖으로 나갔다.

야마다는 왜소한 체구에 안경을 끼고 있어서 어느 모로 보나 형사 같지가 않았다. 반면 시모무라는 건장한 체격에 머리까지 짧게 자르고 있어서 마치 운동 선수 같았다.

그들은 경시청 부근에 있는 어느 카페에 들어가 커피를 마셨다. 그 집의 커피 맛은 일품으로 그들은 매일 아침이면 거기에 나와 커피를 마시는 것이 일과처럼 되어 있었다.

「혼죠가 또 실례를 한 모양이군?」

시모무라가 곁눈질로 야마다를 쳐다보며 말했다. 야마다의 얼굴이 일그러졌다. 그는 무겁게 보이는 안경을 밀어올리면서 찻잔을 내려 놓았다.

「이런 일이 계속된다면 그만두는 게 낫겠어. 참는 데도 한계가 있어.」

「너무 그렇게 비관적으로 생각하지 마.」

그 말에 비위가 상하는 듯 야마다는 입을 다물고 맞은편 벽을 응시했다. 한참 침묵이 흐른 뒤 시모무라가 다시 입을 열었다.

「내용이 뭐야?」

「그런 걸 말해 주면야 이렇게 무시당하는 기분은 안 들지.」

「그 조센징에 대해서는 들은 적이 있어.」

시모무라는 경멸적인 어조로 말했다. 한국인에 대한 그의 경멸적인 언동은 은연중 몸에 배어 있었다. 야마다는 그것이 싫었지만 내색은 하지 않았다. 그는 한국인 여자와 일본인 남자 사이에서 태어났기 때문에 한국에 대해 어렴풋이나마 향수 같은 것을 느끼고 있었다. 그리고 그것은 자기도 모르게 어느새 한국에 대한 동정으로 변하고 있었다. 그러나 그는 자신이 한국인 여자와 일본인 남자 사이에서 태어난 사실만은 감추고 있었다.

「어느 정도 알고 있다는 건가?」

야마다는 고개를 돌려 건장한 사나이를 바라보았다.

「경보과에 있을 때 이야기를 들은 것 같아. 내가 직접 담당한 게 아니기 때문에 잘 알 수는 없지만 문제가 있는 인물이었어.」

「아는 대로 이야기해 봐.」

야마다는 수첩을 꺼내 들었다. 그는 잘됐다 싶었다. 이런 일 따위로 고생하고 싶지는 않았기 때문에 앉아서 처리할 수 있으면 더 바랄 게 없었다.

「잘 생각나지 않는데…… 스파이 혐의로 조사를 받은 것 같아. 기소 중지로 풀려나긴 했는데 당시 문제의 인물로 주목을 받았다고 생각해.」

「스파이라니? 스파이도 여러 종류가 아닌가?」

「소련 쪽에 붙어 있는 스파이야.」

야마다의 눈빛이 처음으로 번쩍하고 빛났다.

「그렇다면 코뮤니스트란 말인가?」

「사상적으로야 그렇겠지. 하지만 그게 문제가 아니지. 그가 무슨 일을 했느냐가 문제겠지. 그런데 이번에는 무슨 일로 그가 또 물 망에 올랐지?」

「알 수 없어. 신상에 대해서만 조사해 오라고 했으니까.」

「잘 알겠지만 우리나라에는 스파이 죄라는 게 없어. 기껏 스파이 혐의가 입증되면 국외 추방시키거나 다른 죄목으로 1,2년 고생시 키는 게 고작이야. 그래서 어느 나라보다도 스파이들이 마음놓고 활동하기가 좋아.」

「누구를 만나면 그자에 대해 잘 알 수 있겠나?」

「그때의 사건 파일을 내가 찾아 보지.」

「파일뿐 아니라 담당했던 친구들도 만나봐 줘. 내가 일일이 만나 려면 번거로우니까 말이야.」

「그렇게 하지. 하지만 공짜는 없어.」

시모무라는 오른쪽 집게손가락을 세워 보였다. 야마다는 고개를 끄덕이며 일어섰다.

「물론 공짜로 해달라는 게 아니야. 나한테 부탁할 일이 있으면 언 제라도 부탁해.」

시모무라와 헤어진 야마다는 햇볕이 포근히 내리비치는 거리를 천 천히 걸어갔다.

그의 머릿속은 양채기라는 인물에 대한 것으로 가득 차 있었다. 아 까까지만 해도 신통치 않은 것으로 여기고 있었는데 시모무라의 말 을 듣고 보니 그렇지만도 않은 것 같았다.

양채기라는 인물이 소련 쪽 스파이 혐의를 받은 적이 있다면 평범한 인물이 아닌 것만은 분명하다. 의외로 상당한 인물인지 모른다. 어떤 인물일까. 그는 바싹 호기심이 당겼다. 대어를 상대하고 있을지도 모른다는 생각이 그를 긴장시켰다.

우선 메모지에 적힌 대로 양채기의 주소지를 찾아 보기로 했다. 그곳에 가면 무엇인가 얻을 게 있을지도 모른다고 생각했기 때문이다. 그에 대한 신상조사는 앞으로 3일 간이었다. 그것은 혼죠 반장의 지시였다.

야마다는 한 시간 후, 고급 요정가인 아까사까에서 차를 내렸다. 그 곳은 고급 요정가이면서도 주변에는 외국 공관이라든가 일류 호텔들이 들어서 있었다. 야마다는 고개를 갸우뚱했다. 그 한국인이 이런 곳에 살고 있다는 것이 어쩐지 믿어지지가 않았다. 주소지 관할 파출소에 찾아가 이름을 대자 꽤나 나이 들어 보이는 소장이

「아, 그 사람이라면……」

하면서 벽에 붙은 지도로 그를 안내했다.

「이건 아파트입니다. 최고급 아파트이기 때문에 상당한 인물들만 살고 있어요. 지은 지는 3년밖에 안됐지요. 애초엔 호텔로 지었던 건데 나중에 가서 아파트로 용도변경이 되는 바람에 말썽이 좀 있었어요.」

그는 주민기록 카드철을 꺼내 놓았다. 그리고 잠시 후 한 곳을 펼쳐 보였다.

「바로 이 사람입니다.」

거기에는 다행히 사진도 한 장 붙어 있었다. 주민기록 카드란 것은 형식적으로 만들어 놓은 아주 간단한 것이어서 주소와 가족관계, 직장 정도가 적혀 있는 것이 고작이었다. 양채기의 직업은 사업으로 되어 있었다. 사진의 얼굴은 우아한 모습이었다.

「사업이라고 되어 있는데 무슨 사업인가요?」

야마다는 소장을 향해 물었다.

「글쎄, 잘 모르겠지만 무역 같은 것을 하나 봐요. 집에는 거의 없고 밖으로 돌아다닌다고 들었어요.」

「밖이라면 외국 말입니까?」

「그렇겠죠 뭐.」

소장은 심드렁하게 대답하면서 하품을 했다. 귀찮다는 표정이었다. 거기에 있어 봤자 더 이상 들을 만한 것이 없을 것 같아 야마다는 나중에 돌려 주기로 하고 카드를 들고 밖으로 나왔다.

카드에는 가족관계가 아내와 딸 둘로 기록되어 있었다. 그의 나이가 45세라면 그의 아내 역시 40세 전후일 것이라고 생각하고 찾아갔는데 그를 맞은 사람은 의외로 새파랗게 젊은 여성이었다. 아무리 따져봐야 스물 두서넛 정도 되어 보이는 미녀로 차림새부터가 처녀로 보였는데 양채기와의 관계를 물으니 그의 부인이라고 대답하는 것이었다.

넓은 아파트 내부는 사치스러운 가구들로 들어 차 있었다. 몹시 조용한 것이 아이들이 있는 것 같지도 않았다. 카드에 적힌 딸들의 나이를 보면 17세와 19세로 나와 있었다. 그렇다면 이 여자의 자식이 아니라는 말이다. 본부인과 이혼하고 새장가를 들었나 보다.

야마다는 한 잔 하겠느냐는 물음에 커피를 청했다. 젊은 미인은 코발트색 드레스 차림이었다. 커피를 끓여 오기 위해 주방 쪽으로 걸어가는 뒷모습이 매혹적이었다.

「주인께서는 어디 나가셨습니까?」

커피를 한 잔 마신 후 야마다는 첫 번째 질문을 던졌다.

「그 물음에 대답하기 전에 무슨 일로 조사를 하시나요?」

여인은 상냥하게 말했지만 만만치 않은 인상을 주고 있었다. 야마다는 당황했다. 그러나 지고 싶지는 않았다.

「그럴 일이 있어서 그럽니다.」

「그분을 만나고 싶어서 그러시나요?」

「아니오. 그냥 조사만 하는 겁니다.」

「그분은 지금 여기에 안 계세요. 한국에 나가 계십니다.」

합작회사인 D화학의 부사장으로 근무하고 있다고 했다.

양채기의 아내 쇼오꼬는 한 마디 한 마디를 신중히, 그리고 야무지게 내뱉고 있었다. 그녀는 한국인의 피가 섞이지 않은 순수 일본인이었다.

「D화학은 무슨 일을 하는 회사입니까?」

「잘은 모르지만 플라스틱과 관계된 일을 전문으로 하나 봐요. 자세한 것은 잘 모르겠어요.」

「그 곳 주소와 전화번호를 알고 계시겠지요?」

「네, 필요하신가요?」

그러면서 그녀는 재빨리 메모지에다 주소와 전화번호를 적어 주었다. 그 손놀림이 빠르고 정확한 데 야마다는 내심 놀랐다.

「그분은 자주 일본에 오나요? 공항에 알아보면 알 수 있지만 부인께서 직접 말씀해 주시면 더욱 고맙겠습니다.」

뒤에 덧붙여 말한 것은 거짓말하지 말라는 뜻이었다. 쇼오꼬는 눈치가 빠른 여자였다.

「한 달에 한 번씩 정기적으로 오세요. 매달 하순쯤이면 언제나 오시죠. 일이 많을 때는 예고도 없이 아무때나 오실 때도 있구요.」

「두 분이 결혼하신 지는 얼마나 됐나요?」

「2년 됐어요.」

「그럼 아기는?」

「없어요.」

그녀는 사무적으로 대답했다. 얼굴에는 아무런 감정도 나타나지 않았다.

야마다는 집안을 휘둘러 보았다.

「두 분이 살기에는 집이 크겠군요. 우리가 보관하고 있는 자료에 의하면 부인의 나이가 많고 따님이 둘이나 있는 걸로 알고 있는데 ……」

그의 말은 도중에 쇼오꼬에 의해 잘렸다.

「그건 전 부인에 대한 거예요. 그분은 첫 번째 부인과 이혼했어요. 딸 둘은 그 부인하고 살고 있어요.」

그녀는 얼굴 하나 붉히지 않고 거침없이 말했다.

「그렇지 않아도 그렇게 생각은 했었지요. 결혼하신 지 얼마 안됐는데 이렇게 떨어져 지내면 외롭지 않으십니까?」

야마다는 공연히 얄미운 생각이 들어 이렇게 물어보았다. 그 질문이 끝나기 무섭게 그녀는 반격하고 나왔다.

「그런 것도 대답해야 되나요? 그분에 관한 신상조사라면 제 개인적인 면은 대답할 필요가 없다고 생각하는데요. 제가 어떻게 느끼든 말이에요.」

「미안합니다.」

야마다는 그만 얼굴을 붉혔다.

「그냥 물어본 것뿐입니다. 서재를 살펴 봐도 될까요?」

「맘대로 하세요.」

그녀는 야마다를 서재로 안내했다.

서재는 온통 책으로 가득 차 있었다. 원서도 많았는데 어느 한 분야에 관계된 책들이 아니라 각양각색의 책들이었다. 이를테면 최신 과학기술에 관한 책들도 있었고 최신 무기에 관한 서적도 눈에 띄었다.

한 쪽 벽에는 자료로 보이는 파일이 가득 꽂혀 있었다. 세계의 주요 일간지들도 날짜별로 차곡차곡 쌓여 있었다. 얼른 보기에도 흐트러진 구석 하나 없이 정리가 잘되어 있었다.

야마다는 파일을 하나 뽑아 들었다. 놀랍게도 그것은 한국의 군사

력에 관한 자료를 모아 둔 파일이었다.

그 암자는 절벽 위에 있었다.

언제부터 그런 곳에 그런 암자가 서 있게 됐는지는 정확히 밝혀지지 않았지만 백 년 이상은 된 꽤 낡은 암자였다. 암자에 오르는 길이 험하고 가파러 등산객도 피해가는 그런 곳에 그 암자는 덩그러니 올라앉아 있었다.

암자는 해발 1천 미터쯤 되는 곳에 자리잡고 있었기 때문에 그 앞에 서서 절벽 아래를 굽어보면 숲이 바다를 이루며 끝없이 펼쳐진 장관이 한눈에 고스란히 들어온다. 그 위로 구름이 끼든가 안개라도 스쳐갈 양이면 자연의 신비가 한층 돋보이는 것이다.

암자의 뒤편엔 병풍 같은 바위산이 둘러쳐져 있어서 겨울에는 바람을 막아 주고 여름에는 그늘을 드리워 주고 있었다.

그래서 그 곳은 겨울에는 따뜻하고 여름에는 시원했다. 암자라고 하지만 방 두 개에 부엌이 달려 있고 앞에는 마루가 깔려 있는데 모든 것이 낡을 대로 낡아 금방이라도 무너져 버릴 것만 같은 분위기를 이루고 있었다. 기와지붕에는 잡초가 무성히 자라고 있었다.

암자의 주인은 고암스님이라 했다. 50전후로 작달막한 키에 둥글둥글한 얼굴을 하고 있었다. 생긴 것처럼 언제나 웃는 얼굴이었고, 목소리가 우렁우렁했다. 쓰러져 가는 암자를 지키고 있는 사람치고는 영 어울리지 않는 모습이었다.

그 외에 앳돼 보이는 어린 사미승이 있었다. 고암은 그 어린 사미승을 사정없이 부려먹고 있었고 사미승은 군소리 하나 없이 스승을 떠받들고 있었다.

「지금 저것이 열여섯 살인데, 여덟 살 때인 8년 전에 서울 거리에서 떨고 있는 것을 데려다가 저만큼 키워 놨지. 내가 아니었더라면 벌써 얼어죽었을 거야. 자식이 미련해서 깨우치는 게 너무 늦어 탈이야.」

고암은 우렁우렁한 목소리로 사미승이 빤히 듣고 있는데도 불구하고 그렇게 말하는 것이었다.

마루에는 50대의 뚱뚱한 사내와 처녀가 스님의 말에 귀를 기울이며 느슨한 자세로 앉아 있었다. 그들은 눈을 가느스름하게 뜬 채 햇빛을 즐기고 있었다.

머리가 벗겨진 뚱뚱한 사내와 예쁘장하게 생긴 처녀가 이 암자에 찾아든 것은 어제 저녁 때였다. 그 사내와 고암은 친구 사이였다. 고암은 처녀에 대해서는 일절 묻지 않았다. 사내도 애써 그녀에 대해서 말하려 들지 않았다. 그녀라는 존재를 의식하고 있는 것 같지도 않았다. 그는 손님들을 위해 방 하나를 비워 두었다. 그가 무슨 일로 이렇게 찾아왔느냐고 캐묻지도 않았기 때문에 손님들은 마음이 편했다. 뚱뚱한 사내 김병관이 당분간 묵고 가야겠다고 말했을 때 고암은 상관말고 언제까지라도 있어 달라고 말했다.

「가끔 등산객들이 지나갈 때가 있는데…… 그 가운데 여자라도 있으면 저놈의 눈초리가 이상해진단 말야. 저놈이 어느새 커가지고 여자 생각을 하는 걸 보면 기특하기도 하고 세월이 참 빠르다는 생각도 들고…… 난 옛날에 동정을 잃었지만…… 그리고 못된 짓 많이 했지만…… 내가 아는 한에 있어서 저놈은 숫총각이란 말일세. 그 딱지를 떼내야 진짜 중이 될 수 있는데, 그렇다고 저놈을 데리고 대처로 내려갈 수도 없고 고민이란 말이야. 하하하.」

사미승은 참다 못해 얼굴을 붉히며 부엌으로 들어가 버리고 그걸 보고 고암은 더욱 소리내어 웃었다. 그 혼자 떠들고 그 혼자 웃고 있었다. 마루 한쪽에 앉아 있는 처녀도 얼굴을 붉히고 있었다. 고암이 그녀를 겨냥하고 말한 것임을 그녀는 본능적으로 눈치 채고 있었다. 고암의 시선이 처음으로 그녀 얼굴을 스쳐갔다. 그러나 그것은 그냥 스쳐가는 바람 같은 것이어서 그가 그녀를 보았는지 어쨌는지는 알 수 없었다.

「남자나 여자나 상대방을 모르면 완전하다고 할 수 없어. 완전하지 못한 사람이 어디 중이 될 수 있겠어? 남자는 여자를 알고 여자는 남자를 알고 나서, 그리고 나서 중이 되면…… 막말로 말해 고기 맛을 알고 나서 중이 되면 진짜 고행에 들어서는 거지. 고기 맛을 알고 나서 참으려면 더욱 더 고통스러울 것이란 말야. 그 고통을 참아내는 것이 바로 중이 되는 첫걸음이지.」

고암은 자리를 털고 일어서더니 부엌 쪽에다 대고 큰소리로 말했다.

「난 대처에 다녀올 테니까 이분들 잘 모셔야 한다.」

사미승이 부엌문 밖으로 고개를 내밀었다.

「언제 오실랑가요?」

「모르것다.」

고암은 뒤도 돌아보지 않고 비탈길을 내려가기 시작했다.

대머리 사내는 눈을 가늘게 뜬 채 그의 뒷모습을 바라보았다. 처녀도 사미승도 고암의 모습이 나무 사이로 사라질 때까지 바라보고 있었다.

이윽고 고암의 모습이 시야에서 사라지자 대머리는 천천히 상체를 바로했다. 그는 기지개를 켜면서 길게 하품을 하고 나더니 게슴츠레한 눈으로 사미승을 바라보았다.

「야, 여기 술 없나?」

어린 중은 얼떨떨한 표정으로 대머리를 쳐다보았다.

「술 없느냔 말야?」

대머리는 거칠게 물었다.

「그런 것 없습니다.」

사미승은 정색하고 대답했다. 대머리는 사미승을 아래위로 훑었다.

「짜식, 고기도 없어?」

「그런 것 없습니다.」

「임마, 우리는 중이 아니란 말야. 우리 식탁에는 술도 있고 고기도
있어야 한다구. 돈은 충분히 줄 테니까 아래 동네에 내려가서 좀
사와.」

「안됩니다.」

사미승은 낮게 그러나 단호하게 대답했다.

「뭐가 안된다는 거야?」

대머리는 눈을 부라렸다.

「스님은 내 친구야. 내가 말할 테니까 그렇게 알고 내려갔다 와.」

대머리는 만 원짜리 지폐 두 장을 꺼내 놓았다. 처녀는 안타까운
눈으로 대머리와 사미승을 번갈아 쳐다보았다.

「자, 받아. 받으란 말야, 임마.」

대머리가 다시 한번 눈을 부라리자 어린 중은 멈칫거리며 다가와
두 손으로 지폐를 받아 드는데 마치 더러운 물건을 받는 듯 몹시 꺼
림칙한 기색이었다.

「갔다 오는데 얼마나 걸려?」

「빨리 갔다 와도 서너 시간은 걸립니다.」

「그럼 날 저물기 전에 빨리 갔다와.」

사미승의 시선이 처녀의 얼굴에 잠시 머물렀다 비켜갔다.

어린 중이 가기 싫은 듯 무거운 걸음으로 사라지자 대머리는 처녀
를 향해 능글맞은 미소를 지어 보였다.

「이제 우리만 남았어.」

그러면서 그는 가까이 다가와 그녀의 허리를 끌어안았다. 처녀는
그의 손아귀에서 벗어나려다가 힘에 부쳐 뒤로 벌렁하고 나자빠
졌다. 남자의 큰 몸뚱이가 바윗덩이처럼 그녀의 가슴을 내리눌렀다.
그녀는 안방에 안치되어 있는 불상과 햇빛이 부끄러워 두 손으로 눈

을 가렸다.

「아이, 안돼요. 누가 봐요.」

「보긴 누가 봐. 아무도 없어.」

남자의 손이 거칠게 옷자락을 헤치자 하얀 맨살이 나타났다. 그것이 남자를 더욱 자극했다. 그는 마루 위에서 그 짓을 하려고 서둘렀다. 처녀는 안간힘을 썼다.

「안돼요! 여기서는 안돼요!」

「방으로 들어갈까?」

처녀는 눈을 감으며 가만히 끄덕였다. 모든 것을 체념한 것 같은 표정이었다.

대머리는 그녀를 데리고 안방과 나란히 붙어 있는 조그만 방으로 들어갔다. 고암이 그들을 위해 내준 방이었다. 그런데 그 방은 안방과 미닫이 문 하나로 갈라져 있었기 때문에 여간 신경이 쓰이는 것이 아니었다. 그래서 어젯밤만 해도 그는 처녀에게 손을 대지 못하고 그대로 잘 수밖에 없었던 것이다.

도망자의 절박한 심정이 사내를 더욱 난폭하게 만들어 주고 있었다. 그는 분풀이라도 하려는 듯 그녀를 거칠게 다루었다.

육중한 몸에 깔린 그녀는 숨쉬기조차 불편했다. 힘이 가해질 때마다 자연 그녀의 입에서는 괴로운 신음이 터져나오곤 했다. 그녀는 온몸이 찢겨나가는 것만 같았다. 그대로 죽어 버리는 것만 같아 그녀는 머리를 이리저리 흔들면서 가쁜 숨을 몰아쉬곤 했다.

그녀에게 있어서 그는 첫 남자였다. 그와 잠자리를 한번 같이 한 후 이번에 두 번째로 갖는 관계였다. 그러니 즐거움 같은 것이 있을 리 없었다.

한 번 당한 몸이기 때문에 어쩔 수 없이 바친다는 체념으로 그 괴로움을 당해내고 있었다.

도망자의 움직임은 흡사 단말마적 몸부림 같았다. 그는 죽일 듯이 여자의 몸을 파고들었다. 그것은 섹스라기보다는 목숨을 내건 싸움 같았다. 적어도 그 짓을 하고 있는 동안만은 그는 쫓기는 자의 불안감을 잊을 수가 있었다. 헐떡거리며, 땀에 젖은 몸을 부딪히며, 눈에 불을 켠 채, 고깃덩어리를 만지듯 그는 여자를 다루었다.

한참 후 그녀는 악몽에서 깨어난 것 같은 표정으로 눈을 떴다. 문틈으로 흘러들어온 약해진 햇살이 땀에 젖은 그녀의 왼쪽 가슴 위에 머물고 있었다.

문득 눈꼬리를 타고 흘러내리는 뜨거운 물기를 느끼고 그녀는 손을 쳐들려다가 그만두었다. 남자의 거친 숨결이 차츰 가라앉고 있었다.

「우리는 언제 돌아가나요?」

여자가 천장을 쳐다보며 의외로 담담한 목소리로 물었다. 남자는 거기에 대답하지 않았다. 대답 대신 담배에 불을 붙였다.

「집에 가고 싶어요.」

바람이 마루 위를 스쳐가는 소리가 들렸다.

「쓸데없는 생각하지 마. 넌 나하고 함께 있어야 해.」

사내의 목소리가 실내를 울렸다. 그것은 상대를 가위 눌리게 할 만큼 위압적인 목소리였다. 그녀의 얼굴에 경련이 일었다. 그녀는 남자 쪽으로 몸을 돌렸다.

「언제까지 같이 있어야 되나요?」

「그건 몰라. 왜? 나하고 함께 있는 게 싫어?」

「아니에요.」

그녀는 두려워서 얼른 고개를 저었다. 남자로부터 버림받는 것을 그녀는 제일 두려워하고 있었다. 그녀는 사내의 가슴 위로 손을 가져갔다. 가슴 위에는 몇 개의 곱슬곱슬한 털이 나 있었다. 그녀는 그것들을 만지작거렸다.

「그게 아니고…… 집에 말도 하지 않고 나와서 걱정할 것 같아서 그래요.」
「이 시간부터 집은 잊어. 오로지 나만 생각해. 알았어?」
그는 폭군처럼 위엄 있게 말했다.
「우리는 이제부터 살아도 함께 살고 죽어도 함께 죽는 거야. 그게
우리들의 운명이야.」
「그런데 왜 이런 곳에 와 있어야 되나요?」
「어디 있든 그런 건 상관하지 마. 우리가 함께 있다는 게 중요한
거야.」
남자의 위력 앞에서는 사고능력마저 무디어지는 것일까. 그녀는
따지고 생각하는 것을 포기한 듯 그의 품에 얼굴을 묻었다.
「사장님 뜻에 따르겠어요. 어디 있든 상관하지 않을 테니까 저를
버리지만 말아 주세요.」
「버리다니 그게 무슨 말이야. 난 너 없으면 못살아. 그래서 이렇게
데려온 거란 말이야.」
그는 회심의 미소를 지으며 그녀의 엉덩이를 쓰다듬었다.
「저를 사랑하세요?」
어리석은 처녀는 그 말 한 마디가 듣고 싶었다.
「사랑하고 말고.」
「아, 고마워요.」
그녀는 감격해서 울기 시작했다.
남자가 다시 흥분했을 때 그녀는 스스로 문을 열어 그를 받아들
였다.

어린 중은 물가에 웅크리고 앉아 얼굴을 씻고 있는 남자를 먼 발치
에서 발견하고는 걸음을 멈추었다. 해가 뉘엿뉘엿 넘어가는 이 시간
에 그런 곳에 사람이 있다는 것이 아무래도 이상하고 신기했다. 그리
고 반가웠다.

등산복 차림으로 보아 등산객 같았다. 얼굴을 씻고 나서 배낭에서 빵 같은 것을 꺼내 먹기 시작한다. 그 움직임이 일몰을 눈앞에 둔 사람치고는 너무도 여유만만했다. 그렇다고 동행이 있는 것도 아니고 혼자였다.

사미승은 고개를 갸웃하다가 앞으로 걸어갔다. 인기척을 느꼈는지 등산객이 그 쪽으로 고개를 돌려 그를 바라보았다. 사미승도 시선을 피하지 않고 등산객을 쳐다보았다. 그는 등산객이 호감 어린 눈으로 쳐다보고 있는 것을 알고는 다소 마음이 놓였다.

「스님, 빵 좀 들고 가시오.」

부드러운 존대어에 사미승은 오랫만에 사람 대접을 받는 것 같았다. 그는 합장하면서 말했다.

「괜찮습니다.」

「이리 오십시오.」

형식적이 아닌 진정 어린 말임을 알고는 사미승은 그 쪽으로 다가갔다.

등산객은 그에게 식빵을 큼직하게 잘라 주었다.

사미승은 마침 시장하던 참이라 바위에 앉아 그것을 맛있게 먹었다.

「요 위에 절이 있나요?」

등산객이 물었다.

「암자가 있습니다.」

사미승은 등산객을 찬찬히 살폈다. 깡마른 얼굴에 콧잔등이 매의 부리처럼 휘어져 있었다. 가늘게 찢어진 눈이지만 시종 미소를 띠고 있어서 부드러운 인상이었다.

「등산하시나 보지요?」

그 물음에 등산객은 웃으며 끄덕였다.

「내려오시는 길인가요?」

118

「아니오. 올라가는 길이오.」

사미승은 눈이 휘둥그래졌다.

「곧 날이 저물텐데요.」

「날도 쾌청한데 아무데서나 자지요 뭐. 암자에 가는 길인가요?」

「네, 대처에 갔다 오는 길입니다. 산에서 노숙은 못할텐데요. 아직은 날씨가 차서……」

「침낭이 있어요. 침낭 속에 들어가면 눈밭에서도 춥지 않아요.」

등산객의 복장은 급히 사 입은 듯 모두가 새것이었다. 그것이 사미승의 눈에 걸렸다.

「어디서 오시는 길인가요?」

「멀리서 왔습니다.」

「그럼 여러 날째 등산하시는 건가요?」

「그렇습니다. 오늘이 닷새째입니다.」

말끝이 아차 싶었는지 등산객은 얼른 입을 다물면서 사미승의 눈치를 살폈다. 그러나 사미승 또한 나이는 어리지만 이럴 경우에는 어떻게 처신해야 한다는 것쯤은 알고 있었다. 여러 날째 등산하는 사람의 복장치고는 너무 새것인데요 하고 말하는 어리석음을 그는 범하지 않았다.

「어떻게 혼자서 등산하시는가요?」

「난 혼자서 등산하는 게 좋아요. 스님은 몇 살이오?」

「열여섯입니다.」

「좋은 나이오.」

「빵 잘 먹었습니다. 저희 암자에 오시면 저녁을 대접해 드리겠습니다. 손님들이 있긴 하지만 잠자리도 될지 모르겠습니다.」

「손님들이 불편할텐데 잠자리까지 부탁할 수 있겠습니까. 손님들이 많은가 보지요?」

등산객의 얼굴에서 미소가 사라졌다. 순간적으로 날카로운 눈매가 되어 그는 어린 중을 바라보았다.

「별로 많지 않습니다. 손님이라야 두 사람인데 암자가 워낙 작아
서요. 방이 두 개뿐인데 방 하나는 손님들한테 내주었습니다. 고
암스님하고 저하고는 안방을 쓰고요. 하지만 하룻밤쯤이야 어떻습
니까. 마침 고암스님도 대처로 내려가고 해서 언제 돌아오실지 알
수 없습니다. 불편하시지 않으시다면……」

사미승은 자신이 너무 권한다 싶어 그쯤에서 말을 멈추었다. 등산
객이 싫다면 더 이상 권하지 않으려 했다. 그런데 등산객은 거기에
대해서는 말하지 않고 다른 질문을 던져왔다.

「아주 귀한 손님들이 계시나 보지요?」

어린 중은 미간을 찌푸리며 고개를 저었다.

「손님 같지도 않은 것들입니다.」

사미승의 갑작스런 비난에 등산객은 좀 놀란 것 같았다. 사미승이
그렇게 격하게 반응해 올 것이라고는 미처 생각지 못한 것 같았다.
그는 사미승이 왜 그렇게 화를 내는지 알 수 없다는 표정으로 그를
쳐다보았다.

「손님도 아니에요. 그런 것들이 무슨 손님입니까?! 고암스님의
옛날 친구라고 해서 하는 수 없이 받아들이고 있는 거지 그렇지
않다면 벌써 쫓아냈을 겁니다.」

「언제 들어온 손님들인가요?」

「어제 들어왔어요. 그것도 늙은 남자하고 새파랗게 젊은 처녀하고
둘이서 말입니다. 도대체 암자에서 남녀가 그렇게 자도 되는 건지
한심스럽습니다.」

사미승은 머뭇거리다가 조심스럽게 고암스님에 대해 불만을 늘어
놓기 시작했다. 그런 사람들을 받아들이고 상스런 말들을 서슴없이
내뱉는 고암이 도대체 이해할 수 없고 그래서 못마땅하다는 것이
었다. 지금까지 누구한테 불만을 털어놓을 수도 없고 하소연을 들어

줄 사람도 없었던 터에 마침 좋은 사람을 만났다는 듯 그는 일단 말문이 터지자 사정없이 쏟아내기 시작했다.

「괴승인 모양이군요?」

「확실히 고암스님은 괴승입니다. 그분을 이해한다는 건 여간 어려운 일이 아닙니다. 전 그분과 8년을 함께 있었지만 아직도 이해하지 못하고 있습니다.」

「한번 만나고 싶군요.」

등산객은 짐을 챙기며 말했다.

「지금은 안 계십니다. 대처에 내려가셨는데 언제 돌아올지 모른다고 하셨습니다.」

어린 중은 일어섰다.

「가시지요.」

그는 등산객을 암자까지 안내하려고 했다. 그러나 등산객은 따라나설 기미를 보이지 않았다.

「먼저 가십시오. 난 천천히 올라가겠습니다. 다리가 아파서 천천히 가야 합니다.」

「곧 날이 저물텐데요.」

「상관없습니다. 플래시가 있으니까요. 어서 가십시오.」

등산객은 손짓까지 하면서 사미승을 쫓았다.

「그럼 천천히 오십시오. 저녁을 해놓겠습니다.」

「고맙습니다.」

등산객은 거북할 정도로 깍듯했다.

사미승은 암자를 향해 걸으면서 연방 고개를 갸웃거렸다. 그 등산객이 아무래도 이상한 데가 많은 사람처럼 생각되어 궁금증을 떨쳐버릴 수가 없었다. 좀더 관찰한 다음 대책을 세워야겠다고 그는 생각했다. 등산객은 틀림없이 암자에 나타날 것이라고 그는 믿었다. 산에 오르려면 암자 곁을 지나가는 수밖에 다른 길이 없었다.

한 시간쯤 지나 사미승은 암자에 이르렀다.

이미 해는 떨어져 어둑어둑해지려 하는 무렵이었다.

이상한 소리에 그는 절로 걸음걸이가 조심스러워졌다. 밖에는 아무도 없었고 방안에서 이상한 소리가 들려오고 있었다. 그것은 남녀가 살을 섞으면서 내는 소리였다. 아직까지 여자란 것을 모르는 그였지만 본능이 그것을 감지하고 있었다.

방안의 남녀는 밖에 사람이 있는 줄도 모르고 노골적으로 이상한 소리를 토해내고 있었다. 여자의 사정하는 소리, 거친 숨소리, 기분이 어떠냐는 남자의 짓궂은 물음 따위가 적나라하게 밖으로 흘러나오고 있었다.

사미승의 얼굴이 벌겋게 달아올랐다. 그는 어쩔 줄 모르며 서 있다가 뒤로 물러섰다.

그는 소리가 들리지 않는 곳까지 물러나 서성거리며 서 있었다. 이럴 때는 어떻게 해야 하는 것인지 어린 그는 알 수 없었다.

그는 그 이상한 소리를 들었다는 데 대해 부끄러움을 느끼고 있었다. 그러면서도 호기심을 저버릴 수가 없었다. 그 소리가 주는 흥분이 그의 몸을 떨게 하고 있었다. 자기도 모르게 그는 입술을 깨물었다. 그렇게 예쁘게 생긴 처녀가 돼지같이 생긴 사내와 그 짓을 하고 있다는 것이 도무지 믿어지지가 않았다. 그 남자가 강제로 그러는 것이 아닐까. 그 처녀가 사정하는 소리를 들었다. 아프니 제발 그만 하라는 소리였다. 그러면 그렇지. 그 처녀가 그 돼지 같은 놈을 좋아할 리가 있나. 그 처녀는 지금 강제로 당하고 있는 거다. 싫으면서도 어떤 이유로 강제로 당하고 있는 것이다. 어떻게 해서 그런 놈에게 몸을 주지 않으면 안되게 되었을까. 그들이 이 암자에 함께 나타난 것부터가 이상했다.

비탄과 분노에 그는 한동안 어쩔 줄 모르며 서 있다가 다시 암자 안으로 들어섰다. 이번에는 머뭇거리지 않고 헛기침까지 하면서 봇

짐을 마루 위에 쾅 하고 내려놓았다. 여자를 구해야 한다는 기사도 정신이 그에게 그런 용기를 준 것이다.

방안의 소리가 일순 정지했다. 잠시 후

「누구야?」

하는 거친 목소리가 들려왔다.

사미승은 대답하지 않고 그대로 꼿꼿이 앉아 있었다.

「밖에 누구야?」

사미승은 그래도 대답하지 않고 멀리 거뭇거뭇해지는 산등성이만 바라보았다.

이윽고 문이 벌컥 열렸다. 대머리는 벌거벗은 상체를 드러내면서 사미승의 뒤통수를 노려보았다.

「야, 임마! 들리지 않아?!」

「잘 들립니다.」

어린 중은 뒤돌아보지 않고 대답했다.

「이 자식아, 그럼 대답해야 할 거 아니야?! 이 자식 갑자기 벙어리가 됐나?」

「차라리 벙어리나 됐으면 좋겠습니다.」

어린 중은 냉랭하게 말했다.

대머리의 눈꼬리가 치켜 올라갔다.

「뭐가 어째, 임마?」

「더러운 소리를 들었으니 이 귀를 어찌합니까? 차라리 벙어리가 됐으면 좋겠다는 말입니다.」

그렇게 말하고 나서 사미승은 벌떡 일어나 부엌방으로 횡하니 들어가 버렸다.

분통이 터진 대머리는 바지만 얼른 입더니 여자가 만류하는 것도 뿌리친 채 부엌으로 달려들었다.

「뭐가 어째, 이 새끼야?!」

바가지로 쌀을 퍼 가지고 돌아서던 사미승은 따귀를 사정없이 얻어맞고 부엌 바닥에 나동그라졌다. 쓰러진 어린 중을 대머리는 몇 번 걷어찼다.

「대가리에 피도 안 마른 자식이 함부로 까불어? ! 내가 누군 줄 알아? ! 」

사미승은 의식이 오락가락했다. 그렇게 맞아 보기는 난생 처음이었다. 대머리의 주먹질과 발길질은 너무나도 잔혹해서 처음부터 사미승의 기를 꺾어 놓고 있었다.

대머리가 밖으로 사라지는 것을 보고 그는 몸을 일으키려고 했지만 왠지 몸이 말을 듣지 않았다. 쌀이 부엌 바닥에 허옇게 널려 있는 것이 보였다.

등잔불이 가물거리고 있었다. 그때 누군가가 들어서는 것이 보였다. 그는 얼른 눈을 감고 죽은 듯이 누워 있었다.

「어머나! 」

낮은 부르짖음이 들려왔다. 그것은 여자 목소리였다. 눈을 떴다. 처녀가 겁먹은 눈으로 그를 내려다보고 있었다.

「괜찮아요? 」

두 사람의 시선이 뜨겁게 마주쳤다. 사미승은 고개를 끄덕였다. 그는 일어나려고 했지만 다시 실패했다.

「가만 있어요. 」

처녀가 뒤에서 그를 부축했다. 처녀의 가슴의 그의 어깨에 물컹하고 닿았다. 사미승은 아찔한 현기증과 함께 그 순간만은 모든 고통을 잊었다. 그의 얼굴은 코피에 젖어 엉망이었다.

「약이 있나요? 」

처녀의 목소리는 아름다웠다.

「소독약밖에 없어요. 」

「병원에 가야겠어요. 」

어린 중은 웃으며 고개를 저었다.

「병원은 너무 멀어서 갈 수 없어요. 안방으로 좀 데려다 주시겠습니까?」

여자는 사미승을 때린 대머리를 원망하면서 사미승을 방안으로 부축해 갔다.

그때 대머리는 방안에 앉아 사미승이 사온 술을 마시고 있었다. 사미승이 사온 물건들을 뒤져 보니 먹고 싶은 닭고기는 없고 통조림 따위만 들어 있었다. 그는 사미승을 죽일 놈이라고 욕하면서 혼자 술을 마셨다.

은애는 수건에 물을 축여 사미승의 얼굴을 정성스럽게 닦아 주었다.

어린 중은 빛나는 눈으로 그녀를 올려다보고 있었다. 그는 대머리에게 얻어맞은 부위가 욱신거리고 아팠지만 뜻밖에도 그녀의 간호를 받고 있다는 것이 황홀하기만 했다.

「어머, 열이 있어요.」

이마를 짚어보던 그녀가 놀란 듯이 말했다.

「괜찮습니다.」

그는 일어나 저녁밥을 지어야겠다고 중얼거리다가 끝내 의식을 잃었다.

그가 정신을 차렸을 때 그의 곁에는 아까처럼 그녀가 걱정스런 얼굴로 앉아 있었다.

「미음을 쑤었으니까 일어나 좀 들어봐요.」

「감사합니다.」

그는 상체를 조금 일으킬 수 있었다.

여자가 떠주는 죽을 멋쩍은 듯 받아 먹으면서 그는 자꾸만 얼굴을 붉혔다.

「부엌 일은 염려하지 말아요. 제가 다 해놓을 테니까.」

그녀는 어린 중의 걱정을 덜어 주려고 애를 썼다.

「스님은 돌아오셨어요?」

「아뇨.」

여자를 바라보는 어린 중의 눈빛은 슬프다가도 뜨겁게 타오르곤 하는 것이었다.

옆방의 대머리는 요란스럽게 코를 골며 자고 있었다.

「주무십시오.」

「난 괜찮아요.」

그녀는 나가려 하지 않았다. 사미승은 미닫이문 저쪽이 자꾸만 마음에 걸렸다.

그녀가 옆에 있어 주는 한 어린 중은 행복할 것만 같았다. 사실 그는 행복을 느끼고 있었다. 그 때문에 고통 따위는 잊고 있었다.

그는 잠시 행복한 꿈을 꾸며 잠이 들었다. 잠에서 깨어났을 때 그는 먼저 은애부터 찾았다. 놀랍게도 그녀는 그 옆에 누워 있었다. 맨바닥 위에 아무 것도 덮지 않은 채 새우처럼 웅크리고 있었다. 사미승은 몸을 일으켰다. 그리고 등잔불을 향해 후 하고 입바람을 불었다. 불이 꺼지자 그는 도로 자리에 누우면서 그녀를 끌어당겼다. 그녀는 기다렸다는 듯이 그의 품을 파고 들었다.

「추워서 혼났어요.」

그녀는 사미승의 품에 안겨 속삭였다. 어린 중은 힘껏 그녀를 품어 주었다. 두 사람의 얼굴이 자연스럽게 포개졌다.

「저 방에는 가고 싶지 않아요.」

「가지 말아요. 제발 여기 있어 줘요.」

더욱 몸을 밀착시키기 위해 어린 중은 다리로 그녀의 하체를 휘감았다. 그는 시종 부들부들 떨고 있었다. 이미 남자 경험이 있는 그녀는 달래듯이 부드럽게 그를 이끌어 주었다.

은애가 잡아 흔드는 바람에 어린 중은 눈을 떴다.

방안에 불이 켜져 있었다. 등잔불을 뒤로하고 서 있는 사람은 대머리 사내였다. 그의 오른손에는 몽둥이가 들려 있었다.

「요것들, 꼴 좋다.」

그는 몽둥이로 이불을 휙 젖혔다. 뒤엉켜 있던 벌거숭이들이 움츠러들며 떨어져 나갔다.

「대가리에 피도 안 마른 녀석이!」

사내는 몽둥이로 어린 중의 어깻죽지를 후려쳤다.

「이 화냥년! 내가 옆방에 있는데도 바람을 피워?!」

이번에는 은애의 가냘픈 어깨 위로 몽둥이가 날았다.

어린 두 남녀는 어깨를 싸쥐면서 바닥에 웅크렸다. 사내의 살기등등한 모습에 그들은 와들와들 떨고 있었다. 이 산중에서 맞아죽는다 해도 그들을 구해 줄 사람은 없었다. 질투와 분노로 눈이 뒤집힌 사내는 금방이라도 그들 남녀를 때려 죽일 듯이 펄펄 뛰었다.

「이제부터 내가 시키는 대로 한다. 그렇지 않으면 너희들은 맞아 죽을 줄 알아.」

그러자 바닥에 엎드려 있던 사미승은 상체를 일으켰다.

「이 여자한테는 손대지 마십시오! 이 여자를 때릴려거든 저를 때리십시오!」

「사내값을 하겠다 이거지? 이 새끼, 이 여자가 네 여잔 줄 아니?! 내가 데려온 계집애야!」

몽둥이는 둔탁한 소리를 내며 등 위에 떨어졌다.

「안돼요! 용서해 주세요!」

여자가 사미승을 감싸듯이 하며 소리쳤다. 그것이 사내의 질투심에 더욱 부채질을 했다.

「이것들이 언제부터!」

말이 떨어지기 무섭게 그는 몽둥이를 휘두르기 시작했다. 그는 닥치는 대로 후려갈겼다. 비명과 신음이 한동안 방안을 가득 채웠다.

「아이구, 살려 주십시오 ! 시키는 대로 하겠습니다 !」

사미승은 마침내 두 손을 싹싹 비비며 살려 달라고 애걸했다. 그의 머리에서는 피가 흐르고 있었다.

그의 잔인성으로 보아 그들을 때려 죽이고도 남을 것 같았다.

그는 몽둥이를 내렸다.

「내가 보는 앞에서 해봐 ! 형식적으로 하는 게 아니고 진짜로 하는 거야 !」

사미승과 은애는 아연해서 사내를 쳐다보았다.

「우물쭈물하지 말고 해 !」

보는 앞에서 기어이 실연을 시키고야 말겠다는 결의가 서릿발처럼 얼굴에 나타나 있었다.

「빨리 껴안으란 말이야 !」

사미승은 절망적인 눈으로 은애를 바라보았다. 그녀는 그의 시선을 피했다.

사내가 다시 후려칠 듯이 몽둥이를 치켜들자 사미승은 황급히 여자의 어깨를 밀었다.

여자는 눈을 감으며 비스듬히 드러누웠다. 어린 중은 그녀의 몸 위로 올라가려고 무릎을 세웠다.

바로 그때 문이 소리없이 열리는 것이 보였다. 안으로 들어서는 사람이 있었다. 고암스님이 아니었다. 어제 저녁나절에 만났던 그 등산객이었다.

등잔불이 바람에 꺼질 듯 펄럭였다. 인기척에 사내가 뒤를 돌아다보았다. 거의 동시에 날카로운 칼끝이 목에 와 닿았다.

「누구냐 ?」

「꼼짝 마 !」

대머리는 몽둥이를 쳐들었다.

뒤에 서 있던 자가 주먹으로 그의 옆구리를 질렀다. 대머리는 몸을 뒤틀면서 몽둥이를 떨어뜨렸다.

「살고 싶으면 가만 있어.」

정체불명의 사나이는 대머리를 벽 쪽으로 밀어붙였다. 대머리는 벽에다 세차게 이마를 부딪히고는 휘청거렸다. 그러면서도 그는 빨리 판단을 내리기 위해 부지런히 머리를 회전시켰다. 그를 뒤에서 기습한 자는 일 대 일로는 도저히 상대할 수 없을 만큼 엄청난 파괴력을 지니고 있었다. 옆구리에 일격을 받았을 때 그는 그것을 간파했던 것이다. 이런 자를 상대로 싸운다는 것은 무의미하다. 그것은 죽음을 재촉할 뿐이다. 이자의 명령에 순순히 복종하다가 기회를 봐서 도망치는 것이 제일 상수다.

어린 중은 자기를 구해준 등산객에게 감사하려고 했다. 그러나 등산객은 그것을 허용치 않았다. 그에게 말을 붙인다는 것 자체가 불가능한 일로 여겨졌다. 사미승은 일찍이 그렇게 무서운 얼굴을 본 적이 없었다. 그렇다고 드라큐라처럼 생겼다는 것이 아니다. 그의 얼굴은 돌처럼 굳어 있었다. 석고 같은 인상이었다. 그런데 거기서 풍기는 분위기가 전율할 만큼 무서웠다. 그의 얼굴을 보는 순간 사미승은 강한 전율에 감전된 것 같은 충격을 느꼈던 것이다.

「옷을 입어요. 그리고 두 사람 다 얌전히 누워 있어요. 밖으로 나오면 절대 안돼.」

석고 같은 사나이가 약간 혀 짧은 목소리로 말했다. 나직한 목소리였지만 위엄이 깃든 목소리였다.

사미승과 처녀는 허둥지둥 옷을 입었다. 그리고 시키는 대로 이불을 뒤집어썼다. 거구의 대머리를 장난감 다루듯 하는 정체불명의 사나이의 말을 감히 거역하고 싶은 마음은 손톱만큼도 없었다.

방안의 불이 꺼졌다. 사람들이 밖으로 나가는 소리가 들렸다. 사미승과 처녀는 이불 속에서 손을 꼭 맞잡고 있었다.

절벽 위로 푸르스름한 달빛이 흐르고 있었다. 달빛이 너무 밝아 바람에 기우는 풀 한 포기의 모습까지도 다 보일 정도였다.

소나무 가지 위에 걸린 밧줄이 흔들리고 있었다. 밧줄을 목에 건 채 절벽 위에 서 있는 김병관은 사시나무 떨 듯 떨어대고 있었다. 뒤로 돌려진 그의 손목에는 수갑이 채워져 있었다. 그것 때문에 그는 꼼짝할 수가 없었다.

그의 바로 뒤에는 고수머리 사나이가 서 있었다.

「아주 아름다운 밤이야.」

그렇게 중얼거리고 나서 사나이는 담배에 불을 붙였다.

「담배 피우겠나?」

「하나 주시오.」

대머리는 쥐어짜듯이 말했다. 고수머리 사나이는 불 붙인 담배를 대머리의 입에 물려 주었다.

「담배가 다 탈 때까지 잘 생각해서 대답해. 그때까지 질문에 대답하지 않으면 당신은 절벽 밑으로 떨어진다는 걸 알아야 해. 내가 누군지는 알겠지?」

「아, 압니다.」

대머리는 더욱 심하게 떨어대고 있었다. 그는 도망칠 수 있는 기회를 잃었기 때문에 한층 더 공포에 떨고 있었다.

「나를 고용한 놈이 누구지?」

대머리는 입을 열지 않았다. 입을 여는 것을 잊은 것 같았다.

「보스가 누구냐!」

질문이 점점 날카로워지고 있었다. 대머리는 침묵을 지켰다.

「너희들은 약속을 어겼어. 그리고 나를 죽이려고 했어. 왜 그랬지?」

대머리는 담배를 빨지 않았다. 그래도 담배는 연기를 내며 타들어가고 있었다.

「너희들이 노리고 있는 게 뭐지? 말해 봐. 노리고 있는 게 뭐야?」

사나이는 여기서 질문을 멈추고 기다렸다.

대머리는 마구 떨어대면서 행여 떨어뜨릴까봐 담배 꽁초를 꽉 물고 있었다.

담배가 거의 다 타자 그는 살려 달라고 애걸했다. 죽을 죄를 지었으니 용서해 달라고도 했다.

「살려 줄 테니 내 질문에 답변하란 말이야. 넌 한 가지도 대답하지 않았어.」

「전……아무것도 모릅니다. 시키는 대로 했을 뿐입니다.」

「그러니까 책임이 없다 이거지?」

담배의 마지막 불꽃이 사라지는 것을 보고 고수머리는 사정없이 대머리의 허리 부분을 발로 내질렀다.

「으악!」

외마디 비명과 함께 대머리의 모습이 절벽 밑으로 사라졌다. 나뭇가지에 걸려 있던 밧줄이 갑자기 팽팽해지면서 나뭇가지와 잎들이 서로 부딪치는 소리가 요란스럽게 들려왔다.

잠시 후 고수머리는 밧줄을 끌어당겼다. 밧줄 끝에 사람의 목에 걸려 있다는 것을 조금도 생각지 않는 듯 그는 거칠게 그것을 잡아당겼다.

이윽고 축 늘어진 대머리의 몸뚱이가 절벽 위로 올려졌다. 그의 목은 길게 늘어져 있었고 혀를 빼물고 있었다. 고수머리는 맥박을 짚어보고 나서 부엌으로 들어가 바가지에 물을 떠가지고 왔다. 그것을 얼굴에 들이붓자 대머리는 머리를 흔들면서 눈을 떴다.

「이제 정신이 드나? 여긴 지옥이야. 당신은 지옥에 와 있는 거야.」

「다, 당신은 누구지요?」

「난 염라대왕이야.」

대머리는 제정신이 아니었다. 얼이 빠진 나머지 정말로 지옥에 와 있는 줄 착각하는 것 같았다. 목을 어루만지고 심하게 기침을 몇 번 하고 나서야 비로서 제정신을 차렸다.

「목이 부러지지 않은 게 다행이야. 당신은 운이 좋았어. 그렇지만 두 번째는 살아나지 못할걸.」

그의 말이 끝나기 무섭게 대머리는 무릎을 꿇었다.

「살려 주십시오. 사실대로 말씀드리겠습니다.」

「진작 그럴 것이지.」

고수머리는 소형 녹음기를 꺼내 상대방의 입 가까이에 갖다대었다.

「보스가 누구지?」

「양채기라는 자입니다. 재일교포인데 D화학의 부사장입니다. 하지만 그가 최고 보스는 아닙니다. 그는 단지 일본에서 파견된 인물에 지나지 않습니다. 최고 보스는 일본에 있는데 그가 누군지는 저도 모릅니다.」

「조직의 이름은?」

「국화와 칼입니다. 한국에서는 태양이라는 이름으로 위장하고 있습니다. 국제조직으로……」

「양채기는 한국측 책임자인가 일본측 대리자인가?」

「일본측 대리자라는 게 옳습니다. 하지만 현재 한국에서는 그의 말이 가장 권위 있습니다. 한국측 책임자도 그의 말이라고 하면 꼼짝못합니다.」

「한국측 책임자의 이름은?」

「여잡니다. 암호는 흑장미…… 이름은 하연미입니다.」

「본명인가?」

「그건 잘 모릅니다.」

「몇 살쯤 된 여자지?」

「자세히는 모르지만 서른 일곱 여덟쯤 됐습니다.」

「주소는?」

「주소는 모르고 전화번호만 알고 있습니다. 하지만 전화번호도 자주 바뀌기 때문에 만난다는 건 여간 어렵지 않습니다.」

「양채기를 만나면 알 수 있겠지?」

「네, 그 사람하고는 자주 만나고 있는 것 같습니다. 그의 정부나 다름없으니까요.」

살고 싶은 마음에 대머리는 묻지도 않은 말을 술술 털어놓고 있었다. 그는 자기가 성의껏 협조하고 있다는 사실을 그에게 인식시키려고 애쓰고 있었다.

「제가 여기 온 건 조직에서 벗어나기 위해서입니다. 그들은 나를 찾기 위해 혈안이 되어 있을 겁니다. 놈들을 상대로 해서 혼자 싸우신다는 건 여간 어렵고 위험한 일이 아닙니다. 목숨만 살려 주시면 제가 압장서서 함께 싸워드리겠습니다.」

고수머리는 거기에 대해서는 아무 반응도 보이지 않았다.

「나를 고용한 자는 누구지?」

「흑장미입니다. 그 여자의 명령을 받고 제가 적당한 인물을 물색했던 겁니다.」

「그런데 왜 나를 제거하려고 했지? 약속도 지키지 않고 말이야?」

「뒤를 깨끗이 하기 위해서 그런 것입니다. 그것 역시 그자의 지시였습니다.」

달이 구름 속으로 들어가자 주위가 캄캄해졌다. 대머리는 재빨리 주위를 살폈다. 갑자기 주위가 캄캄해지는 바람에 상대방의 모습이 보이지 않았다. 상대방도 이쪽이 잘 보이지 않을 것이다. 탈출할 수 있는 좋은 기회일 것 같았다. 손이 부자유스럽고 목에는 밧줄이 걸려

있지만 어떻게든 해보아야 한다. 저놈을 일격에 쓰러뜨릴 수만 있다
면…….

그는 무릎에 힘을 주면서 가만히 몸을 일으켰다. 죽기 아니면 살
기다. 그의 무기는 오로지 머리통과 두 다리였다. 두 다리는 아직 자
유스러운 상태에 놓여 있었다. 목에 걸려 있는 밧줄은 느슨하게 늘어
져 있는 것이 수미터까지는 자유스럽게 움직일 수 있을 것 같았다.
상대방과의 사이는 불과 1미터 정도밖에 되지 않았다. 저놈을 일단
쓰러뜨린 뒤 사미승과 계집애한테 도움을 청하는 거다. 그 연놈들은
도대체 방구석에 틀어박혀 무얼 하고 있을까. 내가 이놈 손에서 풀려
나는 날에는 그것들을 가만두지 않을 거다.

단번에 놈을 거꾸려뜨리지 못하면 내가 죽는다. 일격에 급소를 쳐
야 한다. 그는 머리로 피가 몰리는 것을 느꼈다. 그는 박치기의 명수
였다. 그의 반들반들한 대머리는 무서운 흉기나 다름없었다. 그 위
력을 아는 사람들은 그것이 살인적인 흉기라는 데 의견을 같이하고
있었다. 그런데 신기하게도 그 이마에는 흠집 하나 없었다. 반들반
들한 것이 꼭 대리석 같았다.

그가 이마에 온 힘을 집중하여 상대방을 공격하면 열이면 열 나가
떨어지게 마련이다. 힘을 집중하여 일격에……1미터 전방의 검은 그
림자를 향하여, 그는 몸을 일으키는 것과 동시에 돌진했다. 몸을 날
려 이마로 상대방의 얼굴이라고 짐작되는 부위에 힘껏 받았다. 그러
나 그것은 얼굴이 아니었다. 그의 이마에 부딪힌 것은 상대방의 해머
같은 주먹이었다.

대머리는 비명도 지를 새 없이 뒤로 나가떨어졌다. 그리고 그는 다
시 물을 뒤집어쓰고 곧 깨어났다.

「너는 진정으로 나에게 협조한 게 아니야. 지금까지 네가 한 말을
나는 하나도 믿을 수 없어.」

대머리는 땅바닥에 이마를 댄 채 흐느꼈다.

「얼굴을 들어.」

고수머리는 플래시를 대머리의 얼굴에 들이댔다. 눈부신 불빛에 대머리는 눈을 뜰 수가 없었다. 그의 이마에서 흘러내린 피가 얼굴을 덮고 있었다. 그래서 그의 모습은 더없이 참혹해 보였다.

「나는 네 말을 믿을 수가 없어.」

그의 말은 시종 담담했다.

「살려 주십시오. 절대 거짓말은 아니었습니다.」

「그럼 지금까지 한 말을 반복해 봐.」

대머리는 아까 했던 말을 반복했다. 처음 했던 말과 차이가 없었다.

「너희들 조직으로도 충분히 황근호를 제거할 수 있을텐데 나한테 그 일을 맡긴 이유는 뭐지?」

「우리는 가능한 한 직접 손을 대는 것을 삼가하고 있습니다. 수사망에 걸려드는 것을 피하기 위해서입니다.」

「그런데 너희들은 나를 죽이려고 했어.」

「뒤늦게 당신이 위험 인물임을 알았기 때문입니다. 그리고 당신은 우리 얼굴을 너무 많이 알고 있었습니다.」

고수머리는 플래시를 껐다.

고수머리의 말소리가 갑자기 낮아졌다. 그는 속삭이듯 물었다.

「황근호를 죽인 이유가 뭐지? 돈 받고 죽여 달라고 해서 죽였지만, 지금 와서는 확실한 이유를 알아야겠어. 모든 것은 거기서부터 시작되었어. 그를 왜 죽여 달라고 했지?」

「저도 그 이유는 모릅니다. 단지 골치 아픈 인물이기 때문에 꼭 제거해야 한다고 해서 없앤 것뿐입니다. 정말 이유는 모릅니다. 저한테 말하지는 않습니다. 저는 단지 시키는 대로 심부름하는 하수인에 불과합니다. 정말 모릅니다.」

잠시 침묵이 흘렀다. 고수머리는 상대방의 말이 과연 어느 정도까지 믿을 수 있는 것인지, 그것을 생각하고 있는 듯했다.

이윽고 그는 자기 나름대로 결론을 내린 것 같았다.

「너희들이 노리는 목표는 뭐야? 물론 이번에도 모른다 하겠지?」

「저, 정말 모릅니다. 그건 너무 중요한 것이기 때문에 저 같은 게 감히 알 수는 없습니다.」

고수머리는 상대방의 입에서 녹음기를 거두었다.

「앞으로의 예정은?」

「저 말입니까? 」

대머리는 마침내 목숨을 건졌다고 생각했는지 큰소리로 물었다.

「그래, 앞으로 어떡할 거야?」

「그, 그건 염려하지 마십시오. 당신을 도와서 놈들을 때려잡겠습니다. 흑장미의 얼굴을 아는 사람은 저뿐입니다. 제가 그년을 잡아드리겠습니다.」

「고맙군. 고마운 말이야. 하지만 당신이 먼저 죽을걸.」

「절대 그렇지 않습니다. 저는 놈들의 수법을 알고 있고, 제 심복들이 저를 지켜줄 것입니다.」

「저 방에 있는 여자가 당신의 심복인가?」

「아, 아닙니다! 저건 그저 심심해서 데려온 것뿐입니다.」

「목이 아프겠어. 밧줄을 풀어 주지.」

그는 대머리를 일어서게 한 다음 목에서 올가미를 뽑아 주었다. 대머리는 목숨을 건졌다는 감격에 흐느껴 울었다.

「자, 그만 울고 돌아서요. 수갑도 풀어야지.」

대머리는 돌아서서 등을 보였다.

고수머리는 상대방의 손목에서 수갑을 푸는 것과 동시에 그의 등을 앞으로 힘껏 밀어 버렸다.

처절한 비명이 절벽 위로 연기처럼 피어올라 허공에 잠시 머물렀다가 사라졌다.

고수머리는 다시 무엇을 놓친 사람처럼 두 손을 벌린 채 절벽 아래를 내려다보고 있었다. 그렇게 한참 동안 얼빠진 듯 서 있다가 하늘을 올려다보았다.

별빛이 약해진 하늘가로 여명의 빛이 나타나고 있었다. 그는 암자 뒤로 돌아갔다.

그 곳에는 바위 틈새로 흘러내린 물을 받아 놓은 조그만 옹달샘이 있었다.

얼굴을 대강 씻고 나서 냉수를 벌컥벌컥 들이켰다. 뼈 속까지 시원해지는 것 같았다.

앞으로 돌아와 방문을 벌컥 열었다. 아직 어두운 방안을 플래시로 비춰 보았다.

사미승과 처녀는 그때까지 이불을 뒤집어쓰고 있었다.

그는 아무 말없이 문을 닫고 돌아섰다.

김병관의 피살 소식을 접하고 박 명과 구문대, 그리고 조남석이 현지로 떠난 것은 정오 무렵이었다. 그들은 지프를 타고 현지로 달려갔는데 저녁 무렵에야 차도가 끝나는 곳까지 다다를 수 있었다. 거기서부터는 좁고 험한 산길이었다. 관할 파출소의 순경 한 명이 기다리고 있다가 그들을 안내했다. 플래시 불빛을 따라 산길을 세 시간 넘게 올라가니 암자의 불빛이 보였다. 낮에는 올라가는 데 두 시간쯤 걸린다고 안내하는 순경이 말했다.

암자는 대낮같이 불이 밝혀져 있었다. 전기가 그 곳까지 들어오지 않으니 불을 밝힐 수 있는 것이면 무엇이나 꺼내 놓고 불을 붙여 두고 있었다. 독경 소리와 함께 향내가 암자를 가득 채우고 있었다.

사람의 발길도 별로 없는 조용하기만 하던 암자는 갑자기 살인사건 현장이 되는 바람에 장터처럼 붐비고 있었고, 그래서 일견 불안하고 당황스러워 보였다.

현지 경찰들과 일꾼들이 안으로 들어서는 그들을 쳐다보았다.

「서울서 오셨습니다.」

안내한 순경이 금테 두른 제모를 쓰고 있는 서장을 향해 거수경례를 하자 뚱뚱한 서장은 마루에서 내려서며 손을 내밀었다.

「수고들 하는군. 나 서장이오.」

구문대는 인사를 받는 둥 마는 둥 독경 소리가 나는 방안을 들여다보았다.

중이 불상을 향해 꼿꼿이 앉아 목탁을 두드리며 독경을 외고 있었다. 앉아 있는 모습이 바위처럼 단단해 보였다.

「피살자는 고암스님의 친구랍니다. 여기 쉬러 왔다가 당한 모양입니다.」

사정을 모르는 현지 수사관 한 명이 곁에서 말했다.

「시체는 어디 있나요?」

문대는 상대방을 쳐다보지 않고 물었다.

「저기 있습니다. 이리 오십시오.」

피살체는 저만큼 떨어진 소나무 밑에 가마니로 덮여 누워 있었다.

플래시로 피살체의 얼굴을 비춰 보는 조남석이 고개를 크게 끄덕였다.

「틀림없어요. 김병관이라는 자가 맞아요.」

시체는 눈을 부릅뜨고 있었고 말라붙은 피가 얼굴을 반쯤 덮고 있었다.

「절벽 밑에 떨어져 있는 걸 끌어 올리느라고 애먹었습니다. 밑에까지 내려가 줄에 달아매가지고 올렸지요.」

현지 수사관이 절벽 밑을 가리켰다.

서울서 내려온 남자들은 어둠 속에 잠겨 있는 절벽 저쪽을 바라보았다.

「낮에 보면 절경이지요. 지금은 어두워서 아무것도 보이지 않지만 낮에 여기 와서 보면 신선이 된 것 같은 기분이 듭니다.」

잠시 후 그들은 불안에 떨고 있는 사미승과 처녀를 만났다. 그들은 부엌에 쭈그리고 앉아 있었다.

「범인을 목격한 사람들입니다. 신고도 해 주었습니다. 이 아가씨는 피살자와 함께 여기에 투숙했던 사람입니다.」

사미승은 아궁이에 불을 때고 있었고 처녀는 고개를 푹 숙이고 있었다.

「고개를 들어봐요.」

박 명이 가까이 다가서서 처녀의 턱을 치켜 올렸다. 그녀의 얼굴은 눈물로 범벅이 되어 있었다.

「죽은 사람하고 어떤 관계지?」

그녀는 대답 대신 어깨를 떨었다.

박형사는 더욱 거칠게 그녀의 어깨를 잡아 흔들었다.

「어떻게 해서 그 사람하고 여기까지 오게 되었는지 이야기해 봐요.」

그가 화가 난 얼굴로 눈을 부라리자 그녀는 눈물을 거두고 겁먹은 표정으로 띄엄띄엄 이야기를 늘어놓기 시작했다.

이윽고 그녀의 이야기가 끝나자 박 명은 사정없이 또 물었다.

「그 사람이 당신을 건드렸나?」

그것은 처녀로서 차마 대답할 수 없는 내용이다. 거기에 대해 그녀는 침묵으로 대답했다. 부인 아닌 침묵은 인정한다는 뜻이었다. 그녀는 다시 울기 시작했다.

서울서 내려온 형사들은 사미승 쪽으로 시선을 돌렸다. 사미승은 각오한 듯 입을 열었다. 그래도 그가 범인의 얼굴을 가장 많이 목격하고 그와 이야기까지 나누었기 때문에 수사관들은 귀를 세우고 그의 이야기를 경청했다.

「……그런데 밤에 나타난 그 사람은 바로 초저녁에 저 밑에서 만났던 그 등산객이었습니다.」

「그때도 혼자였나?」

「네, 혼자였습니다. 그 등산객은 눈 깜짝할 사이에 그 사람을 쓰러뜨렸습니다. 그 뚱뚱한 사람은 손 한번 쓰지 못하고 쓰러졌습니다. 그 등산객이 아니었다면 저는 맞아죽었을 겁니다. 그렇게 힘세고 무서운 사람은 처음 보았습니다.」

그 대목에 이르러 어린 중은 신이 나서 지껄였다. 세상에 태어나 처음으로 그는 그 인물로부터 큰 감명을 받은 듯했다. 그가 보기에는 고암스님도 부처도 그 범인에 비한다면 아무것도 아닌 성싶었다.

「……소리도 없이 나타나더니 뒤에서 주먹으로 옆구리를 슬쩍 건드렸습니다. 그러니까 뚱뚱한 사람은 들고 있던 몽둥이를 떨어뜨리면서 몸을 구부렸습니다. 금방이라도 숨이 막혀 죽을 것 같았습니다. 그 사람은 그를 벽에다 밀어붙였습니다. 그러니까 뚱뚱한 사람은 마치 보릿자루처럼 벽에 부딪히고 나가떨어졌습니다. 정말 그렇게 어이없이 나가떨어지는 건 처음 봤습니다. 그 사람은 초저녁에 만났던 그 등산객하고는 영 딴판이었습니다. 그 사람은 그 사람인데 처음 보았을 때하고 두 번째 보았을 때하고는 영 딴판이었습니다. 그 사람이 이불 속에 들어가 꼼짝 말고 있으라고 하기에 그대로 있었지요. 살아 있는 것만도 다행이다 싶어 이 여자하고……」

그 부분에서 사미승은 우물거렸다.

「빨리 계속해요. 그래서?」

박 명이 눈을 떼지 않은 채 재촉했다.

「그 다음은 이불 속에 들어가 있었기 때문에 보지 못했어요. 그 사람은 뚱뚱한 사람을 밖으로 데리고 나갔어요. 조금 있으니까 비명이 들렸어요. 살려 달라고 애원하는 소리도 들려왔구요. 하지만 내다보지 않았어요. 무서워서 이불 속에 그냥 드러누워 있었어요.」

「예끼! 이놈!」

뒤에서 갑자기 벼락치는 것 같은 고함소리가 들려왔다. 모두가 깜짝 놀라 돌아보니 안방에서 목탁을 두드리고 있던 스님이 부엌 앞에 버티고 서 있었다.

「이 천하에 못된 놈! 사람이 죽어가는데 방안에 누워만 있었단 말이냐?」

고암스님은 분을 참지 못해 씩씩거리더니 장작개비를 집어 들고 부엌으로 뛰어들었다.

「나가라! 너 같은 놈은 필요없다!」

그는 사정없이 사미승의 등짝을 후려갈겼다.

「아이고!」

사미승은 비명을 지르며 형사들 뒤로 몸을 피했다. 형사들은 노기 충천한 고암의 행동을 막으려 들지 않았다. 그저 잠자코 바라보고만 있었다.

「십육 년 동안이나 네놈을 헛길렀지. 이놈! 죽어라!」

장작개비를 휘두르며 달려드는 것이 머리라도 맞으면 정말 죽을 것 같았다. 사미승은 형사들이 야속했다. 그는 사람들 사이를 요리조리 피하다가 부엌 밖으로 빠져 달아났다.

「다시는 내 눈앞에 나타나지 마라, 이놈!」

그러나 그의 그러한 노기는 어쩐지 형식적인 것으로 형사들의 눈에 비쳤다. 그래서 그들은 그의 행동을 막지 않았는지도 모른다.

「미안합니다.」

고암은 형사들을 향해 합장했다. 형사들도 함께 인사했다.

고암이 들어온 것은 대머리 사내가 살해되던 날 아침이었다.

암자로 들어서니 공기가 살벌하고 인기척이 없었다.

「방문을 벌컥 열어 보니 저것들이 이불 속에 그때까지 누워 있었습니다. 이야기를 듣고 나서 절벽 아래를 내려다보니까 그 친구가 떨어져 있는 게 보였습니다. 내가 암자를 비웠던 게 큰 실수였습니다. 내가 있었다면 이런 사고가 일어나지 않았을텐데……」

「그렇지도 않습니다. 누가 있었어도 사고를 막을 수는 없었을 겁니다.」

「그건 어째서 그러지요?」

그가 눈을 크게 뜨고 물었다. 형사들은 거기에 대해서는 얼른 대답하려 들지 않았다.

그 대신 정곡을 찌르는 질문을 던졌다.

「피살자가 친구라고요?」

「네, 어릴 적부터 친구였지요. 같은 고향 마을에서 태어나 학교도 같이 다니고 했으니까요. 좋은 친구였는데 왜 하필 여기까지 와서 죽었는지 이해할 수가 없습니다.」

그는 친구에 대해 될수록 좋게 말하려고 애쓰고 있었다.

「친구가 무슨 일을 하고 있었는지 알고 계셨나요?」

「아니오. 그저 사업하고 있는 정도로만 알고 있습니다. 무슨 일을 하고 있는지 그런 건 관심도 두지 않았습니다.」

「그 사람이 왜 여기까지 왔나요?」

「좀 쉬러 왔다고 그러더군요. 내가 서울 가면 그 친구 신세를 지곤 했어요. 그래서 시간 나면 여기에 놀러오라고 말하곤 했지요.」

「여자하고 함께 왔는데 이상하게 생각하지 않았나요?」

고암은 눈을 내리깔았다. 한참 동안 무엇인가 생각하는 듯하다가 고개를 들고 형사들을 바라보았다.

「관심을 두지 않았습니다. 그런 데 신경을 쓰다가는 그 친구를 여기에 받아들일 수 없었을 겁니다. 나는 그 친구가 도덕적이기를 바란 게 아니었습니다. 여기 와서 편히 쉬어 가기를 바랐을 뿐입니다. 그런데 여기 와서 죽었으니 그의 영혼을 볼 면목이 없습니다.」

형사들은 캄캄한 바닷속으로 침몰하는 기분이었다.

사건이 발생한 뒤에야 달려와서 뒷조사를 하는 짓거리에 질린 것이다. 그리고 그들은 겉으로는 표현하지 않았지만 속으로는 분노를 씹고 있었다. 그것은 먼저 그들 자신의 무능에 대한 분노였다. 그 다음은 범인에 대한 분노였다. 범인은 다음 범행을 위해 이미 출발했다. 그런데 그들은 어디로 가야 할지 모르고 있는 것이다.

커튼 사이로 햇빛이 비쳐들고 있었다.

침대 위의 남녀는 시트로 몸의 중요 부분만을 가린 채 잠들어 있었다.

벽 시계가 8시30분을 가리키고 있었다.

그들의 의식은 반수면 상태 속에 놓여 있었다. 이제 일어나야 할 때라는 것을 그들의 의식은 감지하고 있었다. 그러나 그들은 따뜻한 잠자리가 좋았다. 상대방의 따뜻한 살결을 느끼고 있는 것이 좋았다.

밤새도록 그들은 육체의 향연을 즐기다가 새벽녘에야 겨우 눈을 붙였던 것이다. 두 사람 다 만만치 않은 힘과 기교를 지니고 있었기 때문에 서로 녹초가 될 때까지 즐겼었다.

때르르릉—.

남자는 팔을 벌려 여자를 끌어안았다. 남자의 피부는 가무잡잡했고 여자의 살결은 우윳빛이었다.

때르르릉—.

남자는 슬그머니 눈을 떴다. 전화벨이 울렸다. 그는 미간을 찌푸리며 손을 뻗었다. 수화기에 손이 닿지 않았다. 전화벨 소리가 더욱 요란스러워지고 있었다.

그는 한숨을 쉬고 여자를 한 쪽으로 밀었다. 여자의 육중한 몸뚱이가 한 켠으로 젖혀졌다. 그 바람에 젖가슴이 훤히 드러나면서 흔들렸다. 묵직해 보이는 젖무덤이었다.

그는 상체를 반쯤 일으켜 수화기를 집어 들었다.

「여보세요.」

일본 말이었다.

「15번 웨이터입니다.」

상대방도 일본 말로 했다.

「샤갈이다.」

그는 나직이 말했다.

「도쿄에서 전화입니다. 댁에서 급히 전화연락을 바라고 있습니다.」

「알았다.」

「그리고 김사장이 살해됐습니다.」

「어디서?」

「암자에서 살해됐습니다. 지리산에 있는 암자입니다.」

「누구 짓이지?」

「킬러의 짓인 것 같습니다.」

대화는 잠시 중단되었다. 여자가 상체를 일으켰다.

「무슨 전화예요?」

그녀는 꿈꾸는 듯한 목소리로 물어보았다. 그러면서 남자의 팔에 자신의 젖가슴을 비벼댔다.

「박사님, 어떻게 할까요?」

「경계를 강화하도록 해. 그놈이 다음에 노리는 사람은 누구일 것 같은가?」

「흑장미에게 접근할 것입니다. 그 여자를 만나면 모든 것이 드러나고 맙니다. 저지하지 않으면 안됩니다.」

「알았다.」

그는 수화기를 내려놓고 여자를 바라보았다. 여자의 한 쪽 가슴을 손으로 만지면서 웃었다.

야마다는 타이핑을 끝내고 나서 커피포트 코드를 전원에 꽂았다. 찻잔에다 커피와 프림을 넣고 나서 기다리자 물이 끓기 시작했다. 끓는 물을 잔에다 조심스럽게 붓고 나서 스푼으로 여러 번 저었다. 그는 이때가 제일 좋았다. 커피를 손수 끓여 마시는 시간이 하루 중 가장 즐거운 때였다.

커피 냄새를 맡고 시모무라 형사가 달려왔다. 그는 싱글벙글 웃으며 커피잔을 집어 들었다.

「고맙네. 이 시간에는 여편네 엉덩이보다도 커피가 그립단 말이야.」

야마다는 눈을 흘기고 나서 다시 커피물을 끓였다.

「이건 뭐야?」

타자기 옆에 놓인 타이핑 용지를 들여다보며 시모무라가 물었다. 야마다는 아무 대꾸도 하지 않았다.

「아, 양박사에 관한 거군?」

야다마는 주위를 휘둘러 보았다. 시모무라의 목소리가 너무 컸기 때문에 혹시 다른 사람들의 주의를 끌지 않았나 해서였다. 다행히 이쪽에다 신경을 쓰는 사람은 없는 것 같았다.

「좀 조용히 할 수 없어? 이건 비밀이란 말이야.」

그는 시모무라를 향해 눈을 흘겼다.

「아, 미안. 깜박 잊었어. 그래 일은 끝났나?」

「음, 겨우……」

「읽어 봐도 되겠나?」

「맘대로.」

시모무라는 타이핑된 내용을 주의깊게 읽어 보더니

「꽤 많이 조사했군.」
하고 말했다.
「3일 간 꼬박 조사한 거야.」
야마다는 볼멘소리로 말했다.
「이대로 반장한테 보고할 건가?」
「음, 그게 전부야.」
「혼죠도 이 이상은 요구하지 않을 거야.」
시모무라는 남은 커피를 마저 마신 다음 담배를 뽑아 물었다. 거기에 불을 붙이고 연기를 빨아내 후 하고 뿜고 나서 조심스럽게 야마다를 바라보았다.
「이게 왜 필요한지 아나?」
「아니……」
야마다는 고개를 저었다. 시모무라는 무엇인가 생각하는 눈치였다. 놓치지 않고 야마다가 날카롭게 물었다.
「자넨 알고 있군. 뭐야? 혼자만 알고 있지 말고 말해 봐.」
「왜 필요한지 그 이유는 몰라. 하지만 그걸 필요로 하는 사람이 누구인지는 알고 있어. 혼죠는 부탁을 받고 지시를 내린 것에 불과해.」
야마다는 안경을 밀어올렸다.
「누가 필요로 한다는 거야?」
「한국 경찰이야.」
한참동안 침묵이 흘렀다. 야마다가 그 침묵을 깼다.
「정말인가?」
「정말이고말고. 정확한 소스야. 매우 중요하고 급한 거라나 봐.」
야마다의 얼굴이 긴장으로 굳어졌다. 지금까지 대수롭지 않게 여겨오던 터에 그런 말을 들어 보니 긴장이 안될 수 없었다.
「자넨 지금 국제적인 사건에 손을 대고 있는 거야.」

시모무라가 한술 더 떠서 말했다. 야마다는 입 속이 바짝 타들어 갔다.

「괜히 겁주지 마.」

그는 커피잔을 천천히 입으로 가져갔다.

「겁주는 게 아니야. 정말이야.」

「한국 경찰이 이게 왜 필요하다는 거야?」

「그야 알 수 없지. 하여간 부탁을 했기 때문에 급히 조사를 재개한 게 분명해. 그리고 중요한 사건임에 틀림없어.」

시모무라는 웃고 나서 그의 어깨를 툭 쳤다.

「혼죠가 특별히 생각한 것인지도 몰라. 잘해 봐.」

「그럴 리가……」

야마다는 머리를 흔들었다.

시모무라가 가고 나자 그는 한동안 자리에 멀거니 앉아 있다가 타이핑 용지를 집어 들었다. 그리고 기재된 내용을 다시 한번 주의깊게 읽어 보았다. 시모무라가 양채기에 대한 과거 파일을 찾아 주었기 때문에 큰 도움이 되었음은 물론이다.

· 양채기 = 1938년 5월8일생으로 당 45세. 재일 한국인 2세. 부친은 한국인 양진국이며 모친은 일본인임. 양진국은 토목 기사로서 1935년 일본으로 건너와 정착함. 양채기는 와세다 대학 공학부를 졸업. 재학중 극좌파 테러단체인 적군파에 가담하여 활약한 혐의를 받은 바 있으나 증거 불충분으로 불기소 처분됨. 1962년 미국으로 유학, 예일대에서 공학박사 학위를 획득하고 귀국. 몇 군데 대학을 전전하다가 1969년 모스크바 대학에 교환 교수로 참가했으며 1972년 귀국. 신세대(新世代)라는 정치단체를 만들어 우익단체에 공공연히 도전함. 막대한 자금에 대해 수사기관의 감시를 받기 시작했으나 증거 불충분으로 법망을 교묘히 회피.

75년 12월 백주의 신주꾸거리에서 우익단체와 정면충돌, 15명이 피살되는 참사가 일어났으나 그때에도 증거 불충분으로 석방됨. 78년 4월 자위대 기밀이 계속 모스크바 쪽으로 누설되고 있음을 간파한 수시기관이 전 수사력을 동원, 스파이들을 일망타진한 바 있는데 그중 암호명 〈제브라〉만이 체포되지 않았음. 제브라가 양채기일 것이라는 심증이 갔지만 확실한 증거가 없어 체포하지 못함. 그는 현재 소련의 KGB와 손을 잡고 활약하는 1급 스파이로 정보기관에 인지되고 있지만 결정적인 단서가 없기 때문에 그에 대한 체포는 지연되어 왔음. 79년 그는 돌연 한국으로 건너가 D화학이라는 합작회사를 설립하여 그 부사장직을 맡고 있음. 재일 한국인 재벌인 김선명이 투자하였으며 고분자 화학 메이커로 알려져 있음. 김선명은 좌익 정치사회 단체의 자금책으로 오래 전부터 알려져온 인물임.

　현직 양채기의 부인은 혼다 쇼오꼬라는 24세의 일본인으로 전직 교사출신. 양채기에게는 원래 첫 번째 부인과 두 딸이 있었으나 몇 년 전에 이혼하고 혼다 쇼오꼬와 재혼했음. 쇼오꼬와의 사이에는 현재 자식이 없으며 양채기는 매월 하순께 도오쿄에 돌아와 며칠씩 묵다가 다시 한국으로 돌아간다고 함. 비정기적으로 도쿄에 올 때도 많다고 함.

　야마다는 이건 너무 간단한 것 같다고 생각했다. 처음에는 적당히 작성해서 혼죠 반장에게 넘기려고 했었는데 시모무라의 이야기를 듣고 보니 꽤나 중요한 것 같았고, 그래서 함부로 작성해서는 안될 것 같았다. 국제적인 사건으로 한국 경찰이 요구하는 것이라면 거기에 상응하는 보고서가 되어야 한다. 하루쯤 시간을 두고 더 좀 조사하면 보다 상세한 보고서가 될 것 같다.

　그가 그런 생각을 하고 있을 때 혼죠 반장으로부터 전화가

왔다고 급사 아이가 알렸다. 전화를 받기가 무섭게 혼죠 반장은

「그거 다 됐나?」

하고 날카롭게 물었다.

「아직 덜 됐습니다.」

야마다는 떨떠름하게 대답했다. 혼죠는 신경질을 냈다.

「뭐가 그렇게 오래 걸리나? 한나절이면 충분할 걸 가지고?」

「그렇지 않습니다.」

「뭐가 그렇지 않다는 거야?」

「하루만 더 말미를 주십시오. 조금 남은 게 있습니다.」

그 말이 끝나기가 무섭게 전화가 끊어졌다. 그것이 혼죠의 대답인 것이다.

「빌어먹을……」

그는 투덜거리며 수화기를 내려놓았다. 그대로 보여줄 걸 괜한 짓을 했다는 생각이 들었다.

야마다는 우울한 표정으로 그날 하루를 바쁘게 지냈다. 그 다음날은 출근도 하지 않은 채 아침부터 바쁘게 쏘다녔다. 휴대용 무전기에서는 그를 부르는 신호음이 계속 삑삑하고 들려왔지만 그는 거기에 대답하는 대신 아예 무전기를 꺼 버렸다.

그가 경시청에 들어선 것은 하오 5시가 지나서였다. 계단에서 내려오는 시모무라와 마주쳤다.

「빨리 가 봐. 야단 좀 맞을 각오를 해야 할 거야.」

반장실 앞에 이른 야마다는 먼저 안경을 벗어 흐르는 땀을 닦았다. 심호흡을 한 다음 문을 두드렸다.

혼죠는 50대의 땅딸막한 사나이였다. 둥근 얼굴에 목이 바트고 인상이 험악하게 생겨먹어 누구나 가까이 하기를 꺼리는 인물이었다. 수사계통에 잔뼈가 굵어 그 방면에서는 최고의 전문가로 인정받고 있었다.

　그는 안으로 들어서는 야마다 형사를 잡아먹을 듯이 노려보았다.
「도대체 어떻게 된 거야？！」
「……」
「왜 무전신호를 받지 않아？」
　야다마는 아무 말없이 보고서를 책상 위에 올려놓았다. 혼죠는 거친 숨을 몰아쉬다가 보고서를 휙 집어 들었다.
「이런 걸 가지고 그렇게 시간을 잡아먹으면 어떡해.」
　그러면서 그는 보고서를 읽기 시작했다.
　야마다는 그 자리에 부동자세로 서 있었다.
　혼죠는 이윽고 보고서를 가만히 내려놓았다. 그의 표정은 의외로 밝아져 있었다.
「이걸 한 통 복사해 가지고 지금 당장 서울로 가！」

시한폭탄

구문대는 정체불명의 전화를 받았다. 아침 9시께였다. 어디서 듣
던 목소리 같았지만 기억해낼 수 없었다.
「누구시죠?」
구형사는 긴장해서 물었다.
「그건 말씀드릴 수 없습니다.」
상대방은 기어들어가는 목소리로 말했다.
「용건이 뭡니까?」
「그건…… 만나서 말씀드리겠습니다.」
「난 지금 바쁩니다.」
「무슨 일로 바쁘신지 알고 있습니다. 바로 그 일 때문에 만나자는
겁니다.」
문대는 거절할 명분이 없었으므로 정체를 알 수 없는 사나이의 요
구에 응하기로 했다. 만나면 상대가 누구인지도 알 수 있을 것이라는
생각에서 만나 보기로 한 것이다.
「시간과 장소는 제가 정하겠습니다. 괜찮겠습니까?」
「좋습니다.」

구형사는 군소리 없이 수락했다.

「오늘 12시 정각……P호텔 1115호실로 오십시오. 기다리고 있겠습니다.」

「묘한 데서 만나는군요.」

「비밀을 요하기 때문에.」

「좋습니다. 가겠습니다.」

「혼자서 오셔야 합니다. 누구한테도 이야기해서는 안됩니다.」

「알겠습니다.」

「자, 그럼 이따가 뵙겠습니다.」

조심스러운 목소리가 사라졌다.

문대는 기분이 언짢았다. 누가 무슨 일로 만나자는 것일까. 더구나 밀폐된 공간에서.

「무슨 전화야?」

심상치 않은 것을 느꼈던지 박 명이 똑바로 그를 쳐다보며 물었다.

「아, 아무것도 아니야.」

문대는 얼버무리면서 밖으로 나왔다.

그때 안경을 낀 조그만 사내가 두리번거리면서 복도를 걸어오는 것이 보였다. 그 사나이는 문대 앞에서 딱 멈춰섰다. 그리고 일본 말로 조심스럽게 물었다.

「실례합니다. 도쿄 경시청에서 온 야마다 형사입니다.」

일본 말을 어느 정도 알고 있는 문대는 고개를 끄덕였다. 일본인 형사는 메모지를 꺼내 보였다.

「이분을 만나러 왔습니다. 전화를 걸려다가 직접 찾아 왔습니다.」

메모지에는 수사본부장의 이름이 적혀 있었다.

「저 문으로 들어 가십시오.」

문대는 방금 자기가 나온 방을 가리켰다.

일본인은 고맙다고 몇 번이나 굽신거리면서 그 쪽으로 걸어갔다.

일본에 부탁했던 정보가 도착한 모양이라고 문대는 생각했다. 그러나 그는 거기에는 별로 흥미가 없었다.

그의 머릿속은 그 정체불명의 사나이에 대한 것으로 가득 차 있었다. 박 명에게 그 이야기를 해주고 함께 가는 게 어떨까 하고 생각했지만 결국 혼자 가기로 마음먹었다. 일단 혼자 가서 이야기를 들어본 후에 그것을 공개할 것인지 혼자 처리할 것인지를 결정해야겠다고 생각했다.

그가 수사본부에 다시 들어갔을 때 거기서는 이미 긴급회의가 열리고 있었다.

그동안 수사인원은 불어나 백 명이 넘는 인원이 이번 사건을 해결하기 위해 뛰고 있었다.

회의실에는 각 조장들과 처음부터 이 사건에 매달려온 수사요원들이 앉아 있었다.

그중 구문대와 박 명은 아무래도 가장 열성적으로 뛰어다닌 만큼 주목의 대상이 되지 않을 수 없었다. 그들만큼 이번 사건에 깊이 접근한 사람들도 없었다. 그리고 그들만큼 이번 사건이 어렵다는 것을 아는 사람들도 드물었다.

백 명이 넘는 수사요원들은 살인자를 체포하는 데 온 힘을 기울이고 있었다.

그들은 공항과 역, 버스터미널 같은 곳에 24시간 진을 치고 있었고, 범인이 외국으로 도망치지 못하게 온갖 조치를 취하고 있었다. 그들을 돕고 있는 정보원의 수 또한 상당수에 달했다. 그리고 그들의 손이 미치지 않는 곳에까지 수사망이 펼쳐져 있었다. 산간벽지의 지서 순경들의 손에까지도 범인의 사진이 들려 있었던 것이다. 상부로부터 전국 방방곡곡의 지서에까지 강력한 전통이 내려갔기 때문이었다.

그렇다고는 해도 구문대와 박 명을 빼놓고는 수사가 안되게끔 되어 있었다. 바꾸어 말해 그것은 그들의 중요성이 그만큼 크다는 말이다.

수사본부장 옆에는 아까 복도에서 본 그 조그마한 일본인 형사가 앉아 있었다. 두 손을 앞에 모으고 얌전히 앉아 있는 모습이 마치 국민학생처럼 보였다.

문대는 박 명이 내미는 복사물을 보았다. 그것은 양채기에 대한 도쿄 경시청의 조사보고서를 번역하여 복사한 것이었다.

대수롭지 않게 그것을 읽어 보던 문대는 표정이 점점 굳어지기 시작했다. 그는 순식간에 그것을 두 번이나 읽었다.

「어떻게 생각해 ?」

수사본부장이 눈을 가느스름하게 뜨며 물었다.

「글쎄요.」

문대는 아직 뭐라고 의견을 말하고 싶지 않았다. 아직은 너무 비약해서 생각하고 싶은 마음이 없었다.

「도쿄 경시청 쪽에서도 신경을 곤두세우고 있어요. 그래서 이렇게 야마다 형사가 직접 이걸 가지고 왔단 말이야. 글쎄요가 아니라 이건 아주 굉장한 일이야. 이 인물이 어느 정도 관계하고 있는지는 몰라도……」

「그는 단순한 하수인 정도가 아닙니다. 그가 만일 어떤 사건에 관계하고 있다면 그는 그 사건의 주역일 겁니다.」

일인 형사의 말을 본부장이 통역했다.

「이 정도라면 자명하지 않나 ? 양이 몸담고 있는 D화학은 위장업체야. 그 회사에 대해 눈치 채지 않게 은밀히 조사해 봐요.」

본부장은 일본에서 건너온 보고서를 흔들었다.

「이게 사실이라면…… 양은 소련측 공작원이 틀림없어 !」

나머지 사람들은 미동도 하지 않고 앉아 있었다.

「KGB 끄나풀이란 말씀인가요 ?」

154

박 명이 흥분으로 붉어진 얼굴을 쳐들며 물었다.

본부장은 끄덕했다.

「그가 여기에 들어온 것은 3년 전이야. 그러니까 지난 3년 동안 고정 스파이로 활약했다고 볼 수 있지.」

「증거가 없지 않습니까?」

문대는 반박했다.

「그러니까 증거를 잡아야 해. 이번이 좋은 기회야.」

본부장도 흥분해서 탁자를 두드렸다.

「정체가 불확실한 자들이 뭔가 큰일을 꾸미고 있는 것 같은 느낌이 듭니다. 권근수를 포함해서 말입니다.」

구문대는 조심스럽게 말하고는 일어섰다.

그는 급히 P호텔로 달려갔다. 10시20분이 지나가고 있었다.

권근수는 양채기에게 포섭된 자이다. 그리고 그는 세림 중앙연구소 반도체 분야의 책임자이다. 그리고 그의 아들은 유괴당한 상태이다. 그리고…… 그리고……. 뭔가 윤곽이 잡힐 것 같았다. 그의 머리는 바쁘게 회전했다. 그들이 노리고 있는 것은 무엇일까?

호텔로 들어선 그는 로비를 가로질러 프런트로 곧장 다가갔다. 먼저 신분증을 재빨리 꺼내 보였다.

「경찰입니다. 1115호실 예약자를 알아보려고 하는데 카드를 좀 보여 주시겠습니까?」

프런트맨은 무표정하게 카드를 꺼내 놓았다. 거기에 이동윤이라는 이름이 적혀 있었다. 직업은 공무원, 주소는 영등포 쪽이었다.

「이 사람 언제 투숙했나요?」

「오늘 아침 예약했습니다.」

「언제까지 예약했나요?」

「하루치를 선불했습니다.」

「지금 안에 있나요?」

프런트맨은 열쇠함을 돌아보았다.

「열쇠가 여기 있는 걸 보니까 안에 없는 모양인데요.」

「실례했습니다.」

문대는 급히 공중전화로 달려갔다. 수사본부로 전화를 걸어 박 명을 찾았다.

「긴급이야. 이름은 이동윤……」

주민등록번호, 직업, 주소 등을 그는 죽 나열했다.

「즉시 좀 알아봐 줘.」

「알았어.」

박 명은 군소리 없이 대답했다. 컴퓨터에 넣으면 10분도 못되어 결과가 나온다. 문대는 커피숍에서 커피 한 잔을 마신 다음 20분 후에 다시 전화를 걸었다.

「모두 가짜야.」

박 명은 전화를 받자마자 쏘아붙였다.

문대는 전화를 끊고 시계를 보았다. 12시5분 전이었다.

그는 엘리베이터를 타고 11층으로 올라갔다. 침착하려고 했지만 가슴이 급하게 뛰고 있었다. 15호실 앞에 이르자 심호흡을 한번 한 다음 차임 벨을 눌렀다. 조금 후 안에서 문고리 벗겨지는 소리가 들려왔다.

문대는 문을 밀었다. 문이 소리없이 열렸다. 그는 잠바 주머니에 손을 넣은 채 안으로 들어섰다. 방 중간에 한 사람이 우뚝 서 있었다. 문대는 멈칫하면서 입을 열었다.

「어서 오십시오.」

상대방이 손을 내밀었다.

우아한 얼굴의 사나이는 창가에 서 있는 여인을 바라보며 파이프를 빨았다.

여인은 회색 투피스의 정장 차림이었다. 언제나 틀어올리던 머리를 오늘은 풀어헤쳐 어깨 위로 물결을 이루고 있었다.

창백한 얼굴 모습이 한 쪽으로 햇빛을 받아 뚜렷한 음영을 이루고 있었다. 그녀는 언제까지고 그렇게 서 있을 것 같았다.

사나이는 천장을 향해 담배 연기를 길게 내뿜은 다음 다시 입을 열었다.

「이건 현실이야. 지금 바로 눈앞에 닥친 현실이라구. 우습게 여기다가는 모든 것이 수포로 돌아가고 말아요. 그놈은 정확하게 우리를 향해 다가오고 있어요. 나는 당신이 죽는 걸 원하지 않아요.」

「우리는 그놈을 막아낼 수 있어요.」

여인은 움직이지 않은 채 말했다.

사나이는 오른손을 내저었다.

「지금까지 막으려고 했지만 결국 여기까지 오게 만든 거 아닌가.」

「하지만 이번은 지금까지와는 달라요. 김사장은 경호원도 없이 산골에 들어갔기 때문에 당한 거예요. 저는 그렇지 않아요. 제 곁에는 언제나 여러 사람이 붙어 있을 거예요.」

「안심할 수는 없어요. 상대는 예측을 불허하는 놈이야. 언제 어디서 어떤 모습으로 나타날지 몰라. 수적으로 우세한 건 놈한테는 아무 의미도 안돼.」

「일본으로 간다고 해서 제가 안전한가요?」

「국내에 있는 것보다야 안전하지. 아무도 몰래 빠져나가는 거야. 거기에 가면 숨어 있을 데가 많아요.」

여자가 몸을 홱 돌렸다. 그녀는 억울하고 분해 죽겠다는 표정이었다.

「그놈이 다음에 나를 노리고 있다는 것을 어떻게 알 수 있어요?」

「여러 가지 점으로 비추어 당신일 가능성이 제일 많아요. 그리고 당신이 있음으로 해서 나까지 위험해. 당신을 통해서 나라는 존재까지 알아내면 놈은 가만 있지 않을 거란 말이야. 나도 X를 손에 넣는 대로 곧 건너가야겠어. 형사가 집에 찾아왔다는 게 아무래도 이상해. 이 시점에서 말이야.」

여인은 입술을 깨물었다. 두 눈은 증오로 타오르고 있었다. 크고 아름다운 눈이지만 증오의 빛을 띠자 무섭게 변했다.

「저는 그자와 한번 대결해 보고 싶었어요.」

「그럴 시간이 없어. 몇 번이나 말해야 알겠어? 이건 게임이 아니야. 신속히, 그리고 안전하게 일을 끝내야 해.」

「알겠어요. 가겠어요.」

「경호원 두 명을 대기시켜 놓았으니까 함께 가도록 해요.」

여인은 의아한 눈길로 그를 쳐다보았다. 사나이가 몸을 일으켰다.

「일본에서 건너온 믿을 만한 친구들이야. 그 친구들이 안전한 데까지 모시고 갈 거니까 안심해도 좋아.」

「언제 떠나죠?」

「지금 바로.」

여자가 놀란 듯이 눈을 크게 떴다.

「지금 떠나도 결코 빠른 게 아니야. 너무 늦었는지도 몰라. 놈은 바로 옆에까지 와 있을 거야.」

그는 서랍을 열고 여권을 꺼냈다. 두툼한 봉투도 꺼내 놓았다. JAL기의 출발시간은 상오 11시30분으로 되어 있었다.

하연미는 그녀를 호위하는 두 명의 일본 사나이들과 함께 한 시간 전에 공항에 도착하여 출국 수속을 밟았다.

짐이라야 갑자기 출발하는 바람에 간단한 가방 하나와 핸드백이 전부였다.

보디가드 두 명은 각기 여행용 가방을 하나씩 휴대하고 있었다.

그녀는 위조여권을 내밀 때 몹시 가슴이 떨려왔다. 그러나 별문제

없이 통과되었다. 경호원 두 명도 통과되었다.

그들은 두 명 다 30대 중반쯤으로 한 명은 레슬러처럼 뚱뚱했고 다른 한 명은 키가 건장했다.

출발시간 20분 전에 그들은 비행기에 올라 지정된 좌석에 앉았다.

여자를 사이에 두고 경호원들은 자리를 잡았다. 그들은 앞뒤를 살폈다. 앞에도 옆에도 그리고 뒤에도 승객들이 빽빽이 앉아 있었다.

「불안하십니까?」

뚱뚱한 자가 작은 소리로 웃으면서 물었다. 그녀는 고개를 살래살래 흔들었다.

「아뇨.」

「겁낼 것 없습니다. 우리가 있는 이상은……」

사나이는 목에 힘을 주며 말했다.

「고마워요.」

그녀도 웃어 보였다.

그녀는 아무 일도 없는 데 대해 가벼운 불만 같은 것이 느껴질 정도였다.

너무 신경과민이었어. 이럴 필요까지는 없는데 말이야. 그녀는 담배를 뽑아 들었다.

담배에 불을 붙이려는데 스튜어디스가 다가와

「지금 담배 피우시면 안됩니다.」

하고 주의를 주었다.

그녀는 스튜어디스를 흘겨 보고 나서 담배를 집어 던졌다.

출발 5분 전이었다.

이윽고 동체가 흔들리더니 엔진 돌아가는 소리가 들려왔다.

중절모를 쓴 노인은 손목시계를 보고 나서 공중전화 박스 안으로 들어갔다.

회색 수염이 코밑과 턱을 덮고 있었다. 누가 보기에도 유복하게 생긴 노신사였다.

그는 공항 경비실에다 전화를 걸었다.

「네, 경비실입니다.」

사무적인 목소리가 노인의 전화를 받았다.

「알려줄 게 있어서 전화를 걸었습니다.」

「무슨 일입니까?」

「비행기가 공중에서 폭발하는 것을 바라지는 않겠지?」

잠깐 침묵이 흐른 뒤 벼락 같은 목소리가 들려왔다.

「무슨 말씀을 하시는 겁니까?」

「시한폭탄이 실렸단 말이야. 알겠나?」

그때 JAL기는 공중으로 날아오르고 있었다.

「여보세요! 당신은 누굽니까?」

「그런 걸 따질 시간이 없어, 이 사람아.」

「어디에 폭탄이 실렸다는 겁니까?」

「JAL기에. 지금 막 출발한 JAL기 말이야.」

전화를 받은 경비원은 그 내용이 너무 엄청났기 때문에 자기 혼자 그것을 처리할 수 없었다. 그래서 그 전화를 경비대장에게 바꿔 주려고 했다. 그러나 대장이 수화기를 바꿔 들었을 때 전화는 이미 끊겨 있었다.

「무슨 전화야?」

「이상한 전화였습니다. 11시30분발 JAL기에 시한폭탄이 실려 있다는 겁니다. 누구냐고 하니까 대답을……」

「뭐가 어째?」

대장은 펄쩍 뛰었다.

「관제탑을 빨리 불러!」

그는 벼락같이 고함을 질렀다.

곧 관제탑이 나왔다.
「큰일났습니다! 방금 출발한 JAL기에 시한폭탄이 실렸습니다. 도착하기 전에 폭발할 겁니다.」
「확실합니까?」
「범인으로 보이는 남자로부터 조금 전에 전화가 걸려 왔습니다!」
관제탑의 사나이는 JAL기가 날아간 쪽을 바라보았다. 비행기는 이미 날아가 버려 보이지 않았다. 누구하고 상의할 시간은 없었다. 그는 즉시 무전기로 호출신호를 보냈다. JAL기로부터 즉시 응답이 왔다.
「시한폭탄이 실려 있음. 즉시 돌아오라!」
관제탑의 사나이는 그 말을 세 번 되풀이했다.
「알았다.」

공항에는 이미 비상이 걸려 있었다. 외부에서는 눈치를 못 채게 모든 것이 조용한 가운데 신속하게 진행되고 있었다.
모든 비행기들의 이착륙이 금지된 가운데 활주로 주위는 경비대에 의해 포위되고 앰블런스, 소방차 등 비상사태에 대비한 각종 차량들이 대기하고 있었다. 모든 차들은 엔진을 걸어놓고 있었고, 그중 전투복 차림의 사나이들을 태운 검은색의 버스는 이미 앞으로 천천히 움직이고 있었다. 검은 버스에 타고 있는 사나이들은 폭발물과 테러 방지 전문요원들이었다.
하연미는 기내에 울리는 아나운스먼트에 귀를 기울였다. 세 번째 되풀이되고 있었다. 처음에는 잘못 들었으려니 했고 두 번째 들었을 때는 자기 귀를 의심했고 세 번째는 분명히 알아들을 수 있었다.
「……기체에 이상이 있어 김포공항으로 되돌아갑니다. 승객 여러분은 승무원의 지시에 따라 행동해 주시면 고맙겠습니다. 담뱃불을 끄시고 벨트를 매주시기 바랍니다.」

아나운스먼트가 끝나자 여기저기서 무슨 일이냐고 묻는 소리가 꽤
나 소란스러웠다. 스튜어디스들은 자기들도 잘 모르겠다고 변명
했다.

하연미는 담뱃불을 비벼 끄면서 불안한 눈으로 뚱뚱한 경호원을
바라보았다.

「무슨 일이죠?」

「흔히 있는 일입니다. 조금 시간이 걸리겠지요.」

일본인은 웃으며 말했지만 그녀는 웃을 수가 없었다. 가슴속에 가
시 같은 것이 걸린 것 같은 기분이었다.

이윽고 비행기는 바퀴를 내리고 활주로에 그 육중한 동체를 가만
히 앉혔다.

비행기 바퀴가 아스팔트 바닥에 부딪히는 소리가 쿵쿵 하고 들려
왔다. 마침내 바퀴가 아스팔트 위를 안정된 속도로 굴러가기 시작
했다.

「저거 보세요.」

하연미는 창 밖을 가리켰다.

각종 비상용 차량들이 비행기를 향해 달려오고 있는 것이 보였다.

승객들은 비행기가 멈춰 서기도 전에 일어서서 출구 쪽으로 우르
르 몰려갔다. 기내는 걷잡을 수 없는 소용돌이에 빠져들었다. 자제
를 촉구하는 아나운스먼트가 계속 흘러 나왔지만 승객들은 들으려고
하지 않았다. 승무원들의 노력도 아무 쓸모가 없었다. 더 이상 혼란
을 수습할 수 없음을 깨달은 승무원들은 두 손을 놓고 승객들의 아우
성을 멀거니 쳐다보기만 했다.

정말 어이없는 일이었다. 기내에서는 아무 사고도 일어나지 않고
있었다. 그런데 승객들은 마치 지옥에서 탈출하려는 듯 야단법석이
었다.

「승객 여러분께 알립니다. 문이 열리면 차례대로 질서 있게 트랩

을 내려가 버스에 타십시오. 별도 연락이 있을 때까지 승객 여러 분은 출국 대합실에서 대기해 주시기 바랍니다. 다시 말씀 드립니다. 매우 위험하니 질서 있게 트랩을 내려가 주시기 바랍니다.」

비행기 문이 열렸다.

출입구 바깥 쪽에 올라와 있던 경비대원들이 혼란을 막기 위해 완력으로 승객들을 제지했기 때문에 사람들은 차례대로 트랩을 내려갈 수 있었다.

트랩에서 내린 승객들은 대기하고 있는 버스에 올랐다. 삼엄한 경비망에 그들은 하나같이 굳은 표정이 되었다.

승객들에 이어 승무원들이 내렸다.

이제 비행기 안에는 아무도 남지 않았다.

마지막 승무원이 내리는 것과 동시에 전투복 차림의 사나이들이 폭발물 탐지기를 들고 트랩을 뛰어올라갔다. 분초를 다투는 일이었기 때문에 그들은 민첩하게 행동하고 있었다. 전투모를 눌러 쓴 그들은 거의 기계적으로 움직이고 있었다.

기내로 들어서자 그들은 두 패로 나뉘어 한 패는 기수 쪽으로, 다른 한 패는 후미 쪽으로 달려갔다. 그들은 거의 완전한 침묵 속에서 기내를 이잡듯이 뒤지기 시작했다.

한편 출국대합실은 장터처럼 붐비고 있었다. JAL기에서 내린 승객들 외에 거기에는 파리행 KAL기 승객들과 홍콩행 CPA승객들이 발이 묶여 우와좌왕하고 있었다. 그들의 관심은 오로지「무슨 일이냐?」「언제까지 기다려야 하느냐?」에 집중되고 있었다. 그러나 공항측은 뚜렷한 답변을 회피하고 있었다.

하연미는 창가 구석진 곳에 서 있었다.

그녀의 양옆에는 일본인 경호원들이 그림자처럼 붙어 있었다. 그들은 다른 사람들처럼 우왕좌왕하거나 떠들지 않고 사람들의 움직임을 관망하면서 조용히 서 있었다.

먼저 자세를 흐트린 사람은 뚱뚱한 경호원이었다. 그는 손수건을 꺼내 이마에 번진 땀을 닦더니 답답해 죽겠다는 듯 상체를 움직거리다가 매점 쪽으로 어슬렁어슬렁 걸어갔다.

매점에는 세금이 면제된 각종 상품들이 사람들의 눈길을 끌고 있었다.

뚱뚱한 사나이는 코냑 한 병을 집어들었다. 놀랄 정도로 싼 값이라 너도 나도 한 병씩 사들고 있었다. 그는 코냑 한 병과 휴대용 위스키 한 병을 사들고 싱글거리며 여인 쪽으로 다가왔다. 코냑은 가방 속에 넣어 두고 위스키 병마개를 땄다. 한 모금 마신 다음 키 큰 사나이에게 권했다. 키 큰 사나이는 사양하는 척하다가 그것을 입으로 가져갔다.

그가 마시고 나자 뚱뚱한 사나이는 술병을 받아 이번에는 여인에게 권했다. 그녀는 도리질을 하면서 선글라스로 눈을 가렸다.

그 시간에 경비대 본부로 다시 범인으로 생각되는 사나이의 전화가 걸려왔다. 그 사나이는 여러 말하지 않았다.

「국제선 출국대합실에도 시한폭탄이 장치되어 있다.」

라고 말한 다음 이쪽에서 뭐라고 말할 틈도 주지 않고 전화를 끊어버렸다.

비행기에서는 그때까지 탐색작업이 계속되고 있었다.

5분도 못돼 국제선 출국 대합실에 마이크 소리가 울려퍼졌다. 한국어, 영어, 일본어, 중국어 등 여러 나라 말로 방송된 아나운스먼트에 북적거리던 실내는 찬물을 끼얹은 듯 조용해졌다.

「국제선 출국대합실에 대기하고 계신 승객 여러분께 알려드립니다. 지금 즉시 대합실에서 나가 주십시오.」

이미 대합실 안으로는 경비대원들이 들어서고 있었다.

승객들은 어리둥절했다. 무슨 일이냐고 물었지만 경비대원들은 일절 입을 열지 않았다. 총을 들고 설치는 그들을 보고 승객들은 눈치로 심상치 않은 일이 발생했다는 것을 깨달았지만 그 이상은 알 수가 없었다.

여러 사람들의 많은 항의가 빗발치는 것 같더니 그것도 잠시뿐 와글거리는 대합실은 썰물이 빠져나간 듯 조용해졌다. 뒤이어 폭발물 제거반원들이 대합실 안으로 들어섰다.

밖으로 밀려나온 하연미는 갈수록 일이 이상하게 돌아가고 있는 것을 보고 불안한 빛을 감추지 못했다. 불안한 나머지 경호원들을 흘끔흘끔 쳐다보았지만 그들은 취기 어린 얼굴에 느긋한 표정들이었다.

그들은 일반 대합실로 쫓기다시피 나와 있었다. 이미 출발 시간에서 한 시간이 지체되고 있었다.

일반 대합실은 그야말로 대목 만난 시장터같이 온갖 사람들로 북새통을 이루고 있었다.

하연미는 앉았다 일어섰다 안절부절못하고 있다가 사내들에게

「전화 좀 걸고 오겠어요.」

하고 말하고는 그들의 대답도 듣지 않고 획하니 돌아서서 공중전화 쪽으로 또박또박 걸어갔다.

사내들은 긴장한 표정이다가 그녀가 가까운 공중전화 박스 앞으로 다가가는 것을 보고는 안심한 듯 서로 쳐다보고 웃었다.

「히프가 근사하게 생겼어.」

키 큰 자가 그녀의 뒷모습을 턱으로 가리키면서 흐믈흐믈 웃었다. 뚱보도 따라 웃었다.

「가슴도 크더라구. 벗겨 놓으면 대단하겠어.」

「잘해보지 그래.」

하연미는 동전을 집어 넣고 다이얼을 돌렸다. 그녀만이 알고 있는 직통 전화번호였다. 통화중이었다. 옆 박스에 사람이 새로 들어서는 것이 얼핏 느껴졌다. 그녀는 계속 다이얼을 돌렸다.

옆 박스에 들어선 사람은 노신사였다.

노신사는 전화를 거는 척하면서 하연미의 손가락 움직임을 날카롭게 주시했다. 그녀의 집게손가락 끝이 다이얼 넘버에 닿을 때마다 그는 그 넘버를 머릿속에 깊이 박아 넣었다. 그녀는 다섯 번이나 되풀이해서 다이얼을 돌렸다. 그러고 나서야 통화가 가능했다.

「흑장미예요.」

그녀는 겁먹은 목소리로 말했다.

「샤갈이다.」

침착한 저음이 들려왔다.

「아직 김포공항에 있어요.」

「웬일이지?」

「비행기에 문제가 있나 봐요.」

그녀는 대강 설명했다.

「언제까지 기다리고 있어야 하지?」

「모르겠어요. 자기들도 모르나 봐요.」

잠시 침묵이 흐른 뒤 그의 목소리가 다시 들려왔다.

「일본 친구들 거기 있나?」

「네, 함께 있어요.」

「뚱뚱한 친구를 좀 바꿔.」

그녀는 박스 문을 열어젖히고 일본인들을 향해 손짓했다.

일인들은 그것도 모르고 자기들끼리 킬킬거리고 있다가 뒤늦게야 그녀의 손짓을 발견하고는 급히 그 쪽으로 걸어갔다.

그녀는 뚱보에게 수화기를 건네주었다. 그러나 그때는 통화 시간이 지나 전화는 이미 끊어져 있었다. 그녀는 동전을 집어 넣고 다이얼을 돌려 상대를 확인한 다음 수화기를 뚱보에게 넘겼다.

「도쿄까지 데려갈 필요없다. 뭔가 심상치 않으니까 여기서 처치해 버려.」

「알겠습니다.」

뚱보의 얼굴에서 웃음이 사라졌다.

「신중을 기하도록. 일이 끝나는 대로 나에게 보고해 줘.」

「알겠습니다.」

뚱보는 키다리를 한 쪽으로 데려가 귓속말을 나누었다. 그러는 그들을 하연미는 불안한 눈으로 쳐다보았다. 잠시 후 뚱보가 어슬렁어슬렁 다가와 그녀에게 가만히 말했다.

「아무래도 심상치 않다고 오늘 여행은 취소하랍니다.」

「나한테는 그런 말하지 않았는데.」

그녀는 의혹에 찬 눈길을 그에게 던졌다.

「나한테는 그랬습니다. 분명히 취소하라고 그랬습니다.」

「그럼 언제 가죠?」

「내일 가도록 하죠. 비행기 표를 이리 주십시오. 내일 것으로 바꾸겠습니다.」

하연미는 머뭇거리다가 탑승권을 꺼내 뚱보에게 내주었다. 뚱보는 그것을 키다리에게 전했다. 키다리는 국제선 매표소 쪽으로 걸어갔다. 20분쯤 지나 돌아온 그는 새 표를 그녀에게 주면서

「내일 1시 비행기입니다.」

하고 말했다.

그녀는 그것을 자세히 들여다보고 나서 안심한 듯 그들을 바라보았다.

「이제 어디로 가죠?」

「우선 호텔을 정합시다.」

뚱보가 말했다. 그녀가 가만 있자 그가 다시 말했다.

「멋진 호텔을 찾아 보죠. 변두리에 있는 조용한 호텔이 어떨까요?」

「싫어요. 사람들이 많이 들락거리는 호텔이 차라리 안전해요.」

그녀의 단호한 말에 사내들은 더 이상 딴 말을 하지 않았다.

「좋은 호텔을 알고 있어요.」

그렇게 말하고 그녀는 앞장서서 대합실을 나선 뒤 택시 정류장 쪽으로 걸어가기 시작했다. 그 뒤를 사내들은 어슬렁어슬렁 따라갔다.

이윽고 세 사람은 택시에 올랐다.

중절모에 굵은 테의 안경을 낀 노신사도 택시 앞자리에 올랐다. 그는 만 원짜리 한 장을 꺼내 운전사에게 주었다.

「저 파란 택시를 적당한 간격으로 따라가 주시오. 손님을 태우지 말고 빈 차로 따라갑시다.」

노신사는 도로 택시에서 내렸다. 운전사는 어리둥절한 표정으로 그를 쳐다보았다.

「아니, 손님은 안 타십니까?」

「난 뒤 차로 따라가겠소.」

그는 노란 택시의 문을 꽝 하고 닫았다. 빈 택시는 손님도 태우지 않고 출발했다.

노신사는 또 한 대의 택시를 골랐는데 그것은 베이지색 차였다.

베이지색 택시는 곧 노란 택시의 뒤를 따랐다.

노신사는 렌트카의 운전석에 올라앉아 키를 꽂았다. 모자를 벗고 차를 앞으로 굴렸다. 잿빛 머리카락이 햇빛을 받아 반짝거렸다.

그는 베이지색 택시의 뒤만 따라갔다.

세 대의 택시는 30분 후 도심으로 들어섰다. 조금 후 택시 운전사들은 H호텔 앞에 차를 세웠다.

맨 처음 도착한 택시에서 세 사람의 남녀가 내렸다. 그들은 주위를 휘둘러 보고 나서 호텔 안으로 들어갔다. 밖에 남은 두 명의 운전사들은 무슨 영문인지도 모른 채 얼빠진 듯 서 있었다.

이윽고 렌트카가 도착하고, 거기서 노신사가 내렸다. 그는 운전사를 향해 고개를 끄덕했다.

「수고들 했어요. 이제 가도 좋아요.」

두 명의 운전사는 비로소 서로를 쳐다보고 바보같이 웃었다.

노신사는 로비를 가로질러 갔다..

세 명의 남녀는 프런트 데스크 앞에 서 있었다.

이윽고 벨맨이 그들의 여행 가방을 양손에 들고 앞장서서 엘리베이터 쪽으로 걸어갔다. 그 뒤를 세 사람이 따라갔다.

노신사는 화장실 쪽으로 꺾어지면서 그들 쪽으로 눈길을 한번 주었다.

그들이 엘리베이터 안으로 사라지자 노신사는 몸을 돌려 엘리베이터 쪽으로 급히 걸어갔다. 엘리베이터는 이미 상승하고 있었다.

그는 상승하는 숫자를 노려보았다. 계속 올라만 가던 숫자가 13에서 일단 멈추는 것이 보였다. 수초 동안 그렇게 정지해 있다가 숫자는 다시 올라가기 시작했다. 이번에는 쉬지 않고 맨 꼭대기 층까지 올라갔다. 25층은 객실이 아닌 스카이라운지다.

그는 로비로 걸어나와 한 쪽에 놓여 있는 소파에 앉았다.

그는 바바리 코트를 벗어 얌전히 접었다. 그것을 무릎 위에 올려놓고 파이프를 꺼내 담배를 재넣었다.

그가 담배를 서너 모금 빨았을 때 하연미 일행을 안내했던 벨맨이 들어왔다.

노신사는 파이프를 입에 문 채 프런트로 다가갔다.

「방이 필요한데, 더블로 하나 주시오. 13층이면 좋겠소.」

「꼭 13층이어야 되겠습니까?」

프런트맨이 의아한 듯 쳐다보았다.

노신사는 무겁게 끄덕였다.

프런트맨이 1312호실 열쇠와 숙박카드를 데스크 위에 올려놓자 노신사는 손에 들고 있던 여행 가방을 밑으로 내려놓았다. 그것을 옆에 서 있던 벨맨이 냉큼 집어 들었다. 벨맨의 가슴 한 쪽에는 미스터 박이라는 영문 명찰이 붙어 있었다.

노신사가 숙박카드에 필요한 사항을 기입하고 있는 동안 미스터 박은 그 옆에 얌전히 서 있었다. 이윽고 그가 요금을 지불하자 벨맨은 방 열쇠를 집어 들고 앞장서서 걸어갔다.

엘리베이터 속에서 노신사는 벨맨을 향해 부드럽게 미소지어 보였다. 벨맨은 웃었다. 중키에 선량한 눈빛을 가진 그는 H호텔에 들어온 지 아직 1년이 채 안되었다. 그는 성실과 친절을 신조로 삼고 있었고, 그것을 실천하는 데서 남다른 기쁨을 맛보고 있었다.

「미스터 박 지금 몇 살이오?」

노신사가 미소를 띤 채 점잖게 물었다.

「스물일곱입니다.」

청년은 공손히 대답했다.

「좋은 나이구먼. 결혼은 했나?」

「아직 못했습니다.」

엘리베이터 문이 열렸다.

그들은 카펫이 깔린 복도를 오른쪽으로 꺾어져 걸어갔다. 벨맨은 1312호실 문을 따고 안으로 들어갔다. 노신사도 뒤따라 들어갔다.

벨맨은 여행 가방을 옷장 속에 집어 넣은 다음 몇 가지 참고사항을 손님에게 일러주고 마지막으로

「미스터 박입니다. 시키실 일이 있으면 언제라도 불러 주십시오.」

하고 고개를 숙였다.

노신사는 나가려는 벨맨을 불러 세웠다.

「미스터 박, 이거 받게.」

벨맨은 만 원짜리 지폐가 노신사의 손에 들려 있는 것을 보았다.

「아니, 괜찮습니다.」

그는 당황해서 말했다.

「받으라고.」

노신사는 정색을 하고 말했다.

「조금만 주십시오. 이렇게 많으면 부담이 됩니다.」

노신사의 태도가 너무 강경했기 때문에 벨맨은 마지못해 팁을 받아 들었다.

「감사합니다.」

그렇게 많은 팁을 받아 보기는 처음이었기 때문에 벨맨은 조금 흥분해 있었다. 이 노신사야말로 굉장한 부자일 것이라고 그는 생각했다.

「몇 시까지 근무하나?」

「밤 9시에 교대합니다.」

「음, 가 보게.」

벨맨이 인사를 하고 막 밖으로 나가려는데 노인이 다시 그를 불러 세웠다.

「아, 참 나보다 조금 전에 호텔에 들어왔을텐데…… 젊은 여자 하나 하고 남자 두 명 들어온 거 보지 못했나?」

「남자들은 일본인들인가요?」

「그렇지.」

「제가 안내해 드렸습니다. 5호실에 계십니다. 같은 층입니다.」

1305호실에서는 이상한 일이 벌어지려 하고 있었다.

일단 방안으로 들어선 세 사람은 밖에 있을 때보다도 긴장된 표정들이었다. 특히 여자 쪽이 더욱 그런 것 같았다.

그녀는 불안한 눈길로 남자들을 쳐다보았다.

「여기서 함께 잘 수는 없으니까 방을 하나 더 얻어요.」

그녀는 일본 말로 말했다. 그러나 남자들은 들은 체도 하지 않았다. 그들은 비웃는 눈길로 그녀를 쳐다보았다.

한 명은 그녀 앞에 버티고 섰고 다른 한 명은 그녀 뒤로 돌아갔다.

「이 방에서는 다 잘 수가 없으니까 방을 하나 더 얻도록 해요.」
「그럴 필요가 뭐 있나요?」
뚱뚱한 자가 빈정거리는 투로 말했다.
「우리가 다른 방에서 자는 동안 당신에게 무슨 일이 일어나면 어떡하지? 우리는 당신을 지킬 의무가 있어요.」
「무슨 일이 있으면 부르겠어요. 안으로 문을 잠그고 있으면 괜찮을 거예요.」
「이까짓 문은 얼마든지 열고 들어올 수 있어요. 그런 게 문제가 아니라……」
뚱보는 능글맞게 웃으며 여자 뒤에 서 있는 키 큰 자에게 의미 있는 시선을 보냈다. 그러자 키 큰 자가 뒤에서 여인의 허리를 끌어안았다.
「우리 따로 잘 필요 없이 한 침대에서 즐겁게 노는 게 어때?」
여인이 미처 몸을 뿌리칠 새도 없이 그는 그녀를 끌어안고 재빨리 입술을 덮쳤다.
「어머!」
기습을 당한 여인은 남자의 품속에서 새처럼 파닥거리다가 한 손을 들어 상대의 따귀를 후려갈겼다. 철썩 하는 소리가 방안을 울렸다.
「이 나쁜 놈! 어디다가 손을 대는 거야?」
따귀를 얻어맞은 자는 얼굴이 굳어졌고 그것을 보고 있던 뚱보는 웃음을 터뜨렸다.
「야, 이거 정말 볼 만한데. 하하하하……」
「뭐가 우스워?」
여인은 눈을 매섭게 뜨고 날카롭게 쏘아붙였다.
「화를 내니까 더 예쁜데 그래.」
뚱보는 여전히 웃으며 그녀를 놀렸다.

「정 이러면 박사님한테 연락해서 다른 사람으로 교체시키겠어요. 당신들 혼날 줄 알아요.」

그녀는 씩씩거리며 전화기 앞으로 다가서서 거기에다 손을 뻗었다. 그러나 손이 닿기도 전에 그녀는 방바닥으로 나둥그라졌다. 키 큰 자의 우악스런 손이 그녀의 얼굴을 후려쳤던 것이다.

「박사한테 연락하겠다구? 어디 연락해 보시지.」

그는 쓰러져 있는 여인의 옆구리를 사정없이 걷어찼다. 그녀는 비명을 지르며 몸을 뒤틀었다.

「네 운명은 이제부터 우리 손에 달렸어. 박사님한테서 허락을 받은 거야. 알았어?」

그들을 바라보는 그녀의 눈에 공포의 빛이 서리기 시작했다. 이윽고 그녀는 믿을 수 없다는 듯 머리를 흔들었다.

「그럴 리가 없어! 나한테 손을 대다니, 당신은 그 값을 톡톡히 치를 거야.」

그녀는 비틀거리며 일어났다.

「개소리 말고 시키는 대로 해. 너는 일본에 갈 수 없어. 그 계획은 포기했어. 너는 이제 골칫거리 외에 아무것도 아니야.」

「그럴 리가 없어.」

그녀는 자신에게 닥친 위험을 믿지 않으려고 안간힘을 썼다. 그러나 위험은 이미 피할 수 없는 것으로 눈앞에 다가와 있었다. 남자들의 눈빛에서 그녀는 그것을 분명히 읽을 수 있었다.

「그가 나를 버리다니!」

그녀는 속으로 울부짖었다.

「배신자! 그런 줄도 모르고 나는 모든 것을 주었어.」

그녀는 재빨리 탈출구를 찾았다.

문 쪽은 뚱뚱한 자에 의해 막혀 있었다. 오른쪽이 조금 허술해 보였다. 그러나 그 쪽은 창문이 가로막고 있었다. 그 쪽으로 돌진하면

창 밖으로 떨어질 것이다. 자그마치 13층 높이다. 그녀는 눈길을 돌렸다.

「옷을 벗지 그래. 육체 좀 감상하게 말이야. 그리고 함께 즐기는 거야. 마지막 축제의 밤이 되게 말이야.」

뚱뚱한 일본인이 히죽거리며 말했다.

그 말이 떨어지기 무섭게 그녀는 출입구 쪽으로 돌진했다. 뚱보는 그녀를 잡으려 했지만 그녀는 미꾸라지처럼 재빨리 빠져나가 문에 다다랐다. 그녀가 문 손잡이를 잡은 것과 거의 동시였다. 그가 힘껏 낚아채자 그녀는 뒤로 나동그라졌고 그 바람에 옷이 찢겨져 나갔다. 허연 속살이 드러나자 사내들의 눈빛이 금방 달라졌다.

「벗으라면 벗을 것이지.」

이번에는 키가 큰 자가 그녀의 스커트를 잡아 찢었다. 그녀는 옷자락을 거머잡으며 팔다리를 허우적거렸다. 그러나 남자들의 손길을 당해 낼 수는 없었다. 사내들은 옷을 찢는 재미에 어쩔 줄 모르고 있었다. 여자는 순식간에 벌거숭이가 되었다. 사내들은 그녀를 들어 침대 위로 던졌다. 그녀는 비명을 지르며 시트로 몸을 가렸다.

「소리지르지 마. 입을 찢어 놓을 테다.」

키다리가 칼을 들이대자 그녀는 입을 딱 벌렸다.

「자, 누구를 먼저 상대할 테냐?」

키다리가 여자에게 물었다.

그녀의 눈에서 불꽃이 일었다. 증오의 불꽃이었다. 그녀는 시트를 획 걷어치우며 소리쳤다.

「아무나 올라와 !」

「내가 먼저 실례하지.」

뚱보가 웃으며 옷을 벗기 시작했다.

키다리는 팔짱을 긴 채 뚱보가 침대 위로 기어올라가는 것을 무표정하게 바라보았다.

하연미는 두 사내의 움직임을 주의깊게 살폈다.

그들은 욕심을 채웠는지 옷을 주섬주섬 입고 있었다. 더 이상 그녀의 몸을 탐하지 않을 모양이었다.

「어땠어?」

「꼭 나무토막하고 상대하는 것 같았어.」

그들은 여자가 듣건 말건 상관하지 않고 상스러운 말을 지껄여댔다.

그들의 말투에서 그녀는 위기가 박두했음을 깨달았다. 망설일 시간도 없다고 생각하자 그녀는 침대에서 문 쪽으로 돌진했다. 그러나 문에 채 닫기도 전에 발에 걸려 넘어지고 말았다.

일어나려는 그녀를 사내가 힘껏 걷어찼다. 복부를 걷어채인 그녀는 상체를 웅크리면서 금방이라도 숨이 넘어갈 듯 몸부림쳤다.

「사람 살려요!」

키다리가 당황해서 그녀를 깔고 앉더니 목을 짓눌렀다. 그녀의 입에서 더 이상 소리가 흘러나오지 않았다. 뚱보는 머리맡에서 그녀의 손을 틀어쥐고 있었다. 그녀는 빠져 나오려고 기를 썼지만 그럴수록 사내들은 더욱 손에 힘을 주었다.

그녀의 얼굴빛은 이내 보랏빛으로 변했고 눈알이 튀어나왔다. 입에서 거품이 흘러나오기 시작했다. 그녀는 시야가 가물가물해지고 의식이 혼미해져갔다.

그때였다. 갑자기 전화벨이 때르릉 하고 울렸다. 사내들은 반사적으로 손에서 힘을 뺐다. 여자는 이미 의식을 잃고 축 늘어져 있었다. 전화벨이 계속 울려댔다. 키다리가 눈짓하자 뚱보는 손을 뻗어 수화기를 집어들었다.

「지배인입니다.」

일본 말이었다.

「무슨 일이오?」

「지금 급히 비상구로 대피해 주십시오. 아래층에 불이 났습니다. 조용히 대피해 주시기 바랍니다.」

「아, 알았소.」

뚱보는 수화기를 내려놓자마자 문 쪽으로 뛰었다.

「무슨 일이야?」

「불이 났대! 비상구로 대피하래! 지배인 전화야!」

키다리는 당황했다.

「이건 어쩌지?」

「죽은 모양인데 내버려둬.」

그렇게 말하면서 뚱보는 문을 벌컥 열었다. 동시에 해머 같은 주먹이 그의 안면을 강타했다.

「악!」

뚱보는 마치 허수아비처럼 나가떨어졌다.

키다리는 방 가운데 우뚝 멈췄다. 무기를 꺼낼 틈도 없기 때문에 그는 반사적으로 가라데폼을 잡았다. 그리고 상대방을 노려보았다. 처음 보는 늙은이었다. 깡마른 인상에 차가운 눈빛이었다. 머리는 잿빛이었다. 저 정도라면 단번에 해치울 수 있다고 그는 생각했다.

잿빛 머리의 사나이는 오른손에 칼을 들고 있었다.

「웬 놈이냐?」

키다리는 시간을 벌기 위해 말을 걸었다. 그러나 상대방은 아무 대꾸도 하지 않았다.

두 사람의 사이는 3미터쯤 되었다. 잿빛머리는 안으로 들어서더니 문을 닫았다. 문이 자동으로 잠기는 소리가 들렸다. 키다리는 사이드 테이블에 놓여 있는 스탠드를 집어 들었다. 그리고 그것을 휘두르며 달려들었다. 늙은이는 번개처럼 몸을 움직였다. 스탠드는 벽에 부딪혀 산산조각이 났다. 키다리는 손을 칼날처럼 세우고 깡마른 노인에게 달려들었다. 키다리는 팔다리가 길어 유리했다. 그는 빈틈이 보이자 손을 앞으로 힘차게 내뻗었다. 그러나 그보다 먼저 칼날이 그의 얼굴을 스쳐갔다. 찢긴 한 쪽 뺨에서 검붉은 피가 흘러내렸다. 키다리는 비틀거렸다. 틈을 두지 않고 이번에는 칼끝이 목을 찢었다. 그는 손으로 목을 가렸다. 그때 옆구리에 깊숙이 들어와 박히는 통증이 있었다. 키다리는 숨을 들이쉬면서 낮게 신음을 토했다.

노신사는 온몸을 떨며 무너져내리는 키다리를 냉엄한 눈으로 내려다 보았다.

키다리는 카펫을 쥐어뜯으며 기어가다가 침대 밑에 머리를 쑤셔 박았다.

하연미는 욕조 속에 내던져져서야 정신을 차렸다.

욕조 속에는 찬 물이 가득 차 있었다. 물 속에 거꾸로 처박힌 그녀는 숨이 막혀 허우적거리다가 간신히 머리를 쳐들면서 눈을 떴다.

눈앞에는 처음 보는 사내가 우뚝 서 있었다. 잿빛머리의 늙은 남자였는데 바지에 두 손을 찌른 채 묵묵히 서 있었다. 푸르스름한 와이셔츠에 검정색 넥타이가 썩 어울려 보였다. 저고리는 어디다 벗어 두었는지 와이셔츠 바람이었다.

하연미는 욕조에서 몸을 일으켰다. 그제서야 자신이 벌거숭이임을 깨달았다. 그러나 수치심 같은 것을 느낄 겨를 없었다. 그녀는 욕조 밖으로 비틀거리며 나왔다. 타월로 몸을 가리려 하자 남자가 손을 뻗어 제지했다.

「몸을 가려서는 안돼.」

그녀는 남자가 시키는 대로 거실로 나왔다.

거실에는 일본인 두 명이 피투성이가 된 채 쓰러져 있었다. 그들은 이미 숨이 끊어진 것 같았다. 조금 전까지만 해도 그녀를 욕보이면서 살기등등해 있던 그들이 그렇게 무참히 죽어 있는 것을 보자 그녀는 사시나무 떨 듯 와들와들 떨었다. 이 늙은이 혼자서 그 무지막지한 일본인들을 처치했단 말인가. 얼마나 무서운 사람이면 혼자서 두 사람을 죽일 수 있을까. 바로 그 사람이다! 킬러! 그녀는 소름이 쪽 끼쳤다. 너무 놀란 나머지 걸음을 제대로 떼어 놓을 수가 없었다.

「거기에 앉아.」

남자는 의자를 가리켰다.

그녀는 의자에 둥근 엉덩이를 가만히 걸쳤다. 그리고 아랫부분을 조금이라도 가리기 위해 두 무릎을 꼭 붙였다.

남자는 둥근 탁자를 사이에 두고 그녀와 마주앉았다.

그의 두 손에는 얇은 고무장갑이 끼어 있었다. 그것을 보고 그녀는 완전히 몸이 얼어붙어 버렸다. 반항한다거나 하는 생각은 조금도 일지 않았다.

마치 최면술에 걸린 사람처럼 그녀는 가만히 떨고 앉아 상대방이 지시를 내리기만을 기다리고 있었다.

「내가 아니면 넌 죽었다. 그들이 너를 죽이려고 했어.」

그것은 사실이었다. 이 사람이 나를 살렸단 말인가. 그렇다면 감사해야 한다. 그러나 입이 얼어붙어 아무 말도 나오지 않았다.

「내가 누군지 알고 있겠지?」

그녀는 상대방이 거의 느끼지 못할 정도로 고개를 끄덕였다. 얼어붙은 호수 같은 눈이라고 그녀는 생각했다. 그것은 공포 그 이상의 분위기를 띠고 있었다. 그녀는 자신의 벌거벗은 몸뚱아리가 그의 눈 속으로 빨려 들어가는 것 같은 착각 속에 빠져들었다.

잿빛 머리의 사나이는 탁자 위에 수첩과 볼펜을 꺼내놓았다.

「이름은?」

「하연미……」

그녀는 거짓말할 수가 없었다. 이제 거짓말해야 할 이유도 없어졌다. 샤갈에게 복수해야 한다. 두 줄기 눈물이 볼을 타고 흘러내렸다. 눈물은 풍부한 젖가슴 위로 떨어졌다. 그것을 보고 잿빛 머리의 표정이 조금 흔들리는 것 같았다.

「그들이 왜 너를 죽이려고 했지?」

「이용가치가 없어졌기 때문이에요. 당신의 손이 닿기 전에 없애려고 한 거예요. 제가 알고 있는 모든 것을 말씀드리겠어요.」

그녀는 눈물이 흐르는 대로 내버려두었다.

음모의 자리

「P호텔에서 살인사건 발생! 긴급출동요!」

무전연락을 받은 구문대 일행은 허둥지둥 P호텔로 달려갔다.

사건 현장에는 이미 관할 경찰서 형사들이 나와 있었다.

피살자는 모두 세 명이었다. 남자 두 명에 여자 한 명이었는데, 남자들은 피투성이가 된 채 숨져 있었고 여자는 목이 부러져 있었다.

「두 명 다 늑골 사이를 찔렸습니다. 그게 치명적이었습니다. 여자는 뒤에서 목을 휘어감고 부러뜨린 것 같습니다.」

관할 경찰서 형사 한 명이 담배 연기를 뿜어대며 말했다.

창문을 열어 놓았는데도 방안에는 피비린내가 진동하고 있었다.

「칼솜씨를 봐서는…… 그자의 솜씨 같은데.」

문대는 피살자들의 유류품을 주의해서 들여다보았다. 그중 특별히 시선을 끄는 것이 세 점 있었다. 피살자들의 여권이었다. 그것으로 남자들은 일본인들이고 여자는 한국인임이 밝혀졌다.

남자의 이름은 스기야마 무쓰끼(杉山六月)와 구사무라 다메오(草村爲雄)이고 여자는 김문자(金文子)라 했다. 여권과 함께 도쿄행 JAL기편 비행기표도 있었는데 오늘 날짜의 표를 다음날로 바꾼 것이었다.

「11시30분이라면 바로 그 비행기 아니야?」

박 명이 눈을 굴리며 물었다.

「그렇지 폭파 위협을 받은 비행기에서 빠져 나온 손님들이야.」

「그 비행기는 두 시간 후에 출발했어. 가짜 신고에 한바탕 법석을 떤 셈이지.」

비행기 내부를 철저히 수색했지만 폭탄은 발견되지 않았다. 출국 대합실에도 폭탄은 없었다. 폭파 위협 때문에 비행기는 예정보다 두 시간이나 지난 뒤에야 출발했던 것이다. 경찰과 공항 관계자들, 그리고 폭발물 탐색반원들은 분통을 터뜨렸지만, 그런 악랄한 전화질을 해온 자의 정체는 끝내 밝혀지지 않았다.

그들은 그를 정신병자라고 불렀는데, 그 정신병자는 두번 다시 그런 전화를 걸어오지 않았다.

「이들은 왜 기다렸다가 타지 않고 도쿄행을 하루 더 연기했을까? 폭파위협에 겁이 났기 때문일까?」

문대는 중얼거리면서 박 명을 바라보았다.

「비행기 폭파 위협하고 이들하고 무슨 관계가 있는 게 아닐까?」

박 명은 즉시 공항으로 전화를 걸었다.

그는 몇 마디 질문을 던지고 문제점들을 확인하고 나서 전화를 끊었다.

「승객 185명 중에 탑승을 기피한 건 이 세 사람뿐이었어. 승객들한테는 폭파 위험 때문에 운행이 연기된 게 아니고 기계 고장이라고 했다는 거야. 그러니까 이들은 폭파 위험 때문에 탑승을 기피한 게 아니고 다른 문제가 있었던 것 같아.」

「그럴지도 모르겠군.」

문대는 박 명의 지적에 고개를 끄덕였다. 그러다가 생각난 듯 말했다.

「좀 비약일지도 모르지만…… 그 전화 살인범의 짓이 아니었을까?」
「어째서?」
「이들을 비행기에서 끌어내기 위한 작전이 아니었을까?」
「글쎄…… 자신이 없는데……」
박 명은 팔짱을 끼면서 고민스런 표정을 지었다.
그들 곁에서 조남석은 얼굴을 찌푸린 채 말없이 담배만 태우고 있었다.
그때 관할 경찰서의 형사가 벨맨을 데리고 왔다.
벨맨은 사색이 되어 있었다. 형사들이 그 주위로 몰려들었다. 마치 먹이를 발견한 것 같은 표정으로.
그를 데리고 온 형사가 입을 열었다.
「피살자들에 대해 물은 사람이 있었답니다. 처음부터 이야기해 봐.」
「네, 말씀드리겠습니다.」
벨맨은 두 손을 모아쥐고 두려운 표정으로 더듬더듬 이야기해 나갔다.
「이 세 사람을 방으로 안내한 것이 1시경이었습니다. 남자 두 명은 일본 사람들이었고 여자는 한국 말을 잘하는 것으로 보아 우리나라 사람 같았습니다. 이 사람들을 안내해 주고 밑으로 내려오니까 나이 많은 신사분이 프런트 앞에 서 있었습니다. 그분은 13층 방을 꼭 달라고 했습니다. 그래서 제가 12호실로 안내해 드렸습니다. 그랬더니 그분은 저한테 팁을 만 원이나 주셨습니다. 그만한 팁을 줄 하등의 이유도 없는데 주시길래 저는 거절했습니다만 그분이 한사코 내미는 바람에 하는 수 없이 그만……」
「주는 건 받아야지. 그래서?」
「제가 돌아서 나가려니까 그분이 저를 불러서 하시는 말이 혹시 조금 전에 들어온 세 사람이 어느 방에 투숙했는지 모르겠느냐는 거였습니다. 일인 남자 두 명하고 한국인 여자 한 명이라고 하기에 저는 그만 5호실에 투숙했다고 말해 주었습니다. 그때는 정말 아무 생각없이 말한 것입니다. 이상한 생각은 손톱만큼도 들지 않았습니다. 이렇게 될 줄 알았으면 알려주지 않았을 것입니다.」

울먹이며 말하는 것이 금방이라도 울음을 터뜨릴 것만 같았다.

「팁을 만 원이나 받았으니 친절히 대해 주는 게 당연하지. 솔직히 말해 줘서 고맙네. 그 밖에 또 무슨 말을 했나?」

「그 외에는 말한 게 없습니다. 그 사람도 그 외에는 묻지 않았습니다.」

「그리고 방을 나왔나?」

「네, 바로 나왔습니다.」

「그 뒤에 그 사람을 보지 않았나?」

「봤습니다. 3시경에 프런트에 열쇠를 맡기고 어디론가 나갔습니다. 그리고 아직 안 들어왔습니다.」

「어디로 간다는 말 안하든가?」

「안했습니다.」

「그 사람, 어떻게 생겼는지 말해 주겠나?」

「네, 나이는 60 가까이 되어 보였습니다. 머리는 잿빛이었고, 안경을 끼고 있었고…… 키는 조금 큰 편이었습니다.」

「광대뼈가 튀어나오지 않았든가?」

「네, 튀어나와 있었습니다.」

「이 사람 잘 봐, 그 노인 닮지 않았는지.」

벨맨은 사진을 뚫어지게 들여다보더니 고개를 크게 끄덕였다.

「많이 닮았어요. 나이 차이가 많이 나지만 닮은 얼굴입니다.」

「자넨 그 사람이 이 사람들을 죽였다고 생각하나?」

「그렇다는 건 아닙니다. 단지 여러 가지 점에서 의심이 많이 가기 때문에……」

「알았네.」

숙박카드에 적힌 1312호실 손님의 이름은 박천식(朴天植)이었다. 주소와 전화번호도 적혀 있었다.

급한 대로 박 명이 우선 그 전화번호로 전화를 걸어 보았다. 발신음이 가자마자 즉시 신호가 떨어지면서 냉랭한 여자 목소리가 들려왔다. 목소리 뒤에는 시끄러운 소음이 있었다.

박형사는 전화번호를 확인한 다음 물었다.

「박선생님 계신가요?」

「박선생님이요? 손님 찾으시나요?」

「거기 뭐하는 뎁니까?」

「다방인데요.」

박 명은 잠자코 수화기를 내려놓으며 고개를 저었다.

「다방이래.」

박천식과 김문자는 국내인이기 때문에 즉시 컴퓨터 조회에 의뢰했다. 일본인들에 대한 신원조사는 도쿄 경시청에서 온 야마다 형사 편에 부탁하기로 했다. 일부 형사들은 두 패로 나뉘어 김문자와 박천식의 주소지로 달려갔다.

구문대와 박 명은 1312호실에 잠복했다. 박천식이 혹시 들어올지도 모른다는 생각에서 그런 것이지만 그들은 별로 기대를 걸지 않았다. 다른 형사 두 명도 함께 방안에서 대기했다.

13층 복도에는 네 명의 형사가 종업원 복장으로 위장한 채 잠복했다. 아래층 로비에는 조남석이 형사 두 명과 함께 들어오는 사람들을 감시하고 있었다.

그는 박천식이 나문식임을 확신하고 있었다. 그리고 아무리 10년의 세월이 흘렀다고 하지만 놈이 나타나기만 하면 첫눈에 알아볼 수있을 것으로 자신하고 있었다.

12호실에 잠복해 있는 사나이들은 더없이 답답하고 심심했다. 마

치 우리 속에 갇힌 맹수들처럼 그들은 방안을 왔다 갔다 하면서 신호
가 오기만을 기다렸다.

밖은 이미 땅거미가 지고 불빛이 여기저기 들어오기 시작하고 있
었다. 그렇지만 그들은 방안의 전등을 켤 수가 없었다. 어둠 속에서
부엉이처럼 눈만 뜨고 있어야 했다.

방안을 왔다 갔다 하는 것도 지쳐 그들은 제각기 앉거나 드러누
웠다. 그리고 이야기하고 싶으면 작은 소리로 속삭였다.

박 명은 침대 위에 비스듬히 드러누워 하품이 터져나올 때마다 손
으로 입을 틀어막았다.

「방 안에 코딱지 하나 없는 것으로 보아 놈은 돌아올 놈이 아니야.
잠이나 자는 게 낫겠어.」

문대는 소파에 앉아 밤거리를 내려다보고 있었다. 그의 눈은 초점
없이 여기저기를 더듬고 있었다. 나문식의 짓이 틀림없다면, 도대체
혼자서 세 사람을 처치할 수 있는 그 괴력은 어디서 나오는 것일까?
그는 과연 혼자서 세 사람을 처치했을까? 피살된 세 명은 서로 어떤
관계일까? 그들은 왜 일본에 가는 것을 포기했을까? 그들이 만일
일본에 갔더라면 그들은 그렇게 살해되지는 않았을 것이다. 그들은
혹시 밖으로 유인되어 살해된 것이 아닐까?

「맞아! 바로 그거야!」

문대는 자기도 모르게 부르짖었다.

「뭐 말이야?」

「피살된 세 명이 비행기를 취소하고 여기까지 온 건 범인의 유인
작전에 말려들었기 때문이야. 범인은 그들이 비행기에 탄 것을 알
고 거기서 그들을 끌어내리려고 공항에다 협박 전화를 걸었던 거야.
그런 흔적이 역력해.」

방안은 갑자기 팽팽한 긴장 속에 빠져 들었다. 세 사람은 숨을 죽
이고 문대의 다음 말을 기다렸다.

「범인은 비행기에 폭파장치를 하지도 않았어. 전화 한 통화로 거짓말을 해서 막 이륙한 비행기를 돌아오게 한 거야. 승객 중에 그가 찾고 있던 인물이 있었기 때문이지. 비행기에서 내린 승객들은 출국 대합실로 가서 대기하고 있었어. 거긴 보세구역이기 때문에 아무나 못 들어가는 곳이야. 국내의 힘이 미치지 못하는 치외법권 지대란 말이야. 범인은 그 곳으로부터 세 사람을 또 끌어내기 위해 두 번째 협박 전화를 걸었어. 대합실에 폭발물이 있다고 말이야. 사람들을 내보내고 조사해 봤지만 역시 폭발물은 없었어. 그렇지만 범인의 의도대로 세 사람은 밖으로 나와 이 호텔까지 와서 살해된 거야.」

그들이 어떻게 해서 P호텔까지 오게 되었는지, 그 경위만은 문대도 알 수가 없었다. 더 기다렸다 타지 않고 출발을 하루 뒤로 미룬 것, 그리고 P호텔에 투숙하게 된 경위에 대해서는 어떠한 추리도 불가능할 것 같았다.

「그건 일단 가정 아닌가? 협박 전화를 건 범인이 그들을 노리고 그런 짓을 했다는 확실한 증거가 없잖아? 피살된 사람들은 보다 안전하게 가기 위해 하루 뒤로 출발을 연기하고 호텔에 투숙했다가 강도에게 살해되었을지도 모르지 않은가?」

「그럴 수도 있지. 그것을 확인해 볼 수 있는 한 가지 방법이 있어.」

「뭔데?」

「공항 경비대는 범인의 전화를 녹음해 뒀을 거란 말이야. 그걸 벨맨에게 들려 주는 거야. 벨맨이 다행히 이 방 손님의 목소리를 기억하고 있으면 확인이 가능할 거야. 만일 양쪽 목소리가 같다면 내 가정이 사실로 나타나는 거지. 박천식은 나문식으로서 세 사람을 살해한 범인이란 말이야.」

「그렇군. 그렇다면 빨리 확인해야겠는데.」

「내일 아침까지는 여기를 떠날 수 없어. 이 방 손님을 기다려야 하니까.」

「오기는 글렀어. 올 사람이 아니야.」

박 명은 고개를 설레설레 흔들었다.

그러나 그들은 꼬박 뜬눈으로 밤을 지샜다. 잠깐 눈을 붙일만도 하련만 그들은 결코 그러는 법이 없이 무겁게 내리덮이는 졸음을 쫓으며 밤새도록 방 임자가 나타나기를 기다렸다. 그것은 대단한 인내심을 요하는 일이었다. 그러나 그들은 군소리 하나 없이 어두운 방안에 틀어박혀 언제라도 움직일 수 있는 태세를 취하고 있었다.

그들이 잠복근무를 끝낸 것은 아침 9시경이었다. 그때까지 1312호실 투숙객은 나타나지 않고 있었다.

밤새 헛수고만 했다는 사실이 수사관들을 더욱 피곤하고 맥빠지게 만들었다.

그들이 아침 커피를 마시고 있을 때 컴퓨터 조회 결과와 주소지에 출동했던 형사들의 보고가 날아들었다. 일부러 아침까지 기다렸다가 늦게야 알려온 것이었는데, 예상했던 대로 김문자와 박천식이라는 인물은 그 주소지에 존재하지 않았다. 컴퓨터 조회에서도 가공인물로 밝혀졌다.

김문자의 지문조회 결과는 며칠 걸릴 것이기 때문에 그때까지 기다릴 수밖에 없었다.

아침 10시 조금 전에 문대 일행은 P호텔의 벨맨 미스터 박을 데리고 공항으로 달려갔다.

다행히 공항 경비대에는 어제 협박 전화를 걸어온 범인의 목소리를 녹음해 둔 테이프가 비치되어 있었다. 첫 번째 전화는 미처 녹음해 두지 못했기 때문에 두 번째 전화 내용만 들을 수 있었다.

먼저 때르릉 하고 신호 가는 소리부터 들려왔다. 이어서 신호가 떨어지면서

「네 공항경비대입니다.」

하는 긴장된 남자 목소리가 흘러나왔다.

「국제선 출국 대합실에도 시한폭탄이 장치되어 있다.」

그것은 약간 혀가 짧은 목소리였고, 그리고 그것이 선부였다. 찰칵 하고 전화 끊어지는 소리가 났다.

「맞습니다! 바로 그 목소리입니다!」

벨맨이 갑자기 큰소리로 외쳤기 때문에 모두가 깜짝 놀랐다.

「다시 한번 잘 들어 봐. 잘 들어 보고 이야기해.」

문대는 테이프를 후진시켰다가 다시 틀었다.

「틀림없습니다.」

미스터 박은 분명한 어조로 말했다.

「더 이상 확인해 볼 필요 없겠지?」

문대는 박 명과 조남석을 돌아보며 물었다. 두 사람은 무겁게 고개를 끄덕였다.

그날 밤 9시15분.

마지막 JAL기가 공항에 도착했다.

30분 후 승객들이 출구로 몰려 나오기 시작했다. 대부분이 일본인 승객들이었다.

그 사나이는 유난히 왜소한 체구를 지니고 있었다. 어깨까지 꾸부정해서 더욱 작아 보였다. 눈이 나쁜지 도수 높은 안경을 끼고 있었고, 남들처럼 정장 차림이었다. 남들보다 특별히 눈에 띈다거나 하는 점은 없었다. 손에는 간단히 서류 가방 하나만을 들고 있었다. 나이는 40대 중반쯤으로 보였다. 그 뒤를 단단해 보이는 두 명의 젊은 남자들이 따라붙고 있었다. 그들은 두 명 다 머리를 짧게 깎고 있었고 노타이 차림이어서 서로 비슷해 보였다. 그들은 어깨에 여행백을 하나씩 걸고 있었다. 그들 중의 하나가 지리에 밝은 듯 앞장서서 택시 정류장 쪽으로 걸어갔다.

잠시 후에 세 사람은 택시에 올라 시내 쪽으로 달려갔다.

그로부터 40분쯤 지나 그들을 태운 택시는 호텔 앞에 도착했다.

호텔 로비로 들어선 그들 중 키가 작은 사나이가 프런트 데스크 위에 놓여 있는 구내 전화기로 접근했다. 그는 수화기를 집어 들고 1025호실을 불렀다. 기다렸다는 듯 신호가 떨어졌다.

「박사장님 계십니까?」

키 작은 사나이가 일본 말로 물었다.

「네, 제가 박사장입니다.」

상대방도 일본 말로 대답해 왔다.

「혼다 사장님 비서입니다. 사장님 지시로 도쿄에서 오는 길입니다.」

「아, 기다리고 있던 중이오. 올라오시오.」

세 사람은 엘리베이터를 타고 10층으로 올라갔다.

25호실 앞에 이르자 키 작은 사나이는 초인종을 눌렀다.

세 번 초인종을 누르자 출입문이 조금 열렸다. 안으로는 쇠고리가 걸려 있었다. 방안은 불이 꺼진 상태였다. 방안의 주인공은 침묵하고 있었다. 어둠 속에서 그는 무엇인가 기다리고 있었다.

「도쿄에는 오늘 낮에 지진이 있었지요.」

키 작은 사나이가 문 틈으로 속삭이듯 말했다.

「몇 명이나 죽었어요?」

문 저쪽에서 긴장된 목소리가 들려왔다.

「아홉 명이 죽었습니다.」

쇠고리를 벗기는 소리가 나고, 이이서 문이 열렸다.

세 사람은 재빨리 방안으로 들어섰다. 곧이어 방안에 불이 들어왔다.

창문은 커튼으로 가려져 있었다.

권근수는 몹시 초췌한 얼굴이었다. 두 눈은 열에 뜬 듯 충혈되어 있었고 불안한 빛을 감추지 못하고 있었다.

키 작은 일본인이 먼저 손을 내밀었다. 권근수는 조심스럽게 그 손을 받았다.

「오랜만입니다.」

「다시 만나게 될 줄은 몰랐소.」

그들은 억지 웃음을 지으며 손을 흔들었다.

권근수는 키 작은 사나이 뒤에 서 있는 건장한 자들을 살피듯 쳐다보았다. 눈치를 채고 키 작은 사나이가

「염려하지 않아도 됩니다.」

하고 말했다.

그들은 탁자를 사이에다 두고 마주앉았다. 키 작은 사나이가 건장한 자들에게 방을 하나 따로 구하라고 이르자 그들은 잠자코 밖으로 사라졌다.

「우선 저녁 식사나 하면서 천천히 이야기합시다.」

일본인의 제의에 권근수는 손을 흔들었다.

「저녁은 먹었습니다.」

「난 배고픈데. 그럼 술이나 마실까요?」

권근수를 쳐다보는 일본인의 얼굴은 흡사 생쥐 같았다.

「그럴 시간이 없습니다. 난 지금 몹시 바쁜 몸입니다. 빨리 이야기를 끝내고 돌아갔으면 합니다.」

권근수는 초조하게 손목시계를 들여다보았다.

「그렇게 바쁘시다면 지금 이야기하지요.」

권근수는 상체를 앞으로 기울였다. 팔꿈치를 탁자 위에 걸치고 나서 담배를 꺼내 입에 물었다. 성냥불이 손끝에서 달달 떨리고 있었다. 가까스로 담배에 불을 붙이고 나서 다급하게 그것을 빨았다. 그 바람에 연기가 잘못 목에 걸려 캑캑 하고 기침을 해댔다.

생쥐같이 생긴 일본인은 여유만만한 자세로 권근수의 당황해하는 모습을 지켜보고 있었다.

권근수는 손등으로 눈물을 지우고 나서 입을 열었다.

「X레이저에 대해서 알고 있겠지요?」

「알고 있습니다. 그것이 세림에서 개발됐다는 것도 알고 있습니다.」

생쥐 같은 사나이의 안경이 번득였다.

「그것을 나는 확보해 놓고 있습니다. 실험의 결과는 대단한 것이었습니다. 탱크를 소리도 없이 순식간에 파괴하는 것을 이 두 눈으로 똑똑히 봤으니까요.」

「알고 있습니다. 그 위력이 어떻다는 건 익히 알고 있습니다. 아무래도 무얼 좀 마셔야겠습니다.」

생쥐 같은 일본인은 냉장고에서 맥주 한 병과 잔 두 개를 들고 자리로 돌아왔다.

「자, 한 잔 드시면서 말씀하시죠.」

일본인은 권근수 앞에 술잔을 놓고 맥주를 따르려고 했다. 권근수는 급히 잔을 한쪽으로 치웠다.

「난 안 마시겠습니다. 사이또, 당신이나 마셔요.」

사이또라 불리운 사나이는 더 이상 권하지 않고 자기 잔에 맥주를 따라 마셨다..

「자, 계속하시죠.」

「X를 필요로 한다면 넘길 의사가 있어요. 시간이 없으니까 단도직입적으로 말하는 겁니다.」

사이또는 씽긋 웃었다.

「그것 참 흥미 있는 이야기군요.」

「그 이상입니다. 그걸 먼저 쥐는 자가 세계를 지배할 수 있습니다.」

그의 목소리는 어느새 흥분으로 떨리고 있었다. 사이또는 차갑게 웃었다.

「우리는 그렇게 어마어마한 것을 바라지는 않습니다.」

「X가 필요하지 않다는 건가요?」

「아니, 그건 필요합니다. 하지만 세계를 지배하겠다는 그런 생각은 없습니다. 그런데 물어볼 게 있습니다. 경계가 엄중하다는 말을 들었는데, 어떻게 그것을 손에 넣었습니까?」

「그건 당신이 알 필요 없습니다. 내 실력은 IBM에 있을 때 이미 확인된 거 아닙니까?」

「박사님은 그 일 때문에 결국은 쫓겨나지 않았습니까?」

「작전이야 성공했지요. 당신들이 필요로 하던 것을 무사히 손에 넣었으니까요.」

「하지만 기대했던 것을 얻지는 못했습니다. 얼마 뒤에 그보다 우수한 것이 개발됐기 때문에 무용지물이 되고 말았지요.」

「거기까지 내가 책임져야 할 이유는 없습니다. 나는 당신들이 원하는 것을 분명히 넘겨 줬으니까요.」

권박사가 화가 난 어조로 말했다. 일본인은 두 잔째의 술을 입으로 가져가다 말고 고개를 끄덕였다.

「그건 그렇지요. 박사님은 약속을 이행했습니다. 지금 그걸 따지자는 게 아닙니다. 자, X에 대해서 이야기를 계속합시다.」

「나는 X에 내 생명을 걸고 있어요. 나뿐만 아니라 내 가족들, 그리고 또 한 사람이 있어요. 당신들은 우리를 안전한 곳으로 데려다 줘야 해요. 그것이 첫 번째 조건이에요.」

권박사는 손수건을 꺼내 얼굴에 번지기 시작한 땀을 닦았다.

「망명하시겠다는 겁니까?」

「그러고 싶지만 현실적으로 그게 불가능할 테니까 다른 방법을 강구해 달라는 겁니다. 산업 스파이의 망명을 받아줄 나라는 없을

겁니다. 일단 우리가 해외로 빠져 나가면 인터폴(국제경찰)이 우
리를 쫓을 겁니다. 그리고 국화와 칼도 뒤쫓아올 거고……」
미소를 띠고 있던 생쥐 같은 사나이의 표정이 서서히 굳어졌다.
「국화와 칼이 노리고 있나요?」
권박사는 아차 싶었다. 그러나 이미 내뱉은 말을 도로 주워 담을
수는 없었다.
「그들은 나에게 제의를 해왔어요. 요구하는 대로 줄 테니 X를 빼
내달라고. 나는 거절했어요. 그런 자들과 거래하고 싶지 않았고,
또 믿을 수도 없었기 때문에.」
권박사의 표정이 일그러졌다. 그는 두 손으로 이마를 짚었다.
「그들은 내 아들을 납치해 갔소.」
키 작은 사나이의 눈이 번쩍하고 빛났다. 그의 얼굴은 순식간에 돌
처럼 굳어졌다.
무거운 침묵이 흐른 뒤에 그의 입이 천천히 열렸다. 그는 왼손으로
턱을 쓰다듬으며 말했다.
「그게 정말이라면 당신은 크게 잘못하고 있습니다.」
권근수는 그 말을 미처 이해하지 못하고 우물쭈물했다.
키 작은 사나이는 생쥐 같은 입으로 말을 이었다.
「당신도 알다시피 국화와 칼은 막강한 힘을 가진 조직입니다. 그
들이 노리고 있는 것을 우리에게 넘긴다면 결국 우리가 그들의 표
적이 되는 겁니다. 그건 불행한 일입니다. 많은 사람들이 희생될
것이고 X를 도로 뺏기게 될지도 모릅니다. 국화와 칼은 목적하는
바를 결코 포기하지 않는 조직이니까요.」
「그렇게까지 비약시켜 이야기할 건 없습니다.」
「천만에. 비약이 아닙니다. 확실한 가능성을 이야기한 겁니다. 박
사님의 의도는 처음부터 저지당할 겁니다. 박사님의 아들은 어떻
게 하실 셈인가요?」

「그야 구해야죠. 난 내 아들을 구해내고야 말 겁니다. 무슨 수를
써서든지……」
권박사는 이를 악물며 증오에 찬 시선을 허공에다 던졌다.
「그들의 마수를 어떤 방법으로 피해서 아들을 구하겠다는 겁니
까? 더구나 X까지 빼돌리면서 말입니다.」
「당신들이 협조만 해 준다는 가능한 일입니다.」
「어떻게 협조하라는 겁니까?」
그것은 가장 핵심이 되는 질문이었다. 그렇기 때문에 입이 무겁게
떨어질 수밖에 없었다.
권박사는 상대방을 조심스럽게 살폈다. 과연 이야기해도 될 것인
지 아니면 하지 말아야 할 것인지 그는 단안을 못 내리고 망설였다.
그러나 이제 와서 망설일 시간은 없었다. 그들이 말한 날짜가 임박했
기 때문에 그는 서둘러 아들을 구하지 않으면 안되었다. 그는 마침내
무겁게 입을 열었다.
「내 계획은 이렇습니다. 그들의 요구대로 X와 내 아들을 교환할
생각입니다. 그 교환 현장에 당신들이 출동해서 X를 탈취해 주십
시오. 시간과 장소는 내가 나중에 알려드리겠습니다.」
생쥐 같은 사나이는 입으로 가져가던 술잔을 도로 내려놓고 마치
한 대 얻어맞은 듯 멍하니 그를 쳐다보았다. 기술 정보를 안전하게
손에 넘겨주면 이쪽에서는 돈만 지불하면 되는 것이다. 지금까지 그
는 그렇게 해왔던 것이다. 이런 경우는 생각지도 못했다. 만일 이 조
건에 응한다면 어차피 피를 보지 않을 수 없다. 그는 피를 보는 것이
싫었다.
권박사는 초조한 눈길로 생쥐 같은 사나이를 노려보았다. 이자가
만일 거절한다면 큰일이다. 어떻게든 응하게 하지 않으면 안된다.
그런데 이자가 이런 문제에 대해서 결정권이 있을까. 이자는 하수인
에 불과할지 모른다. 이자의 배후에는 보다 큰 인물이 있을 것이다.

「물론 쉬운 일이 아니란 건 나도 잘 알고 있습니다. 하지만 그 방법밖에는 달리 길이 없습니다. 난 하나밖에 없는 내 아들을 구해야 하니까요. 작전만 잘 짜면 성공적으로 일을 끝낼 수 있을 겁니다.」

생쥐 같은 사나이는 천천히 고개를 흔들었다.

「박사께서는 상당히 공상을 즐기는 편이군요. 미처 그것을 몰라서 유감입니다. 그걸 알았다면 여기까지 오지 않았을텐데.」

그렇게 말하면서 그는 미간을 찌푸렸다. 두 사람은 냉랭한 표정으로 한동안 침묵을 지켰다.

한 쪽은 이미 결론을 내리고 있었고, 다른 한 쪽은 거기에 맞춰 가부간 어떤 결정을 내려야 했다.

권박사는 사정조로 나가서는 안된다는 것을 잘 알고 있었다. 그렇게 되면 흥정이 안된다.

받아낼 수 있는 한 많이 받아내야 한다. 그는 말하고 싶은 것을 꾹 참고 기다렸다. 밤이 깊어가는 것이 그는 불안했다.

아무 말없이 사라진 그의 행방에 대해 집에서도, 그리고 경찰도 몹시 궁금해하고 있을 것이다. 아들이 유괴된 상황에서 그 애비되는 사람이 밖에 나가 돌아오지 않으니 모두가 이상하게 생각할 것이다. 그는 초조와 불안을 감추려고 이를 악물었다.

마침내 생쥐 같은 일인이 입을 열었다.

「교환 현장에 나가서 X를 탈취한다는 것이 무엇을 뜻하는 것인지 생각해 보셨나요?」

「물론 생각했지요. 그건 용기와 희생을 각오하지 않고는 할 수 없는 일이지요. X 같은 것을 손에 넣는 것이 그렇게 쉬운 일이 아니니까요.」

그는 팔짱을 끼면서 숨을 깊이 들이켰다.

그의 심중을 헤아려 보는 듯 키 작은 사나이의 눈이 더욱 날카로워졌다.

「그건 엄청난 희생을 요구하는 일입니다. 많은 피를 흘리지 않으면 안되는 일입니다. 상대가 상대인 만큼 성공할 것이라는 보장도 없습니다. 우리는 정보의 대가로 돈을 주는 것에만 익숙했지 그런 일에는 자신이 없습니다. 그렇게 위험한 짓은 사양하겠습니다.」

「사람을 쓰면 되지 않습니까? 나는 당신들이 그렇게 신사적이라고는 생각지 않아요. 당신들한테는 그만한 힘이 있어요. 당신은 지금 너무 겸손해하고 있어요.」

「천만에. 우리한테는 그런 물리적인 힘이 없습니다. 우리는 돈 주고 사는 것밖에 아는 것이 없습니다. 일이 까다롭게 됐군요. 우리가 그런 제의를 받아들일 거라고 생각하시고 우리를 부른 겁니까?」

「네, X는 어떠한 희생을 치르고서라도 손에 넣어야 할 만큼 가치가 있으니까요.」

「큰 오산을 하셨군요. 우리는 무엇보다도 안전을 제일로 하고 있습니다.」

「그렇다면 X를 다른 데 처분할 수밖에 없군요.」

권박사는 손목시계를 들여다보고 난 다음 일어설 채비를 했다.

「이 방에서 주무십시오. 방값은 다 지불해 놨습니다.」

「난 집에 가 봐야 합니다. 형사들이 나를 찾고 있을 겁니다. 성과도 없이 돌아가시게 해서 미안합니다.」

「천만에.」

두 사람은 일어섰다.

권박사는 악수를 하고 나서 문 쪽으로 걸어갔다. 그는 생쥐 같은 사나이가 자기를 그대로 돌려 보내지는 않을 것이라고 생각했다. 그의 그러한 생각은 제대로 맞아 떨어졌다. 그가 막 문을 열자 일인이 뒤에서 그를 불렀다.

「잠깐!」

권근수는 돌아서서 일인을 바라보았다.

「정말 그대로 돌아가실 겁니까?」

「더 이상 할 이야기가 없지 않습니까?」

생쥐 같은 사나이는 기묘한 소리를 내며 웃었다.

「보기보다는 성미가 급하시군요. 이리 오십시오. 우리 다시 이야기해 봅시다.」

「난 지금 시간이 없소. 빨리 끝내지 않으면……」

권근수는 다시 시계를 들여다보았다.

「잠깐이면 됩니다. 경제적으로 이야기합시다.」

권박사는 마지못하는 척하면서 다시 자리로 돌아왔다.

생쥐 같은 사나이가 말했다.

「권박사님의 말씀은 그러니까 X를 언제라도 손에 넣을 수 있다, 그러나 아들을 찾기 위해 일단 그것을 조직에 넘겨주지 않으면 안된다, 그러니까 그 현장에 우리보고 나와서 그것을 탈취하라는 거 아닙니까?」

「그렇습니다. 바로 그 말입니다.」

「그렇다면 X를 직접 우리 손에 넘겨주는 길이 없는 것은 아니군요?」

「그게 무슨 말이죠?」

「한 쪽을 희생시키면 될 거 아닙니까?」

「한 쪽을 희생시키다니요?」

「박사님 아들 말입니다. 아들을 포기할 수는 없습니까?」

「뭐라구요?」

권근수는 펄쩍 뛰었다.

「당신은 자식도 없습니까? 당신은 자식을 포기할 수 있습니까?」

「만일 그렇게 해 주신다면 거기에 대한 보상은 별도로 충분히 드리겠습니다. 그렇게 하는 것이 피도 흘리지 않고 거래를 끝낼 수 있는 방법일 것 같아 말씀드리는 겁니다. 물론 괴로우시겠지만……」

「닥쳐요! 아무리 돈에 환장했기로서니 자식까지 팔 생각은 없어요!」

그는 벌떡 일어서서 몸을 부르르 떨었다.

「나한테 그런 요구를 하다니 당신은 이만저만한 냉혈이 아니군요!」

키 작은 사나이는 빙긋이 웃으면서 일어나 권박사의 소매를 잡았다. 권박사가 그것을 뿌리치자 그는 다시 붙들었다.

「괜히 한번 해본 말입니다. 자식에 대한 박사님의 사랑이 얼마나 클까 하고 한번 시험해 본 겁니다. 너무 노여워 마십시오. 그런 일은 있을 수 없죠. 잠깐 기다려 주십시오. 옆방에 가서 전화를 걸고 오겠습니다.」

생쥐 같은 사나이는 권박사를 남겨 두고 밖으로 사라졌다.

그는 옆방으로 들어가 도쿄에다 전화를 걸었다. 그가 전화를 거는 동안 두 사나이는 밖에서 대기했다. 자세한 설명을 듣고 난 도쿄 쪽에서 명령이 떨어졌다.

「어떤 희생을 무릅쓰고라도 그걸 입수해야 한다. 돈은 얼마가 들든 상관하지 않는다. 꼭 입수해야 한다. 입수하지 못하면 돌아올 생각하지 마.」

「알겠습니다. 보충 인원이 급히 필요합니다.」

「몇 명쯤이나 필요한가?」

「10명은 필요합니다.」

「알았다. 곧 보내겠다.」

「다시 전화드리겠습니다.」

생쥐 같은 사나이가 돌아왔을 때 권박사는 초조한 모습으로 담배를 피우고 있었다.

「잘됐습니다. 박사님께서 제시한 조건을 받아들이겠습니다.」

권근수는 거기에 대해 2백만 달러를 제시했다. 일인은 놀라 자빠질 것 같은 표정을 지었다.

「직접 우리 손에 넘겨주는 것도 아니고 우리가 희생을 무릅쓰고 찾아가야 할 판인데 2백만 달러란 도무지 납득이 안 가는 액수입니다.」

「그렇지 않습니다. X는 그만한 값어치가 있습니다. 돈으로 따질 것이 못됩니다. 그것이 가져다 주는 이익은 상상을 초월합니다.」

일인은 고개를 설레설레 흔들었다. 가당치 않다는 표정이었다.

「아무리 그렇더라도…… 지금까지 우리는 2백만 달러를 지불한 예가 없습니다. X를 직접 우리 손에 넘겨준다면 또 모릅니다.」

「직접 넘겨주게 되면 2백 정도가 아니라 2억은 불렀을 겁니다. 당신들은 아주 싸게 구입하는 겁니다. 또……」

그는 일인의 표정을 살핀 다음 말을 이었다.

「그 돈은 나 혼자 갖는 게 아닙니다. X를 개발한 배무인 박사에게 절반이 돌아가야 합니다. 그의 협조 없이는 X를 빼내는 게 불가능하니까요.」

생쥐 같은 일인의 눈이 일순 번쩍하고 빛났다.

「배박사가 협조를 약속했습니까?」

「약속한 정도가 아닙니다. 우리는 함께 망명할 계획입니다. 두 번째 요구사항은 바로 우리의 망명을 도와달라는 겁니다. 망명이 안 되더라도 해외에서 무사히 지낼 수 있게 당신들이 모든 필요한 조치를 해 주어야 합니다.」

「어려운 문제군요. 이렇게 까다로운 주문은 처음입니다.」

「할 수 있습니까, 없습니까?」

권박사는 정색을 하고 물었다.

「이제 와서 못하겠다고 할 수 없지 않습니까.」

생쥐 같은 사나이는 묘하게 입을 비틀면서 웃었다.

「당신들이 X를 입수한다고 해서 그것을 바로 써먹을 수 있는 건 아닙니다. 배박사가 있어야만 그것을 바로 써먹을 수 있습니다. 당신들이 입수하게 되는 X의 일부분은 가짜입니다. 그것을 가려낼 수 있는 사람은 배박사밖에 없습니다. 배박사가 있어야 되는 이유는 바로 거기에 있습니다.」

「거기에 왜 가짜가 끼어 있는 겁니까?」

「우리의 안전을 위해서입니다. 그리고 당신들이 약속을 지키게 하기 위해서입니다.」

「교묘하군요.」

「우리는 약자이니까요. 당신들이 약속을 지키지 않으면 우리는 무엇으로 우리 자신을 지킬 수가 있습니까? 우리 자신을 지키기 위해서는 그럴 수밖에 없습니다. 우리가 안전하게 도피하고, 그리고 돈을 모두 받게 되면 그 가짜 부분을 진짜와 대체해 주겠습니다.」

「철저하시군요.」

「자신을 지키는 데는 모두가 철저하기 마련입니다.」

「시간과 장소는?」

「그건 나중에 알려주겠소. 세 번째 부탁이 있소.」

「또 뭡니까?」

「현장에서 만나게 되는 그자들을 모두 죽여 주시오. 한 놈도 남기지 말고.」

그렇게 말하는 그의 눈에 살기가 어렸다.

「우리보고 백정이 되라는 말인가요?」

「그들이 내 아들을 죽였을 경우에 말이오.」

생쥐 같은 사나이는 끄덕였다.

「그 심정 알겠소. 돈은 어떻게 지불할까요?」

「절반은 선불로 주시오. 물론 달러로.」

「어떻게 믿고 선불을 주지요?」

「현장에서 달라는 거요. 그리고 나머지는 배박사의 처리가 끝나는 대로.」

「알겠습니다. 현장에서 절반을 드리겠습니다. 그런데 현찰로 드릴까요?」

「아니오. 내가 지정하는 은행에 넣어 주시오.」

「어느 은행에?」

「그건 나중에 알려주겠소. 아마 외국 은행이 될 겁니다.」

「알 만합니다.」

「이런 일은 서로 믿고 협조해 주지 않으면 성공하지 못합니다.」

권박사는 자신의 빈 잔에 처음으로 술을 따랐다. 그 술을 단숨에 들이키고 나서 잔을 상대방에게 권했다. 일이 잘 풀려 다소 안심하는 눈치였다.

「남은 문제는 우리가 어떻게 한국을 빠져나가는가 하는 겁니다. 나 한 사람도 아니고 자그마치 5명이나 됩니다.」

「5명이나요?」

일인은 다시 놀라는 표정이었다.

「네, 5명입니다. 내 가족들까지 합해서 말입니다. 나 혼자 도망칠 수는 없는 거 아닙니까?」

「가족들은 정상적인 방법으로 빠져 나갈 수 있지 않습니까?」

「불가능합니다. 내가 사라지는 것과 동시에 지명수배가 내릴텐데, 그 사이를 우리 가족들이 버젓이 빠져 나간다는 건 불가능합니다. 우선 출국이 허락되지 않을 겁니다.」

「그렇다면 비상수단을 강구하는 수밖에 없겠군요. 준비를 해놓겠습니다.」

「어떤 준비를?」

「배 편으로 탈출하는 수밖에 없습니다. 쾌속정을 한 대 준비해 놓겠습니다. 그 방면의 전문가를 동원해서 말입니다.」
「잘 부탁합니다.」
「염려 마십시오.」
권근수가 일인과 헤어져 호텔 방을 나선 것은 밤 11시가 지나서였다.

그는 일부러 취해서 들어갈 필요를 느끼고 어느 클럽에 들러 진탕 퍼마셨다. 호스티스를 끌어안기도 하고 그녀와 춤을 추기도 했다. 그러다가 1시쯤에 클럽을 나와 택시를 타고 집으로 돌아왔다.

집에서는 한바탕 소동이 벌어져 있었다. 아이가 유괴된 마당에 보호자 되는 사람이 밤이 깊어도 돌아오지 않으니 그럴만도 했다.

이번 사건을 집요하게 물고 늘어지는 두 형사는 말없이 집주인을 맞이했다. 그들은 의혹에 찬 눈으로 그를 쳐다보았지만 그가 만취한 것을 보고는 일절 말을 걸지 않았다.

권근수는 누가 말을 걸기 전에 먼저 주정을 부렸다.

「철이 왔어? 아직도 철이가 안 왔단 말이야? 도대체 왜 철이가 안 오는 거야? 어떤 놈이 우리 철이를 데려갔지? 철이 보고 싶은데 제발 누가 우리 철이 좀 찾아다 줘.」

그는 탁자를 치면서 흐느껴 울었다. 그의 아내는 놀란 눈으로 그를 바라보다가 함께 울음을 터뜨렸다. 그녀는 남편이 아이 때문에 술을 퍼마시고 지금 제정신이 아니라고 생각했다. 권근수는 내친 김에 경찰을 신랄히 비난했다.

「경찰은 도대체 뭐하는 거야? 벌써 며칠이 지났는데도 아이를 찾지 못하다니, 그런 경찰은 필요 없어! 필요 없으니까 빨리 꺼져! 당신 같은 사람들 없어도 돼! 당신 같은 사람들 없어도 나는 우리 애를 찾을 수 있단 말이야!」

그러나 형사들은 움직이지 않은 채 그를 묵묵히 쳐다보기만 했다.

그들에게 있어서 권박사의 몇 시간 동안의 잠적은 궁금한 일로 남았다. 그의 행방이 묘연해진 것은 전날 오후 7시부터 다음날, 그러니까 오늘 상오 1시까지였다. 시간으로 따져볼 때 약 6시간 동안 그는 행방불명된 것이었다. 겉으로 보기에는 술집에서 시간을 보낸 듯했다. 그러나 수사관들의 날카로운 눈에는 그렇게 비치지가 않았다.

「저 친구 연기 그럴듯한데.」

권박사의 집에 나서면서 박 명이 중얼거린 말이었다. 문대는 아무 반응도 없었다. 그들은 새벽 거리를 어깨를 움츠린 채 걸어갔다.

「6시간 동안 무슨 짓을 했을까?」

「뭔가 숨가쁘게 돌아가고 있는 것 같아. 미행 팀으로부터 연락이 있겠지.」

그들이 수사본부로 돌아가자 그들을 찾는 미행 팀의 전화가 R호텔에서 걸려 왔었다고 누군가가 말했다.

그들은 자리에 앉지도 않고 R호텔로 달려갔다.

그 시간의 호텔은 모두가 깊은 잠에 떨어졌을 때라 조용하기 짝이 없었다.

출입구에서 서성거리고 있던 수사관 한 명이 그들을 발견하고는 급히 다가갔다.

「권근수는 일본인 세 명하고 접선했습니다. 이게 그들의 인적 사항입니다.」

젊은 형사는 메모지를 꺼내 문대에게 건네주었다.

「숙박카드에 적힌 건가?」

「네, 그대로 적었습니다.」

「그들은 지금 어디에 있나?」

「10층 25호실과 26호실에 있는 것 같습니다.」

「있는 것 같다고? 그게 무슨 말이지?」

박 명이 날카롭게 물었다.

「25호실은 권근수가 처음에 얻어 놓았습니다. 26호실은 일인들이 나중에 와서 얻었습니다. 권근수는 어젯밤 8시경에 들어왔다가 11시경에 나가서는 아직 돌아오지 않습니다. 일인들은 25호실과 26호실에 나누어 투숙하고 있는 것 같습니다. 벨맨의 보고에 의하면 25호실에는 한 명이 들어 있고 26호실에는 두 명이 들어 있답니다. 그리고 그들 중의 한 명이 10시경에 도쿄로 전화를 걸었는데 직통을 사용했기 때문에 엿듣지는 못했습니다.」

「수고했어요.」

감시하고 있는 수사요원들은 모두 네 명이었다. 두 명은 로비를 지키고 있었고 나머지 두 명은 10층에 잠복하고 있었다.

권근수는 머리가 뻐개지는 것 같았다. 그의 아내와 상주하고 있는 형사들이 어젯밤 어디에 다녀왔느냐고 물었지만 그는 술을 너무 많이 마셔 잘 모르겠다고 대답했다.

적당히 얼버무리고 연구소에 출근한 그는 점심시간을 이용해서 배무인 박사의 연구실을 찾아갔다.

배박사는 그를 맞아들인 다음 문을 안으로 걸어 잠갔다.

「어떻게 됐나?」

권박사의 소매를 끌어당겨 그를 소파에 앉히면서 배박사는 다급하게 물었다.

「잘됐어. 아주 잘됐어.」

권박사는 상대방의 손을 움켜잡았다.

「어, 어떻게 됐다는 거야?」

배무인 박사는 순진한 표정으로 다급하게 물었다.

「선이 닿았어. 그 쪽에서도 적극적으로 나오고 있어. 2백만 달러에 낙착을 보았어.」

「2백만 달러나!」

흥분한 배박사는 숨소리마저 거칠어져 있었다.

「우리 돈으로 16억 정도지. 그 정도면 외국에 나가 편히 지낼 수 있을 거야.」

「난 그렇게 많이 받을 수 있을 줄은 몰랐어. 확실한 거야?」

배무인은 아무래도 믿기지 않는 듯 되짚어 물었다.

「확실하고 말고. 그들은 약속을 어기는 사람들이 아니야. 컴퓨터처럼 정확히 약속을 지키는 사람들이야. 오히려 우리 쪽에서 약속을 못 지킬까봐 나는 걱정이야.」

그것은 배박사를 두고 하는 말이었다. 사실 이번 거사의 성패는 배무인에게 달려 있었다. 만일 그가 반역의 길을 포기하거나 그 길에서 실수라도 저지르는 날에는 모든 것이 수포로 돌아가는 것은 그만두고라도 목숨이 위태로워진다. 이 바보 같은 자식이 제대로 말을 들어줘야 할텐데.

「내 걱정은 하지 마. 난 충분히 해낼 수 있어.」

눈치를 채고 배박사가 말했다. 권근수는 무서운 눈으로 상대를 쳐다보았다.

「일은 거의 된 거나 마찬가지야. 물건만 확보하면 언제라도 밖으로 빠져 나갈 수가 있어. 이 단계에서 문제가 발생한다는 건 상상할 수도 없어. 만일 문제가 발생하면 우리는 둘 다 살아남을 수 없어. 이젠 뒤로 물러날 수도 없게 됐어. 물러난다는 건 바로 죽음을 뜻하는 거야. 조직과의 약속이란 그래서 무서운 거라네.」

「잘 알고 있어. 포기란 있을 수 없는 일이지. 이게 어디 어린애 장난인가. 이번 일에 대해 우리는 충분히 토론했고 그 결과에 대해 충분히 의견일치를 보지 않았나. 내가 보기에는 우리 두 사람에게는 문제가 없는 것 같아. 문제가 있다면 X를 빼내오는 과정에서 발생할 수 있겠지. 하지만 괜찮을 거야. 거기에 대해서는 내가 충분히 대비하고 있으니까.」

「자네만 믿겠네.」

「그들은 어떤 식으로 대가를 지불하겠다는 건가?」

배박사는 칵테일을 만들기 위해 일어섰다. 권근수는 그의 뒷모습을 바라보면서 말했다.

「X를 넘겨받으면서 절반을 선금조로 받기로 했어. 물론 우리가 이야기한 대로 X는 완전한 것은 아니지. 자네가 없으면 완전하게 복원시킬 수 없는 불완전한 X를 일단 넘겨주고 그 대가로 백만 달러를 받는 거야. 물론 외국은행에 입금시키는 것으로 했지. 그리고 나머지는 X를 완성시키는 것과 동시에 받기로 했어. 우리는 지금부터 구체적인 것을 짜야 해. 일정이 촉박해.」

배무인은 글라스 두 개를 양손에 나누어 들고 돌아섰다. 한 잔은 권박사 앞에 놓고 자리에 앉았다.

「아침부터 술인가?」

권박사는 불안하고 못마땅한 표정이었다.

「한 잔 하지 않고는 가슴이 울렁거려 안되겠어.」

배무인은 눈을 감고 술잔을 입으로 가져갔다. 잠시 후 그는 눈을 뜨고 말했다.

「판매대금의 분배방식에 대해서는 지금까지 이야기가 없었어. 돈 문제는 뒤에 가서 미묘한 문제로 발전할 가능성이 있으니까 여기서 미리 이야기해 두는 게 좋지 않을까?」

그 말에 권근수는 내심 적지 않게 놀랐다. 배박사 쪽에서 그런 말이 나올 것이라고는 생각지도 못했기 때문이다.

「그야 그렇지. 당연한 이야기야. 이렇게 하면 어떨까?」

「어떻게?」

두 사람은 긴장한 눈으로 서로의 눈치를 살폈다.

「반씩 나누지. 편리하게 말이야.」

그 말이 떨어지기 무섭게 배박사의 안색이 변했다.

「백만씩 말인가?」

「음, 백만씩.」

「그건 곤란한데.」

배박사는 정색을 하고 머리를 흔들었다. 감지덕지해서 고맙다는 말을 들을 줄 알았던 권박사는 어처구니가 없어 한동안 얼빠진 표정으로 상대방을 바라보기만 했다.

저 순해빠진 녀석의 어디에 그런 게 있었을까. 백만 달러가 적다니, 그럼 혼자 독차지하겠다는 건가. 그럼 나는 뭐란 말인가?

그러나 배무인은 한수 더 떴다.

「내가 개발한 것을 파는데, 판매대금의 절반밖에 주지 않겠다는 건 좀 이상하지 않나. 그리고 솔직히 말해 자네가 중간에서 수고하고 있기는 하지만, 내가 자네한테서 돈을 나눠받는 식은 별로 마음에 안 든단 말이야. 서로 자존심 상하게 하는 짓은 삼가하는 게 좋겠어.」

「아니, 그게 무슨 말이지? 내가 자네한테 나눠주는 게 아니라 조직에서 주는 거야.」

「그 돈을 일단 나에게 넘겨줘.」

「그 많은 돈을 들고 다니겠다는 건가? 조직에서는 우리가 지정하는 외국은행에 돈을 넣어 주기로 되어 있어. 우리는 그 은행에다 돈이 입금됐는지 확인만 하면 되는 거야.」

권근수는 분통이 터지는 것을 겨우 참으면서 말했다. 이 단계에서 화를 낼 수는 없었다. 상대방을 신주처럼 받들 수밖에 없는 것이 그의 입장이었다.

「그거 편리하군.」

「도대체 얼마나 필요한 건가?」

「1백50만.」

배무인은 서슴없이 말했다.

권근수는 눈을 크게 떴다.

「4분의 3이나?」

「나머지 50은 자네의 노고에 대한 값이야. 그것도 큰돈 아닌가. 우리 돈으로 4억 가까운 돈이니까 말이야.」

권근수의 얼굴은 모욕감으로 붉어졌다. 살기 어린 눈으로 배박사를 노려보았다. 배박사는 바보처럼 눈을 꿈벅거렸다.

「아니, 왜 그러나? 내 말이 틀렸나?」

「그걸 말이라고 하는 거야?」

권박사는 벌떡 일어섰다. 그리고 씩씩거리며 배박사를 노려보았다. 배박사는 여전히 멀뚱히 그를 쳐다보기만 했다.

「50받고 누가 이 짓을 해? 이건 내가 구상한 것이고 내가 하는 일이야. 자넨 어디까지나 옵저버라는 걸 잊지 마. 자넨 주역이 아니란 말이야?」

그는 일어서서 서성거렸지만 밖으로 뛰쳐나가진 않았다.

그가 화를 이기지 못해 어쩔 줄 모르고 있는 데 반해 배박사는 여유가 있어 보였다. 그것이 권박사의 감정을 더욱 건드렸다. 머리끝까지 치밀어 오르는 분노를 참느라고 그의 얼굴은 잔뜩 일그러졌다.

「절반으로 나누는 것도 자네를 귀중하게 생각해서야. 다른 사람 같으면 그러지 않을 거야. 그런 것도 모르고 자넨 4분의 3을 차지하겠다니 아예 다 갖지 그래.」

그는 노골적으로 빈정거렸다. 그러나 배박사의 표정은 흐트러지는 것 같지 않았다.

「내가 이럴 줄 알고 돈 문제는 확실히 해 두자고 한 거야. 말을 꺼내기 잘했지. 자넨 나를 적반하장으로 몰아붙이는데, 그리고 나를 옵저버 정도로 생각하는데, 자네의 잘못은 바로 거기에 있어. 누가 뭐래도 나는 자네의 연출에서 푸대접 받는 단역을 맡을 수는 없어. 나는 주역을 맡고 싶어. 여러 가지 조건이 내가 주연일 수밖에 없게 되어 있어. 막말로 말해 내가 X를 내놓지 않겠다면 어떡할 텐가?」

권근수는 기가 막혀 말이 나오지 않았다. 어느 시점에서 이자를 제거해 버릴 수밖에 없겠다고 생각했다. 물론 돈을 확보하고 난 뒤의 일이다.

「자넨 자신의 강점을 최대로 강조하고 있군. 그리고 내 약점도 강조하고 있고 말이야. 이렇게 될 줄 알았으면 애초에 자네를 끌어들이지 말 걸 그랬어.」

「내가 없이 일이 될까?」

「너무 그러지 말게.」

「기분 나쁘게 할 생각은 없어. 이건 감정으로 해결될 일이 아니야.」

「좋아, 절반으로는 안되겠나?」

「안되겠어.」

배박사는 완강히 고개를 흔들었다.

「자넨 홀몸이지만 난 가족이 있어. 자네보다 돈이 두 배가 필요해.」

그가 사정했지만 배박사는 듣지 않았다. 그 문제에 있어서만은 그는 아주 완고했다. 단 한푼도 양보하려 들지를 않았다.

「내가 졌네. 좋을 대로 해. 자네가 4분의 3을 가지도록 해. 나는 50으로 만족하겠네.」

「미안해.」

「탈출은 배로 하기로 되어 있어. 아마 밀수 특공대의 도움을 받게 될 거야. 자세한 것은 나중에 알 수 있게 돼.」

「그 다음에는?」

「일단 일본으로 건너가서 기회를 보다가 비행기 편으로 유럽으로 가는 거야. 일단 이곳을 떠나게 되면 우리들의 운명은 그들의 손

에 달려 있게 돼. 우리들의 무기는 오로지 X야. 그것이 우리의 생
명을 지켜 주는 것이니까 자네는 내가 오케이 하기 전에는 그것을
완성시켜서는 안돼. 내일 모레…… 늦어도 글피까지는 X를 손에
넣어야 해. 가능하겠치?」
배박사의 표정이 굳어졌다.
「그때까지는 가능해.」
「오늘이 6월3일이야. 늦어도 6월6일까지는 그것을 입수해서 조직
에 전해 줘야 해.」
「해보겠어.」
「그 현장에 자네는 나올 필요 없어. 내가 다 알아서 처리할게. 자
넨 떠날 준비나 하고 있어.」
「아니야. 현장에 나도 나가겠어. 주역인 내가 그들을 상대하지 않
으면 말이 되나?」
권근수는 펄쩍 뛰었다.
「자넨 나와서는 안돼. 자네한테 무슨 일이 발생하면 모든 게 수포
로 돌아가게 돼. 자넨 앞에 나서지 않는 게 좋아. 내가 앞에서 다
처리할 테니까 자네는 뒤에서 기다려 줘.」
그러나 배박사는 여기서도 자기 주장을 굽히지 않았다. 권박사가
완강히 말렸지만 그의 고집을 꺾을 수는 없었다. 권박사는 식은땀이
흐르는 것을 느꼈다. 이 바보 같은 자식이 골칫거리로 등장하다니 정
말 예상하지 못한 일이다.
배박사는 국화와 칼에 대해서는 전혀 모르고 있었다. 그들이 X를
노리고 권박사의 아들을 납치했다는 사실은 더더구나 모르고 있
었다. 권박사는 그 사실만은 비밀로 해 두고 있었던 것이다. 그런데
배박사가 현장에 나오게 되면 어차피 그 사실을 알게 된다. 이를 어
쩌면 좋단 말인가.
권박사는 그 사실을 이야기해 주고 그가 현장에 나오는 것을 막고

싶었다. 그러나 배박사가 그 사실을 듣고 나서 어떻게 나올지가 궁금했다. 아무래도 두 개의 조직이 현장에서 부딪치는 것을 목격하면 충격을 받고 뒷걸음질칠지도 모를 일이다. 그럴 가능성이 많다. 그는 속았다고 생각할 것이고, 그 결과 어떻게 나올지 예측할 수 없다. 바보 같고 고집스러운 놈이라 충분히 엉뚱한 짓을 저지를 수 있는 놈이다.

「정 그렇다면 현장에 나와도 좋아. 자네가 직접 X를 들고 와. 현장에서 어떤 일이 발생해도 개인행동을 하지 않겠다고 약속해 주게. 내 지시에 따르겠다고 약속해 주게.」

「약속하지. 난 자네 지시만 따르겠어.」

「벌써 처음부터 자네는 나와 의견이 상충되고 있어. 이래 가지고는 계획대로 밀고 나갈 수가 없어. 앞으로는 이런 일이 없겠다고 약속해 주게.」

「물론 그런 일이 없을 거야. 앞으로는 자네 의견에 전적으로 따르겠어. 전적으로 말야.」

「기대하겠네.」

권박사는 한숨을 길게 내쉬면서 안도의 표정을 지었다. 그러나 그것도 잠깐이었다. 배박사는 그의 아들에 대해 질문을 던져온 것이다.

「자네 아들은 어떻게 할 건가?」

권박사는 고뇌의 표정을 지었다.

그는 한참 동안 묵묵히 앉아 있다가 천천히 입을 열었다.

「놈이 운이 좋은 놈이라면 그 사이에 돌아올 것이고…… 그렇지 않으면 하는 수 없지. 나는 나대로 가는 수밖에……」

「경찰은 뭐라고 그래?」

「속수무책인 모양이야.」

「난 자네가 서두르는 이유를 알 수 없어. 아들을 찾고 나서 조직과

거래를 해도 되지 않나. 아들을 포기하고 외국으로 가겠다는 건
가?」
「음, 그래.」
「주워다 기른 아인가?」
권박사는 배박사에게 저주스런 눈길을 보냈다.
「아니야. 내 피를 받은 아이야.」
「그럼 왜 포기하겠다는 거야?」
「배박사, 자넨 내 심정을 이해 못해. 언젠가는 이해하게 될 거야.」
그는 말끝을 흐리면서 문을 열고 밖으로 나왔다. 밖에는 햇빛이 눈
부시게 빛나고 있었다.
그는 자신의 아파트와는 반대방향으로 걸어갔다. 어깨를 늘어뜨리
고 힘없이 걷는 폼이 누가 보기에도 고뇌에 싸인 사나이의 모습이
었다. 먼 발치로 우연히 그의 그런 모습을 발견한 연구소 직원들은
그가 아들을 찾다 못해 실의에 빠져 있는 것으로 착각할 정도였다.
다만 형사들은 그의 움직임을 날카롭게 주시하고 있었다. 그들은
옥상에서, 또는 창가에 달라붙어 망원경으로 그의 거동을 낱낱이 체
크하고 있었다.
그런 줄도 모르고 권근수는 공중전화 박스 쪽으로 걸어갔다. 그는
일부러 실의에 빠진 모습을 하고 있었다. 그 정도의 연기야 누구나
할 수 있는 아주 쉬운 것이었다.
그는 주위를 휘둘러 보았다. 자기를 보는 눈이 없다고 판단되자 공
중전화 박스 안으로 들어갔다. 그는 긴장되고 숨결이 거칠어지는 것
을 느꼈다. 빨리 며칠이 지나갔으면 하고 바랐다.
번호를 입 속에서 한번 왼 다음 다이얼을 천천히 돌렸다. 통화중이
었다. 밖으로 나와 담배 하나를 피운 다음 다시 다이얼을 돌렸다. 만
일 통화가 되지 않는다면 조직과의 연락 루트는 끊기고 만다. 그는
그것이 두려웠다. 그로서는 연락할 길이 없기 때문이다.

　이윽고 신호가 가는 소리가 쾌적하게 들려왔다. 네 번 울린 다음 신호가 떨어졌다.
「네, 삼아실업입니다.」
　굵은 남자 목소리가 들려왔다. 그는 호흡을 가다듬고 넘버를 확인해 보았다.
「난 강남의 부동산업자입니다.」
「네, 그런데요?」
　권박사는 가슴이 막혀왔다.
　그는 수화기를 꽉 움켜쥐었다.
「난 강남의 부동산업자입니다.」
　그는 되풀이했다.
「도대체 누굴 찾으십니까?」
　상대방의 목소리가 날카롭게 변했다.
　권박사는 입 속이 말라붙어 잘 떨어지지가 않았다.
「흐…… 흑장미를 찾습니다.」
「뭐라구요?」
「흑장미를 찾습니다.」
「흑장미? 전화를 잘못 건 것 같습니다.」
　전화는 일방적으로 끊어졌다. 그는 다시 걸었다.
「미안합니다. 분명히 흑장미라고 있을텐데요?」
　그는 주눅이 들어 말했다.
「여기는 삼아실업입니다.」
　아까의 그 남자가 퉁명스럽게 말했다.
「흑장미를 부탁합니다. 강남의 부동산업자로부터 전화가 왔다고 전해 주십시오.」
「잘못 걸었다니까요! 흑장미 같은 건 여기 없어요!」
「미, 미안합니다. 혹시 전화 주인이 바뀌었나요?」

「그저께부터 바뀌었습니다.」

전화는 다시 끊어졌다.

그는 수화기를 내려놓고 이마에 번진 식은땀을 손등으로 훔쳤다. 손끝이 떨리고 있었다. 그는 오른손을 내려다보았다.

손끝의 떨림이 심해지고 있었다.

공중전화 박스에서 나와 조금 떨어져 있는 벤치로 걸어가 앉았다. 담배를 꺼냈다. 손끝이 떨려 담배를 꺼낼 수가 없었다. 담뱃갑을 도로 주머니에 집어 넣고 불안한 눈으로 허공을 노려보았다.

연락처를 없앴다는 것은 그들이 X를 포기했다는 것을 뜻한다. 그럴 리가 없다. 그들은 포기할 놈들이 아니다. 뭔가 잘못되었을 것이다. X를 포기했다면 왜 우리 아들을 돌려보내지 않았을까? 그 애를 죽였을까? 그 어린 것을 죽였을까? 아무리 악독한 놈들이라도 어린애를 죽이지는 않았겠지? 그럼 왜 아이를 보내지 않았을까? 그들이 영원히 소식을 끊는다면 우리 애는 어디 가서 찾아야 한단 말인가?

그는 떨리는 손을 내려다보다가 주먹을 불끈 쥐고 일어섰다. 죽든가 살든가 둘 중의 하나다. 그는 다시 공중전화 박스 안으로 들어갔다.

전화번호부를 뒤져 D화학을 찾았다. 다행히 번호가 나와 있었다. 이건 정상 루트가 아니다. 이런 식의 전화통화는 그들이 제일 싫어하는 것이다. 그러나 그는 지푸라기라도 붙잡고 싶은 심정이다. 이것저것 따지고 있을 겨를이 없었다.

「양채기 부사장님을 부탁합니다.」

「안 계시는데요」

교환 아가씨가 말했다.

「어디 가셨나요?」

그는 되도록 숨을 죽이고 정중히 물었다.

「그만두셨는데요.」

「뭐라구요? 언제요?」

「며칠 되셨어요. 잠깐 기다려 보세요. 비서실로 돌려 드릴 테니까 거기다 물어보세요.」

잠시 후 비서실이 나왔다. 비서실 아가씨 역시 똑같은 대답이었다.

그는 눈앞이 침침해지면서 주저앉아 버리고 싶었다.

「개새끼!」

울부짖고 싶은 것을 가까스로 참아내면서 물었다.

「어디로 가셨나요?」

「일본으로 돌아가셨는데요.」

아, 이럴수가 있담.

「언제 돌아오신다는 말 없었나요?」

「그런 말씀은 없었어요. 아마 안 돌아오실 모양이에요.」

「연락할 수 있는 주소를 좀 알려주시겠습니까?」

비서실 아가씨는 도쿄의 주소와 전화번호를 알려주었다. 그는 손이 떨려 간신히 불러주는 것을 수첩에다 적을 수 있었다.

「왜 그만두셨나요?」

「그건 잘 모르겠습니다.」

모르는 것이 당연하겠지. 도쿄의 주소와 전화번호도 모두 가짜일 것이다.

「나는 강남에서 부동산을 하는 사람인데…… 혹시 나한테 메모 같은 것 남기지 않았나요?」

「잠깐 기다려 보세요.」

「네, 있어요. H호텔 티파니…… 밤 9시에서 10시…… 이렇게 돼 있어요.」

「그것뿐인가요?」

「네, 그렇게만 적혀 있어요.」

D 데이

그의 아내는 그를 보고 섧게 울었다. 아들이 유괴된 마당에 남편마저 실성한 모습을 보이고 있었기 때문이다.

범인으로부터는 이제 전화마저 걸려오지 않고 있었다. 한가닥 희망마저 끊어진 터에, 남편이 이상한 행동을 보이기 시작한 것이다.

그는 점심때 햄버거를 여러 개 사들고 집에 들어와서는 하는 말이 아들 철이에게 주기 위해 사왔다는 것이었다. 그러면서 덧붙여 하는 말이 아침에 약속했다는 것이었다. 철이는 햄버거를 좋아했다. 나쁜 놈들이 아이를 유괴해 갔다고 해도 그는 믿으려 들지를 않았다. 철이가 집 안 어디에 숨어 있는 것이 틀림없다고 하면서 구석구석을 뒤지기도 했다. 철이를 찾아와야겠다고 나가더니 저녁 무렵에는 장난감을 한아름 사들고 들어왔다. 철이가 곧 들어올 거라고 하면서 책상 위에 장난감을 늘어놓는 것이었다.

그것은 그의 작전이었다. 그는 치밀한 계획 아래 일부러 정신착란에 걸린 것처럼 행동하고 있었다. 그렇게 행동하면서 사람들의 눈치를 살폈는데 모두가 그의 착란증세를 사실대로 받아들이고 있었다. 형사들마저도 그를 의심하는 눈치를 보이지 않았다. 어떤 형사는 그의 아내에게 그를 병원에 데려가야 하지 않겠느냐고까지 말할 정도였다.

그를 병원에 데려가는 데 반대하고 나선 사람은 문대였다. 그는 그 부인에게 병원에 데려가야 할 정도로 그렇게 증세가 심하지는 않다고 말했다. 갑작스런 충격과 심리적인 고통으로 인해 생긴 일시적인 증상으로 시간이 흐르면 자연 정상으로 돌아올 것이라고 설명했다. 그의 말이 설득력이 있는데다 옆에서 박 명이 거들고 나왔기 때문에 권근수는 병원에 강제 입원되는 것을 피할 수가 있었다. 그의 입장에서는 참으로 다행스런 일이었다.

이제 그는 마음대로 쏘다닐 수가 있었다. 범인의 전화가 이제나 저제나 걸려올까 하고 전화기 앞에 하루 종일 붙어 있지 않아도 되었다. 그가 밖으로 뛰쳐나간다고 해서 이상하게 생각할 사람은 아무도 없었다. 이상하게 생각하기보다는 오히려 걱정하는 쪽이 많다고 보는 것이 옳다. 특히 그의 아내의 걱정은 아주 컸다. 제정신도 아닌 사람이 밖으로 나돌아다니다가 무슨 사고나 당하면 어쩌나 하는 것이 그녀의 걱정이었다. 그렇다고 붙잡아 두는 것도, 누구를 딸려 보낸다는 것도 어려운 일이었다.

그의 아내는 눈물로 호소했지만 그는 막무가내였다. 저녁식사 도중에 그는 갑자기 아내를 후려갈겼다.

「철이를 어디다 숨겼어? 내놔! 너 혼자 데리고 살려고 그러지?」

아마 주위 사람들이 말리지 않았으면 그녀는 큰 상처를 입었을 것이다. 아내를 노려보던 그는 철이를 찾아오겠다고 하면서 밖으로 뛰쳐나갔다. 철이가 어디 있느냐고 하자 워싱턴에서 구두닦이하고 있다는 거였다.

그는 어두운 밤거리를 내키는 대로 쏘다녔다. 버스도 타고 택시도 타면서 정신없이 돌아다녔다. 그러면서 미행자가 없는지 관찰했다.

두 시간 가까이 그렇게 돌아다닌 결과 미행자가 없다는 확신이 서자 비로소 목적지로 향했다.

H호텔에 도착한 것은 9시10분 전이었다.

티파니는 2층에 있었다. 고급 살롱이었다. 호화롭게 꾸며진 실내에서 술을 마시고 있는 사람들을 보니 하나같이 돈푼깨나 있는 사람들 같았다.

은은한 조명등 불빛 아래 조용한 음악이 흐르고 있었고, 등과 가슴이 깊이 패인 진홍의 드레스를 입은 미희들이 소리도 없이 춤추듯 움직이고 있었다.

그는 적이 난감했다. 가지고 있는 돈이 얼마 안되기 때문에 난처했던 것이다. 그렇다고 위축될 필요는 없다.

그는 가슴을 펴고 뒷짐을 지고 실내를 한 바퀴 돌며 아는 얼굴을 찾았다. 자신이 도착했다는 것을 알리는 제스처이기도 했다.

그는 샤갈의 메모가 정말이기를 바랐다. 등으로 식은땀이 흐르는 것을 느꼈다. 틀린 것일까. 그러나 10시까지는 아직 1시간의 여유가 있었다.

「혼자 오셨나요?」

미희가 나긋한 음성으로 물었다. 살결이 유난히 희었다. 그는 끄덕였다.

「이쪽으로……」

미희를 따라가지 않으면 밖으로 나갈 수밖에 없었다.

그는 여자를 따라 빈 테이블로 갔다.

테이블 주위는 칸막이가 되어 있어 외부의 시선을 차단해 주는 역할을 하고 있었고, 그래서 테이블은 아늑한 분위기를 이루고 있었다.

그는 명함을 꺼내 미희에게 내밀었다.

「나 이런 사람인데 갑자기 오느라고 돈 준비가 안되어 있어요. 무슨 말인지 알겠지?」

미희는 명함을 자세히 들여다보고 나서 배시시 웃었다.

「이렇게 솔직하신 분 처음이에요.」

「여기서 누구와 만날 약속이 되어 있어. 아주 중요한 일로……」

「박사님 같은 분을 모시게 되어 영광이에요. 돈 걱정은 마시고 쉬다가 가세요. 그 대신……」

「알아요, 이자까지 합쳐서 톡톡히 내지.」

그는 가까스로 안도의 숨을 내쉴 수 있었다. 처음 보는 손님한테 이렇게 쉽게 외상을 터줄 수 있을까 하는 의문이 안 드는 것도 아니었지만, 그보다는 명함의 위력에 아가씨가 무릎을 꿇고 말았을 거라는 생각이 더 그를 지배했다.

그녀는 드레스 속에 아무것도 입고 있지 않았다. 그녀의 살 냄새가 계속 코를 자극해 오고 있었지만, 그는 여자에게 신경을 쓰고 있을 여유가 없었다.

미희는 코냑 한 병을 땄다.

「술 남으면 가져가시든가 여기 보관하세요.」

「그럭하지.」

그러나 그는 거의 술을 마시지 않았다.

여자가 자진해서 안겨들었지만 그는 시종 소극적이었다.

9시30분이 되었을 때 여자가 잠깐 실례하겠다면서 그 곳을 빠져나갔다.

그녀는 구석진 곳에 놓여 있는 전화통 쪽으로 다가가 어디론가 전화를 걸었다.

「왔어요.」

그녀는 간단히 말했다.

「틀림없나?」

「권박사가 틀림없어요.」

그녀는 속삭이듯 말했다.

「빨리 바꿔.」

자리로 돌아온 그녀는 권근수에게 전화가 왔다고 일렀다.

「어디서?」

권근수는 이미 엉거주춤 일어서고 있었다.

「모르겠어요. 박사님을 찾고 있어요.」

권근수는 허둥지둥 달려가 수화기를 집어 들었다.

「전화 바꿨습니다.」

그의 말이 떨어지기 무섭게 거친 목소리가 튀어나왔다.

「당신이 권근수 박사요?」

「네, 그렇습니다만……」

「지금 바로 거기를 나와 건너편에 있는 다방으로 들어가시오.」

「다방 이름을 말해 주시오.」

「코스모스.」

그는 술값을 외상으로 달아 놓고 밖으로 급히 빠져 나왔다.

길 건너편을 보니 과연 코스모스라는 다방이 있었다. 그는 길을 건너 다방 안으로 들어갔다.

다방 안에는 별로 손님이 없었다. 몇 명의 손님들이 텔레비전에 시선을 집중하고 있을 뿐이었다. 늦은 시간인데도 텔레비전에는 야구 경기가 생방송으로 중계되고 있었다.

차 한 잔을 막 들고 났을 때 전화벨이 울렸다.

「권근수 씨 계세요?」

카운터의 아가씨가 수화기를 쳐들며 물었다.

권박사는 급히 그 쪽으로 뛰어가 수화기를 받아 들었다.

「당신의 암호를 이야기해 보시오.」

상대방이 말했다. 바리톤의 남자 목소리였다.

「강남에서 부동산업을 하고 있습니다. 당신은?」

「난 D화학 부사장 양채기…… 암호명 샤갈…… 자, 이야기해 보시오. 도청당할 염려는 없으니까 안심하고 이야기하시오.」
「연락이 되지 않아 D화학으로 전화를 걸었지요. 거길 그만두고 일본으로 돌아갔다고 하더군요.」
「아직 일본으로 돌아가지는 않았소. X를 손에 넣지 않았는데 어떻게 일본으로 돌아가겠소. 흑장미는 죽었소. 살려 두면 안될 것 같아 우리가 제거한 거요. 당신 집으로 전화를 걸고 싶었으나 보나마나 도청당하고 있을 것이기 때문에 전화를 걸 수 없었던 거요. 이렇게 연락이 되어 다행이오.」
「솔직히 말하시오. 당신이 책임자요? 짐작은 하고 있었지만 난 확인이 필요해요.」
「내가 당신 아들을 데리고 있다는 사실보다 더 확실한 증거가 어디 있겠소?」
「그 애는 지금 어디 있소?」
「내가 데리고 있지. 목소리라도 한번 들어 보겠소?」
조금 후 실낱같이 가는 아이의 목소리가 흘러 나왔다.
「아빠, 나야…… 집에 가고 싶어…… 엄마 보고 싶어…… 빨리 데려가 줘……」
이어서 우는 소리가 들려 오다가 끊어졌다.
「자, 확인했지요?」
그는 고통과 증오로 몸이 부들부들 떨려 말을 할 수가 없었다.
「악랄한 놈!」
「용건만 이야기해. 날짜가 임박했어.」
상대방은 차갑게 응대했다.
「6월6일까지는 가능하다.」
「분명하지?」
「틀림없어.」

222

「좋다. 그럼 6월6일 자정에 K공원에서 만나기로 한다. 그때 X를 가지고 나오도록 하시오. S가 진짜인지 가짜인지 판별할 사람도 대동할 테니까 서투른 수작은 할 생각 마시오.」

「난 우리 아이만 찾으면 돼. 당신도 약속을 지켜야 해.」

「물론이고말고. 난 아이와 함께 당신에게 줄 돈도 가져갈 거요. 이 거래는 매우 중요한 거니까 실수가 없도록 합시다. 당신은 반드시 혼자 나와야 합니다.」

「혼자 나가고말고.」

권근수는 이를 갈았다.

「우리는 약속을 어기는 자에 대해서는 무서운 보복을 가한다는 것을 명심해 두시오.」

「알고 있어. 만일 중간에 연락을 취할 일이 있으면 어디로 연락해야 하나?」

「타파니의 미스 양에게 연락하시오. 그 아가씨가 중간 역할을 해 줄 거요.」

「아까 나와 함께 술 마신 아가씨 말이오?」

「그렇소. 당신의 외상값은 갚지 않아도 좋아요.」

전화가 끊어졌다.

카운터 아가씨가 통화 시간이 긴 데 대해 못마땅한 표정을 지었다.

6월6일 밤 12시. D데이 아워는 결정되었다.

다방을 나온 그는 10분쯤 걸어가다가 공중전화를 발견하고는 박스 안으로 뛰어들어갔다.

그는 안으로 들어가서야 주위를 휘둘러 보았다. 혹시 미행자가 없는가 해서였다. 미행의 그림자는 보이지 않았다. 그는 안심하고 동전을 집어 넣은 다음 다이얼을 돌렸다.

곧 R호텔 1025실의 손님이 전화를 받았다.

「혼다 사장님 비서 되는 사람을 찾습니다.」

「아, 누구신가요?」

일본 말이었다.

「난 박사장이라는 사람이오.」

「아, 그러십니까. 그렇지 않아도 기다리고 계시다가 잠깐 밖에 나
갔습니다.」

「언제 들어올까요?」

「한 시간쯤 후에 다시 걸어 주시면 되겠습니다.」

그는 투덜거리며 박스에서 나왔다.

10시가 가까운 시간이었다.

그는 긴장과 불안을 견딜 수가 없었다. 거기에서 벗어나 보려고 혼
자서 술집을 찾아들었다. 주머니 사정도 좋지 않았기 때문에 소주를
시켜 마셨다.

술을 마시기 시작한 지 10분쯤 지났을 때 남루한 차림의 노인 한
사람이 들어섰다. 어깨에는 낡은 비닐 가방을 메고 있는 것이 얼핏
보기에도 떠돌아다니는 사람 같았다.

주인 여자가 그를 보고 눈살을 찌푸렸다. 돌아갔으면 하는 눈치였
지만 차마 말은 못하고 쳐다보고만 있는데 노인은 턱하니 자리를 잡
고 앉았다. 그리고 몇 번 기침을 하고 나서 술과 안주를 시켰다.

심부름하는 청년이 말했다.

「저기, 딴 데 가서 드시죠.」

「왜? 여기 술 파는 데 아닌가?」

노인은 탁자를 내려다보며 물었다.

청년은 망설이다가 용기를 내어 말했다.

「술집은 술집인데 죄송한 말씀이지만 딴 데 가서 드시라는 말씀입
니다.」

「왜? 돈 안 줄까봐 그래? 나 돈 있어.」

노인은 주머니 속에서 꼬깃꼬깃 구겨진 지폐를 몇 장 꺼내 탁자 위

에 올려놓았다.

「돈 미리 내놓고 마실 테니까 사람 차별하지 말게. 조용히 마시다 갈 거니까 걱정하지 마.」

청년은 더 이상 말을 못하고 서 있다가 돌아섰다.

노인은 탁자 위에 널려 있는 지폐를 도로 주머니 속에 집어 넣었다.

권사장은 그 노인을 흥미 있게 바라보았다. 혼자서 떠돌아다니는 사람의 심정은 어떨까.

술잔을 든 노인의 손이 떨리고 있었다. 노인에게는 아마 중풍기가 있는 모양이었다. 노인은 술이 넘치지 않게 조심하면서 잔을 입으로 가져갔다. 머리는 잿빛이었고, 광대뼈가 튀어나온 것이 고생깨나 한 것 같았다. 콧잔등이 매의 부리처럼 휜 것이 재미있어 보였다.

노인을 훔쳐보는 것도 진력이 나자 그는 벽에 붙어 있는 선전 포스터에 시선을 돌렸다.

그것은 술 선전용이었는데 비키니 차림의 여인이 선정적인 포즈를 취하고 있었다. 그것을 보아도 가슴속에서는 아무 느낌도 일지 않았다.

그는 일어나 계산을 치르고 밖으로 나왔다.

아까의 그 공중전화 박스로 가서 R호텔로 전화를 걸었다.

「한 시간 전에 전화 걸었던 사람입니다. 혼다 사장의 비서 되는 사람을 부탁합니다.」

「누구시라고 할까요?」

「난 박사장이라는 사람입니다.」

「잠깐 기다려 주십시오.」

잠시 후

「사이또입니다.」

하는 명랑한 목소리가 들려 왔다.

「간단히 말하겠소. 6월6일 자정으로 시간이 정해졌소.」

「6월6일 자정. 알겠습니다. 장소는?」

「K공원입니다. 사전에 답사를 해야 할 거요.」

「물론이지요. 준비를 철저히 해야지요. 물건은 틀림없이 오나요?」

「믿어도 될 겁니다. 길게 이야기는 하지 않겠습니다만…… 난 그 쪽이 걱정이오.」

「이쪽은 염려하지 않아도 됩니다. 인원이 10명 보강되었으니까 걱정할 것 없어요.」

「다시 연락하겠소.」

조금 전 술집에서 보았던 그 초라한 노인이 맞은편에서 걸어가고 있는 모습이 얼핏 보였다. 뒤에는 통화가 끝나기를 기다리는 사람이 두 명이나 있었다. 하필 이럴 때 몰려들 게 뭐야. 그는 미간을 찌푸리며 박스에서 나왔다.

그가 밖으로 나왔을 때 그 노인은 보이지 않았다.

그 곳은 택시 잡기가 어려운 곳이었다.

그의 자가용은 고장 나 있었다. 사실은 고장이 없었는데 정신착란 상태의 남편이 차를 몰고 나가는 것을 위험하게 생각한 그의 아내가 사람들을 시켜 부속품을 하나 빼 버린 것이다. 그것을 알고도 그는 모른 체하고 나왔는데, 미행을 따돌리기에는 차라리 그 편이 나았던 것이다.

그 곳은 택시를 잡으려는 사람들로 몹시 붐비고 있었다. 서로 택시를 잡으려고 하나같이 날뛰고 있었기 때문에 차례 따위는 지켜지지도 않았다.

10분쯤 이리 뛰고 저리 뛰다가 안되겠다 싶어 그는 택시 잡기 쉬운 곳으로 가야겠다고 마음먹고 발길을 돌렸다.

그는 발길을 돌리면서 저주의 눈길로 사람들을 바라보았다. 저 꼴이라니. 정말 가관이다. 사흘만 참아라. 사흘만 지나면 저런 꼴도 보지 않게 되겠지.

그는 지하도를 이용하려다가 골목으로 들어섰다. 다른 쪽으로 방향을 잡았던 것이다.

서두르며 걸어가고 있는데 앞에 눈에 익은 사람이 걸어가고 있는 것이 보였다. 아까 술집에서 본 그 노인이었다.

노인은 기침을 심하게 하면서 어깨를 구부리고 걷고 있었다. 이상하게도 자주 보게 된다고 생각하면서 노인 곁을 막 지나치려는데

「이거 봐.」

하는 소리와 함께 노인이 지팡이로 그의 앞을 가로막았다.

골목은 어두웠고 인적이 없었다. 갑작스런 기습에 놀라 그는 걸음을 멈추었다.

노인은 웃으며 휘어진 지팡이 손잡이로 권근수의 턱을 치켜 올렸다.

「네가 권근수냐?」

권박사는 기겁하듯 놀라며 뒤로 물러섰다.

「다, 당신은 누구죠?」

「묻는 말에 대답해. 네가 권근수냐?」

「아, 아니오. 난 그런 사람 아닙니다.」

권근수는 노인을 밀어젖히고 도망치려고 했다. 그러나 그보다 먼저 지팡이 끝이 그의 복부를 찔렀다. 흡사 비수에 찔린 것 같은 충격이 전신을 엄습했다. 노인은 놀라운 힘으로 그를 구석진 곳으로 몰아붙였다. 골목이 갈라져 들어간 막다른 곳이었다. 그 곳은 더욱 어두웠다.

권근수는 노인의 힘이 엄청나다는 것을 뒤늦게야 깨달았다. 뒤에서 목을 휘어감긴 그는 옴짝달싹할 수조차 없었다.

「네가 권근수지? 바른 대로 말하지 않으면 목을 분질러 버릴

테다 ! 」
그는 숨이 막혀 죽을 것만 같았다.
「네, 맞습니다.」
비로소 그는 상대방이 누구인가를 어느 정도 짐작할 수 있을 것 같았다. 이젠 죽었구나, 이것이 그의 생각의 전부였다.
「말해 봐. 황근호를 죽인 이유를 ! 」
「전 황근호를 죽이지 않았습니다.」
「황근호를 죽인 건 나야. 하지만 나는 이유도 모르고 죽였어. 너는 그 이유를 알 테지 ? 」
노인은 그를 벽에다 밀어붙여 놓고 칼끝을 목에다 들이댔다. 권근수는 그만 정신이 혼미해졌다.
그는 마침내 상대방의 정체를 알 수 있었다. 너무 놀란 나머지 그는 제대로 숨도 쉴 수 없었다. 생각할 수 있는 것은 죽음뿐이었다.
「왜 황근호를 죽였지 ? 그를 제거한 이유가 뭐야 ? 」
「모, 모릅니다.」
「1분 간 여유를 주겠다. 그때까지 대답하지 않으면 코를 잘라 버리겠다. 왜 황근호를 죽였지 ? 」
권박사는 상대방의 말이 단순한 엄포가 아니라는 것을 깨달았다. 입을 다물고 있다가 코를 잘릴 수는 없었다.
「그 사람은 너무 많은 비밀을 알고 있었습니다. 그리고 그것을 미끼로 나를 협박해서 돈을 많이 우려냈습니다. 그는 한 번으로 그치지 않고 두고두고 나를 괴롭힐 생각이었습니다. 그대로 놔두다가는 아무래도 내가 위험할 것 같아서 그를 제거하기로 한 것입니다.」
「그를 제거해 달라고 조직에 부탁했나 ? 」
「네, 그랬습니다.」
그는 숨넘어가는 소리로 말했다.

228

「양채기는 어디 있나?」
「그건 모릅니다. 그 사람은 갑자기 행방을 감추었습니다.」
「X는 언제 넘기나? 날짜와 장소를 말해 봐.」
「8일 밤 10시에 남산 팔각정에서 교환하기로 되어 있습니다.」
권박사는 거짓말을 했다.
「교환 액수는?」
「1억입니다.」
칼날은 계속 그의 얼굴을 겨누고 있었다. 그래도 그는 용케 정신을
차리고 있었다.
「그 밖에 또 받을 게 있나?」
「없습니다.」
「거짓말 마, 아들을 잊었나?」
「아, 아닙니다. 아들도 돌려받기로 했습니다. 그놈들이 아들까지
납치해 갔습니다.」
아무리 네가 날고 기는 놈이라 해도 나를 당해낼 수는 없을 것이다
라고 권근수는 생각했다. 이놈은 또 하나의 다른 조직이 나를 후원하
고 있다는 것을 모를 것이다. 이놈도 끝장을 볼 때가 다가온 모양
이다.
그는 갑자기 옆구리에 와 닿는 충격에 비틀거리다가 무릎을 꺾으
며 쓰러졌다. 의식이 가물가물해지는 것을 느끼면서 손에 닿는 것을
움켜잡았다. 벽돌 조각이었다. 그러나 그것을 들어올릴 힘은 없
었다. 그는 손가락 하나 까딱할 수 없었다.

그는 빌딩 사이로 별들이 반짝이고 있는 것을 보고 있었다. 주위가
너무 조용하다고 생각하는데 바스락거리는 소리가 들려 왔다. 신경
에 몹시 거슬리는 소리였다. 바스락거리는 소리가 갑자기 여기저기
서 들려 왔다. 배 위로 가슴 위로 다시 사이로 무엇인가 기어올라오

는 것이 느껴졌다. 이윽고 얼굴 위에 차가운 것이 달라붙었다. 그는 발작하듯 얼굴에 달라붙은 것을 손으로 뿌리쳤다. 찍 하는 소리와 함께 시커먼 것이 달아나는 것이 보였다. 그는 벌떡 몸을 일으켰다. 쥐들이 이리 뛰고 저리 뛰면서 달려갔다. 그는 비명을 질렀다.

비명을 듣고 두 사람이 달려왔다. 순경과 방범대원이었다.

「무슨 일입니까?」

순경이 땅바닥에서 일어나는 그를 부축하며 물었다.

「쥐…… 쥐가……」

그는 덜덜 떨며 구석진 곳을 가리켰다.

「쥐라니요?」

「쥐가 물었어요. 얼굴을……」

방범대원이 플래시로 그의 얼굴을 비췄다.

「아무렇지도 않은데…… 이 양반 어떻게 된 거 아니야?」

「너무 취했나 봐.」

「나 취하지 않았습니다.」

그는 억울해서 말했다.

「이 사람 좀 이상한데…… 신분증 좀 봅시다.」

순경보다는 방범대원이 더 거칠게 나왔다.

권박사는 신분증을 꺼내 보였다. 방범대원과 순경은 머리를 맞대고 신분증을 들여다보았다.

이윽고 그들은 부드러운 표정으로 변했다.

「괜찮겠습니까?」

순경이 신분증을 돌려 주면서 물었다.

권박사는 그 사나이가 또 나타날까봐 겁이 났다.

「나를 택시 타는 데까지 좀 데려다 주시오.」

「네, 가시죠.」

그는 그들 사이에 끼어 골목을 빠져나갔다.

「올 때 혹시 어떤 늙은 사람 보지 못했나요? 남자 말입니다.」
「보지 못했는데요.」
순경은 택시를 세웠다.
권박사는 택시 안으로 들어가 앉았다. 택시가 출발하자 방범대원은 무전기를 꺼내 보고했다.
「방금 광화문 쪽으로 떠났습니다. 녹색 택시…… 차 번호는……」
그때 노인은 골목을 벗어나 대로를 걸어가고 있었다. 밤이 깊은 탓으로 차량도 인적도 드물었다.
노인은 두 사람이 아까부터 뒤를 미행하고 있는 것을 알아차리고 있었다. 그리고 건너편 길로도 두 사람이 부지런히 따라오고 있었다. 그러니까 그를 미행하고 있는 사람들은 모두 네 명이었다. 처음에는 두 명이었는데 조금 지나자 그 수가 배로 불어났던 것이다.
그는 콜록콜록 기침을 해대면서 내처 걸어갔다. 어깨는 구부러져 있었고 걸음걸이는 몹시 무거워 보였다.
문득 그는 백 미터 전방에 두 사람이 서 있는 것을 발견했다. 숫자가 두 명 더 불어난 모양이었다. 그의 육감이 그렇게 말해 주고 있었다. 모두 6명이 그를 포위하고 있는 셈이었다.
전방의 두 명은 택시를 기다리는 체하면서 그가 가까이 오기를 기다리고 있었다. 그 사이에 빠져 나갈 수 있는 골목길은 없었다.
갑자기 포위망이 좁혀지기 시작했다.
노인은 걸음걸이를 늦추지 않고 그대로 걸어갔다.
건너편 보도를 따라 미행해 오던 두 명이 이쪽 편으로 건너오기 시작했다. 뒤쪽의 두 명도 잰걸음으로 따라오고 있었다.
그는 사태가 급박해지고 있음을 직감했다. 포위망이 너무 압축되기 전에 빠져나가지 않으면 사살되거나 생포될 것 같았다. 그러나 노인은 결코 서두르지 않고 걸어갔다.
마침내 앞에 대기하고 있는 두 명과 거리가 수미터로 좁혀졌다. 그들은 준비 태세를 갖추고 있었다. 금방이라도 명령만 떨어지면 돌진해 올 것 같은 몸짓이었다.

오른쪽으로 조금 들어간 곳에 여관이 하나 불을 밝히고 있었다. 3층 여관으로 밤늦게까지 손님을 받고 있는 것 같았다. 지금 막 남녀 한 쌍이 안으로 들어가고 있었고, 그들과 엇갈려 다른 한 쌍이 밖으로 나오고 있었다.

노인이 갑자기 몸을 돌리는가 싶더니 여관을 향해 돌진했다. 여자가 비명을 지르고 출입문이 횅하니 열렸다가 도로 닫혔다.

6명의 사나이들은 멈칫하다가 여관을 향해 우르르 달려갔다.

「다 들어가면 안돼! 두 명은 밖에 대기해!」

박 명이 소리쳤다.

네 명이 안으로 뛰어들어가고 문대와 박 명은 밖에서 대기했다. 모두 다 권총을 하나씩 움켜쥐고 있었다.

무기를 안 가진 사람은 단 한 사람 조남석이었다. 그는 6명의 수사팀에 끼지 못한 채 관전하듯 좀 떨어진 곳에서 팔장을 끼고 서 있었다.

박 명은 무전기로 지원 요청을 했다.

「그전에 결판이 날걸.」

구문대가 곁에서 빈정거리듯 말했다. 박 명은 그를 흘겨 보았다.

「무슨 말을 하는 거야! 그놈이 불사조나 되는 줄 알아?」

그는 구문대의 소극적인 태도가 불만이었다.

「그놈이 붙잡히려고 저 안에 들어간 줄 알아?」

구문대는 여전히 빈정거리는 표정으로 말했다. 박 명의 눈꼬리가 치켜 올라갔다.

「도대체 그놈을 잡고 싶은 거야? 안 잡고 싶은 거야?」

「……」

문대는 그 말에는 대답하지 않고 그저 웃기만 했다. 이런 상황에서 웃음이 나온다는 것이 박 명은 더욱 못마땅했다.

「어쩌자는 것이야? 말을 해보라구.」

「저걸 봐. 불이 꺼졌어.」

문대가 턱으로 여관을 가리켰다.

여관은 어둠 속에 휩싸여 있었다.

「그놈이 불을 껐어!」

박 명이 발을 굴렀다.

「불을 켜! 불을 켜라구!」

그가 고함을 질러댔지만 전깃불 대신 여인의 자지러지는 비명 소리만 들려왔다.

「내 그럴 줄 알았어. 그놈이 전깃줄을 절단했던가 했을 거야.」

구문대의 말에 박 명은 그의 턱밑에다 주먹을 들이댔다.

「알면서 왜 그러고 있는 거야?!」

박 명은 씩씩거리다가 여관 안으로 뛰어들어갔다.

도대체 너무 어두워서 아무것도 보이지 않았다.

위층에서 총소리가 들려왔다. 집 안에서 발사한 것이라 흡사 벼락치듯 크게 들려왔다.

「경찰이다! 불을 켜!」

그가 아무리 고함을 질러대도 총소리에 놀란 탓인지 아무도 불을 켜려고 들지를 않았다. 하는 수 없이 그는 라이터 불을 켜들었다. 불을 켜든다는 것이 상대방의 표적이 될 위험성이 있지만 하는 수 없었다.

그는 이층으로 달려 올라갔다. 라이터 불이 꺼졌다. 저쪽 끝에 불빛이 보였다가 사라졌다.

「어디야?」

그는 분노에 차서 소리쳤다.

「이쪽입니다.」

그는 다시 라이터 불을 켜들고 달려갔다.

방안에는 앞서 들어간 수사요원들이 몰려 있었다.

「어떻게 된 거야?」

「여기서 뛰어내렸습니다.」

창가에 서 있던 수사관이 흥분해서 말했다.

한켠에서는 벌거벗은 남녀가 이불로 몸을 감싼 채 와들와들 떨고 있었다.

「이, 이럴 수가 있습니까?」

그 북새통에서도 남자는 항의하고 있었다.

「죄송합니다.」

박 명은 그들을 향해 고개를 숙였다. 그것은 어쩔 수 없는 일이 었다. 범인이 뛰어든 방으로 수사관들이 들이닥치는 것은 지극히 상식적인 일이었다. 방안에 들어 있는 투숙객 따위를 생각할 여유가 어디 있겠는가.

「저기 보입니다.」

박 명은 창 밖을 내려다보았다.

어둠 속으로 한 사람이 지붕을 타고 달려가는 것이 희미하게 보였다.

박 명은 창 밑을 내려다보았다. 아래는 슬라브 지붕이었다. 하지만 차마 뛰어내릴 용기가 나지 않았다. 다른 사람들도 다 마찬가지인 것 같았다. 그는 입술을 깨물면서 어둠 속으로 사라져 가는 검은 그림자를 향해 권총을 발사했다. 총알이 다 떨어질 때까지 방아쇠를 당겼다. 맞았는지 어쨌는지는 알 수가 없었다.

「여기 이렇게 서 있지 말고 밖으로 나가서 놈을 쫓아야 할 거 아니 야?!」

그의 악쓰는 소리에 수사관들은 그제서야 정신이 든 듯 밖으로 몰려나갔다.

「바보 같은 자식들……」

그는 화가 나서 견딜 수가 없었다.

지붕 위의 사나이는 더 이상 노인이 아니었다. 그는 놀라울 정도로 날렵하게 지붕에서 지붕으로 몸을 날리고 있었다.

더 이상 지붕을 타고 도망칠 수 없는 곳에 이르자 그는 밑으로 뛰어내렸다. 좁은 골목이었다. 커브를 막 도는 순간 시커먼 것이 그의 앞을 가로막았다.

「꼼짝마라! 손 들어!」

그는 주춤하고 멈춰섰다. 상대방이 거의 완벽하게 이쪽을 겨누고 있음을 알자 그는 처음으로 공포를 느꼈다.

「나문식, 두 손을 들어라!」

상대방은 그가 지금껏 만난 중에 가장 침착한 사람인 것 같았다.

그는 천천히 두 손을 머리 위로 쳐들어 올리면서 상대방의 허점을 노렸다. 그러나 상대는 조금치의 허점도 보이지 않았다.

나문식은 온몸에서 힘이 빠지는 것을 느꼈다. 추적자와 부딪쳤을 때 이렇게 힘이 빠지는 것을 느끼기는 처음이었다.

상대는 혼자인 것 같았다. 어째서 혼자일까. 상대가 혼자라는 사실이 다소 그를 안심시켰다. 상대를 해치우려면 인원이 불어나기 전에 손을 써야 한다. 상대는 손을 들게만 했지 그 다음은 손을 쓰지 못하고 있다. 혼자서 수갑을 채우기가 어려울 것이다. 할 수 없이 지원자가 나타날 때까지 기다릴 모양이었다.

조남석은 식은땀을 흘리고 있었다. 팔다리가 떨려 오는 것을 참느라고 무진 애를 썼다. 그가 땀을 흘리는 이유는 손에 들고 있는 것이 진짜 권총이 아니기 때문이었다. 그는 만일에 대비해 장난감 권총을 가지고 다녔던 것이다. 가지고 다니기는 했지만 그것을 이렇게 써먹을 기회가 올 것이라고는 생각지 못했다.

그가 지금 들고 있는 장난감 권총은 크기가 실물과 같고 색깔도 검어서 어두운 데서는 구분하기가 힘들었다.

 범인이 꼼짝못하고 있는 것만 보아도 그것은 단연 실물처럼 위력을 발휘하고 있음이 분명했다. 문제는 범인이 눈치 채기 전에 지원자가 나타나 범인의 손목에 수갑을 채워줄 수 있느냐에 달려 있었다. 잠깐 시간이 흐르는데 불과했지만 그에게는 마치 몇 시간이 흐른 것처럼 느껴졌다. 아, 제발 빨리 좀 와라. 누구라도 좋으니 제발 와 다오. 그러나 이 중요한 시간에 아무도 나타나지 않고 있었다. 문대도 박 명도 엉뚱한 곳을 뒤지고 있음이 틀림없었다.

 그가 여기서 범인과 부딪친 것은 결코 우연이 아니었다. 그는 범인의 길목을 예상하고 있었던 것이다. 그의 예상대로 범인은 과연 그 앞에 나타났고, 지금 그는 범인과 대치하고 있는 것이다.

 조남석은 10년 전의 그 얼굴을 찾아내려고 상대방을 뚫어지게 쏘아보았다. 그러나 어두워서 잘 알아볼 수가 없었다. 몇 걸음 뒤로 물러나면 창문으로 흘러나오는 불빛이 있어 알아볼 수 있을 것 같았다.

 「뒤로 걸어가. 천천히 뒤로 걸어가.」

 나문식은 시키는 대로 뒷걸음질했다.

 「됐어. 거기에 서.」

 불빛이 범인의 얼굴을 비쳤다. 그러나 조남석은 어둠 속에서 나오지 않았다. 가짜 권총이 드러날까봐 자신의 모습만은 어둠 속에 숨겨둔 것이다.

 노인으로 변장은 했지만 범인은 10년 전의 나문식임이 틀림없었다. 그는 나문식을 알아볼 수 있었다.

 「나문식, 오랜만이다. 나를 못 알아보겠나?」

 「……」

 「우리가 만난 게 언제였지?」

 「필요한 말만 해라. 어서 쏴라.」

 「내 명령을 어기면 쏘지. 난 너를 재판정에 세우는 게 임무야. 이번에야말로 너를 사형대에 세울 거다.」

「그렇게는 안될 거다. 혼자서 어떻게 나를 체포한다는 거지?」

「10년 전에 너는 나한테 체포된 적이 있어. 이제 내가 누군지 알겠지?」

거기에 대해 범인은 즉각 반응을 보이지 않았다. 침묵하고 있는 것으로 보아 그가 충격을 받았음이 틀림없었다.

「10년 만에 너를 다시 체포하게 되어 난 몹시 기쁘다. 너하고 나하고는 숙명적인 관계인 모양이지.」

「당신 이름은 조남석이지? 10년 만에 여기서 이렇게 만나다니 정말 기묘하군.」

나문식이 침묵을 깨고 중얼거리듯 말했다.

「그래. 정말 기묘해. 나는 지난 10년 동안 단 하루도 너를 잊은 적이 없어. 그림자도 찾을 수 없어 네가 죽은 줄 알았지. 그런데 이렇게 만나다니……넌 사람을 너무 많이 죽였어. 그건 변명할 여지가 없어.」

「변명할 게 없지. 변명하고 싶지도 않아. 난 당신이 정년 퇴직한 줄 알았는데……」

「아니야, 아직 1년이 남았어.」

그는 조심스럽게 말했다. 상대방이 눈치 챌까봐 전전긍긍하면서.

「부탁이 있어.」

그렇게 말하면서 나문식이 한 걸음 앞으로 다가왔다.

「움직이지 마! 움직이면 쏜다!」

조남석은 권총을 앞으로 겨누면서 소리쳤다. 그러나 범인은 다시 한 걸음 앞으로 다가왔다.

「부탁이 있어. 나를 체포하지 말고 지금 사살해 버려. 이래 죽으나 저래 죽으나 마찬가지니까 어서 쏴. 부탁이야.」

조남석은 뒤로 물러섰다.

「그대로 서 있어! 움직이지 말라니까!」

「쏘란 말이야.」

범인은 두 손을 내렸다. 그리고 천천히 다가왔다.

「왜 나를 쏘지 못하지? 한 방만 공포를 쏘면 형사들이 달려올텐데. 왜 쏘지 않지? 총이 고장 났나? 아니면 엉터리 총인가?」

「오지 마!」

조남석은 소리치면서 방아쇠를 당겼다. 그러나 아무 소리도 일지 않았다. 그는 장난감 권총을 범인의 얼굴을 향해 집어 던졌다. 그러나 범인은 그것을 쉽게 피했다.

「이놈!」

조남석은 주먹으로 범인의 얼굴을 후려갈겼다. 그러나 그보다 먼저 범인의 손이 그것을 막았다. 범인은 조남석의 오른팔을 움켜잡더니 사정없이 비틀었다.

팔에서 우둑둑 하는 소리가 나는 것과 함께 조남석이 비명을 질렀다.

「날 따라오지 마. 다음에 또 나타나면 그때는 죽여 버릴 테다!」

나문식은 주먹으로 조남석의 얼굴을 후려갈긴 다음 복부를 힘껏 강타했다.

조남석은 썩은 나무등걸처럼 뒤로 나동그라졌다. 꿈틀거리는 그를 발로 한 번 걷어찬 다음 범인은 어둠 속으로 재빨리 사라졌다.

조남석은 잠깐 정신을 잃었다가 깨어났다.

그는 일어서려고 했지만 너무 통증이 심해 그럴 수가 없었다. 하는 수 없이 그는 기어가기로 했다. 오른팔을 쓸 수가 없었으므로 왼팔로 몸을 끌고 가야 했다. 얼마 떨어지지 않은 곳에서 발 소리와 호각 소리가 들려왔다.

「구형사! 구형사! 여기야! 구형사! 나 여기 있어!」

그는 울음 섞인 소리로 구원을 청했다.

그의 부르는 소리를 들었는지 수사요원들이 그 쪽으로 우르르 몰려 왔다.
「아니, 어찌된 일입니까?」
맨 먼저 달려온 박 명이 그를 부축해 일으키며 물었다.
「그놈한테 당했어.」
「어느 쪽으로 갔습니까?」
「저쪽으로……」
박 명은 조남석을 다른 형사들한테 맡기고 범인이 사라진 쪽으로 달려갔다. 몇 명의 형사들이 그 뒤를 따랐다.
구문대가 앰블런스를 부르려 하자 조남석이 만류했다.
「괜찮아. 조금 다쳤을 뿐이오.」
조남석은 몸을 바로하려고 애쓰면서 말했다.
불빛에 보니 얼굴이 많이 일그러져 있었다. 눈두덩이가 부어오르고 코에서는 피가 흐르고 있었다. 그는 문대가 꺼내 주는 휴지로 콧구멍을 막으면서 힘없이 웃었다.
「난 이제 너무 늙었어.」
덤덤하게 말하는 것 같지만 문대에게는 절망적으로 들려왔다.
「어떻게 된 일입니까?」
「여기서 그놈하고 맞닥뜨렸지. 난 그놈이 이쪽으로 올 줄 알았어.」
「그럼 왜 저희들한테 말씀을 안하셨습니까?」
형사 하나가 원망스러운 듯 말했다.
「그게 아니지. 육감 같은 것을 겉으로 드러내 말하기는 어려운 일이지. 그런 것은 혼자 간직하고 있다가 아무도 모르게 슬그머니 꺼내 놓는 거라네. 틀리는 수도 많으니까 말이야.」
그는 아픈지 얼굴을 찌푸렸다. 그리고 상처를 매만지면서
「이 정도로 끝난 것만도 천만다행이야.」

하고 말했다. 그때 박 명이 맥빠진 모습으로 돌아왔다.

「다 잡았다가 놓쳤어.」

그는 분해서 씩씩거렸다.

「나문식이 틀림없었습니까?」

문대가 아무래도 미심쩍다는 듯이 물었다.

「틀림없어. 틀림없는 나문식이었어. 놈도 나를 기억하고 있었지. 내 이름을 알고 있더라고.」

그는 길바닥에 떨어져 있는 장난감 권총을 얼른 집어 주머니 속에 숨겼다. 문대와 박 명은 그를 데리고 인근 병원으로 가서 급한 대로 상처를 치료했다.

조남석의 얼굴은 밝은 데서 보니 더욱 보기 흉하게 일그러져 있었다. 그는 그런 자신의 얼굴을 거울을 통해 들여다보며 어이없다는 듯 웃었다.

「살아 있는 것만도 다행이야. 놈은 나를 죽일 수 있었는데도 죽이지 않았어. 나중에 또 나타나면 그때는 살려 두지 않겠다고 했어. 그놈은 다음에 나를 만나면 약속대로 나를 죽일 거야. 그전에 내 손으로 그놈을 잡아야 할텐데……」

그는 주머니에서 무엇인가를 꺼냈다.

「그게 뭡니까?」

「보다시피 장난감이야. 이것으로 놈의 혼줄을 빼놨었지.」

형사들은 어이없는 표정으로 그를 쳐다보았다.

「진짜 무기가 없을 때는 이런 것도 큰 도움이 된다고. 이걸 가지고 내가 손 들어 하니까 꼼짝못하고 처음에는 두 손을 들더라고. 하하하…… 그때 누가 한 사람이라도 와 줬으면 놈을 체포하는 건데 말이야. 내가 시간을 끄니까 놈이 그만 눈치를 채고 말았어. 무기 없이 놈을 일 대 일로 상대하기는 어려워. 내깐에는 주먹을 휘둘러 봤지만 쓸데없는 짓이었어. 놈은 한 주먹에 나를 케이오시켰어. 허허허……」
「그런 자식은 내가 만나야 하는 건데……」
박 명이 억울하다는 듯이 말하자 조남석은 머리를 설레설레 흔들
었다.

탐욕의 길

　권근수는 자신의 목숨이 붙어 있는 데 대해 하느님에게 감사했다. 교인은 아니었지만 그는 하느님을 찾고 있었다. 그 노인이 불쑥 칼을 들이밀고 금방이라도 찌를 듯이 위협을 가하기 시작할 때부터 그는 속으로 「오! 하느님!」하고 불렀던 것이다. 그것은 자신도 모르게 절로 나온 것이었다.

　그가 어떤 종교도 믿고 있지 않는 반면 그의 아내는 독실한 기독교 신자였다. 그의 아내는 그를 신자로 만들어 보려고 가진 애를 썼지만 그는 결코 거기에 응하지 않았다. 응하기는커녕 오히려 아내의 믿음을 맹신으로 몰아붙이면서 못마땅하게 생각해 왔다. 그런 그가 은연 중 아내의 영향을 받았던지 하느님을 찾았던 것이다.

　택시를 타고 집으로 돌아오면서 그는 계속 땀을 흘렸다. 죽었다 살아난 기분이라 아직도 제정신이 아니었다. 그러나 반쯤 넋이 나간 상태에서도 그자에게 아주 중요한 내용을 털어놓은 것을 생각해 내고는 큰일났다 싶었다. 중요한 내용이란 황근호를 제거하게 된 이유였다. 그자는 무엇하려고 그런 것을 알아내려고 했을까. 나를 미행해서 알아내려고 한 것을 보면 분명히 어떤 목적이 있음이 틀림없다.

그자는 그리고 양채기를 찾고 있었다. 그보다 놀라운 것은 그자가 X 운운한 것이다. X의 거래에 대해서 도대체 어떻게 알았을까? 삼파전에 불청객이 뛰어들어 사파전이 된 셈이다.

권박사는 그동안 조직과 킬러 사이에 발생한 일들을 모르고 있었다. 그런 만큼 갑자기 나타난 그자의 모습에 당황할 수밖에 없었다.

그는 이 문제를 조직에 알릴까 말까 생각해 보았다. 그리고 거의 일이 성취되어가는 마당에 굳이 그것을 이야기할 필요는 없다고 생각했다.

그가 흙투성이 몰골에다 옷까지 찢겨진 채 집으로 돌아오자 그의 아내는 또 울었다. 그녀는 남편이 미쳐서 돌아다니다 온 줄 생각했고, 그래서 아들 생각과 겹쳐 아주 서럽게 흐느끼며 울었다.

「여보, 당신까지 이러시면 난 어떡하라는 거예요? 나 혼자서 어떡하라는 거예요?」

「무슨 말을 하는 건지 난 모르겠네. 철이랑 놀다 온 걸 가지고 뭘 그래?」

그는 흐물흐물 웃기까지 했다. 그런 남편을 바라보는 아내의 눈은 안타까움으로 타오르고 있었다.

형사들은 잠자코 있다가 그가 철이하고 놀다 왔다는 말에 귀가 번쩍 뜨이는 모양이었다.

「어디서 철이하고 놀다 왔다는 겁니까?」

「저기……어린이 대공원에서 놀다가 왔지요.」

권박사는 능청스럽게 말했다.

「이 밤에 말입니까?」

「그럼요.」

「밤중에는 공원이 문을 열지 않는데요.」

「천만에. 가 보라구. 문 열었으니까.」

「그럼 철이는 어디 있습니까?」

「철이? 고아원에 있어요. 내일 어린이 대공원에서 만나기로 했어
요.」

형사들은 더 이싱 그에게 말을 걸지 않았다. 그런 엉터리 같은 말
을 하는 동안 권근수는 정말 자신이 미친 것이 아닐까 하고 생각할
정도였다. 그만큼 자신이 생각하기에도 놀랄 정도로 그의 연기는 조
금도 어색하지 않았던 것이다.

그런데 그의 딜레마는 이제 아내에게 모든 것을 털어놓을 경우 그
녀가 과연 어느 정도 이해해 줄 수 있을까 하는 데 있었다. 모든 것
을 사실대로 이야기하면 그녀는 어떤 반응을 보일까. 아무리 생각해
도 그녀가 그를 이해해 줄 것 같지는 않았다.

그는 아내의 성격을 잘 알고 있었다. 그녀는 신앙심이 깊은데다 결
벽에 가까울 정도로 부정에 대한 거부감이 강했다.

그렇다고 끝까지 모든 것을 비밀로 덮어 둘 수도 없는 노릇인 것이
그녀를 데리고 탈출해야 하기 때문이었다. 그녀가 영문도 모르고 그
를 따라나설 리는 만무했다. 더구나 외국에 망명하는 줄 알면 이유도
모르고 따라나서지는 않을 것이다.

어떻게 이해시킬까. 떼어놓고 나 혼자 가 버릴까. 아들을 찾아 일
단 그녀의 품에 안겨 주고 나 혼자 잠적한다? 그리고 나중에 기회를
봐서 데리고 온다? 함께 가는 것보다는 그게 안전할 것 같았다. 그
렇게 한다면 굳이 그녀에게 지금 모든 것을 털어 놓을 필요도 없는
것이다.

그러나 나 혼자 떠날 경우 아내와 자식을 과연 만날 수 있을까. 내
가 만일 혼자서 잠적해 버리면 그녀는 얼마 가지 않아 그 이유를 알
게 될 것이다. 자기가 하루 아침에 반역자의 아내가 되었다는 것을
알면 그녀는 가만 있지 않을 것이다. 결코 나를 찾지도 않을 것이고
사람들의 손가락질을 견디기 어려워 자살이라도 해 버릴 것이다.

이래도 안되고 저래도 안된다. 어떡하면 좋을까. 아무리 생각해도 뾰족한 수가 생각나지 않았다.

그러나 한 가지 길이 있기는 있었다. 그는 자신이 어느새 그 길에 가까이 접근해 있는 것을 발견하고는 아연했다. 그렇게까지는 할 수 없다. 그러나 그것이 가장 합리적인 길인 것 같았다.

그 길이란 가족을 모두 버리는 것이었다. 아내도 자식도 모두 버리고 두번 다시 찾지 않는 것이었다. 그리고 새 출발을 하는 것이다. 아름답고 젊은 여성을 아내로 맞아들여 새로운 인생의 문을 여는 것이다. 가능할까. 그러기 위해서는 냉혹해지지 않으면 안된다. 아내와 자식이 어떻게 되든 상관하지 말아야 한다. 그러나 그는 자식에 대해서만은 자신이 없었다. 아내를 잊을 수는 있어도 아들을 잊을 수는 없을 것 같았다.

아들 생각을 하면 가슴이 찢어지는 것 같고 미칠 것 같았다. 아들을 버리고 혼자서 탈출할 수는 없을 것 같았다. 아들만이라도 데리고 갈 수 있다면 좋으련만.

그는 아들에 대해 남다른 애정을 가지고 있었다. 자기 자식을 사랑하기는 다 마찬가지지만 그의 경우에는 그 농도가 정상을 벗어나고 있었다.

마침내 그는 아내에게 아무것도 털어놓지 않기로 결심했다. 그리고 아내를 버리고 대신 아들을 찾아 탈출하기로 마음먹었다. 그렇게 일단 마음을 정하고 나자 이상할 정도로 기분이 편해졌다.

그날 밤 그는 오랜만에 깊이 잠들 수가 있었다.

6월3일 밤이 지나고 4일 아침이 되었다.

이제 D데이는 이틀밖에 남아 있지 않았다.

10시가 조금 지나 권박사는 배박사의 연구실로 찾아갔다.

「6일 밤 12시로 결정되었어.」

「장소는?」

배박사는 눈을 크게 뜨고 물었다.

「K공원.」

「수고했어.」

배박사는 불안과 기쁨이 교차되는 얼굴로 손을 내밀었다.

「이제 이틀만 참으면 돼.」

권박사는 상대방의 손을 잡아 흔들었다.

「믿어지지가 않아. 꿈 같아.」

「나도 마찬가지야.」

「내 몫은 여기다 입금시켜 줬으면 좋겠어.」

배박사는 메모지를 꺼내 놓았다.

「이게 뭐지?」

권박사는 메모지를 들고 들여다보았다.

「도쿄 은행 구좌번호야. 스기모리 다꾸지(杉森卓一)라는 이름으로 입금시켜 줬으면 좋겠어.」

권박사의 얼굴에서 핏기가 가셨다. 이 자식, 챙겨 먹을 것은 철저히 챙겨 먹으려 드는구나. 망할 자식 같으니.

「음, 알겠네. 도쿄 은행하고 거래하고 있나?」

「응, 약간……」

「선금은 절반을 받기로 했는데 어떻게 하지?」

「그야 물론 3대1이지. 내 몫은 75야. 자네 몫은 25이고.」

그는 거침없이 말했다.

「알았네, 알았어.」

권박사는 화가 치밀었지만 내색하지 않았다.

「내일중으로 입금시키기로 하겠어. 그리고 확인이 끝나면 6일 자정에 나가는 거야.」

「그래야지. 입금이 안됐으면 나갈 필요 없지.」

「X는 어떻게 됐나?」

「지금 기회를 엿보고 있어. 미리 빼내면 탄로 날 우려가 있어. 매일 두 번씩 점검하니까 말이야. 6일 오후쯤이 가장 적당할 것 같아. 점검이 끝난 후에 말이야.」

「당일에 빼내겠다는 거야? 그러다가 만일 차질이라도 생기면 어떡하려고 그러지?」

권박사는 처음으로 의혹의 눈길을 던졌다.

「도대체 어떻게 빼내겠다는 거지?」

그 질문에 배박사는 미소를 지었다.

「지난 며칠 사이에 나는 지하금고에 자유롭게 출입할 수 있는 길을 터놓았어.」

「어떻게?」

「X에 이상이 있다고 보고했지. 보완이 필요하다고 말이야. 이상을 보완하는 데 적어도 수개월은 걸릴 거라고 했어. 상부에서는 뭘 알아야지. 내가 그렇게 보고하니까 하라고 허락을 내렸어. 그래서 나는 금고에 내려가서 X를 마음대로 만질 수 있게 된 거야. 그것을 언제라도 검토할 수 있되 밖으로 가지고 나올 수는 없어. 경비원이 언제나 붙어 있기 때문에 그것을 공공연히 들고 나온다는 건 불가능해.」

「그럼 어떡하지?」

「촬영을 할 생각이야. 특수 카메라로 X를 찍어 가지고 나오겠어. 어둠 속에서도 찍을 수 있는 특수 X메라를 준비해 두었어.」

그는 금고를 열더니 목걸이 하나를 꺼내 들었다. 그것은 어느 모로 보나 목걸이었다. 줄은 금빛으로 도금되어 있었고 직경 2센티 정도의 동그란 장식품이 매달려 있었다.

그것은 얼핏 보기에 목걸이 시계 같았다. 아라비아 숫자가 1에서부터 12까지 쓰여 있고 시침과 분침이 있는 것이 틀림없는 시계였다.

그런데 조금 다른 점이 있다면 가운데에 조그만 구멍이 나 있다는 점이었다.

「그걸 가지고 찍겠다는 건가?」

「이래뵈도 고성능 카메라라구. 이 가운데 구멍에 렌즈가 박혀 있어. 그리고 시계밥 주는 것……이것이 셔터지.」

배박사는 자랑스러운 듯이 말했다.

권박사는 그것을 손바닥 위에 올려놓고 요모조모 뜯어보면서 찬탄을 금치 못했다.

「기막힌 물건이군. 적외선을 이용한 카메라인가?」

「그래. 아무데서나 구하기 어려운 거지. 미국 CIA요원들이 스파이용으로 사용하는 거야.」

「어디서 그런 것이 났나?」

「미국에 있을 때 구했어. 그런데 말이야, 부탁이 하나 있어. 자네가 수고스럽지만 협조해 줘야겠어.」

「뭔데?」

권박사는 긴장해서 배박사를 바라보았다.

「경비원이 눈을 부릅뜨고 있어서 촬영하기가 어려워. 감시를 피할 수 있는 길은 전등을 꺼 주는 거야. 2분 간만 정전이 되면 촬영을 끝낼 수 있어. 그걸 자네가 맡아 달라는 거야. 가능하겠나?」

권근수는 생각해 보았다. 그런 것이라면 별로 어려울 것이 없을 것 같았다.

「내가 해보지.」

「실수하면 안돼. 시간을 정확히 지켜야 해. 시간을 맞춰 정확한 시간에 꺼 줘야 해.」

「알았어. 시간만 알려줘. 정확히 해낼 테니까.」

「6일 저녁 7시에 여기서 만나. 그러면 정확한 시간을 알려주지.」

「알았어.」

「배 편으로 탈출한다고 했는데 구체적으로 어떻게 탈출할 건가?」

「그건 나도 아직 몰라. 그들이 아직 말해 주지 않고 있어.」

「어디서 배를 탈 건가? 비상망이 펴지기 전에 배를 타야 할텐데 ……」

「그것도 아직 몰라.」

「아직까지 그걸 모르다니, 그러고도 불안하지 않나?」

「불안하기야 하지. 하지만 그들은 안전을 위해 그것을 비밀로 하고 있어. 이따가 최종적으로 알아보겠어. 안심해도 될 거야. 이제 와서 믿을 수 없다고 주춤거릴 수도 없어. 그들을 믿고 따라가는 수밖에 없어.」

「난 자네만 믿어.」

배박사의 연구실을 나온 권근수는 그 길로 바로 밖으로 빠져 나왔다.

택시를 타고 가면서 뒤를 살폈지만 미행자는 없었다.

그는 택시를 세 번 바꾸어 타고 한 시간쯤 걸어다니면서 계속 미행자가 있나 없나 살폈다.

그러나 아무리 살펴도 미행자는 없었다. 그는 미행이 없다는 것을 확인하고 비로소 마음을 놓았다.

잠시 후 그는 사람이 없는 공중전화 박스를 발견하고는 급히 그 쪽으로 다가갔다.

동전을 집어 넣고 다이얼을 돌렸다.

잠시 후 일본 말로 응답이 왔다.

「일본에서 온 혼다 사장님 비서를 부탁합니다.」

그도 일본 말로 말했다.

「누구시라고 할까요?」

「박사장이라고 합니다.」

「잠깐 기다리십시오.」

조금 후

「사이또입니다.」

하는 매끄러운 목소리가 들려왔다.

「만나서 말씀드릴 일이 있습니다.」

「좋습니다. 이쪽으로 오시지요.」

「좀더 안전한 곳에서 만나는 게 어떨까요?」

「어디가 안전하겠습니까?」

「그 옆에 A호텔이 있습니다. A호텔 3층에 중국식당이 있습니다.
거기서 점심식사나 하면서……」

「좋습니다. 시간은?」

「12시20분에 만나기로 하죠.」

공중전화 박스에서 나온 그는 A호텔 쪽으로 걸어갔다. 걸어가도
시간은 충분했다.

약속 시간 5분 전에 도착한 그는 룸을 하나 부탁했다.

웨이터가 그를 룸으로 안내했다.

사이또는 정시에 나타났다.

권박사는 요리를 한 상 부탁했다.

「어떻습니까?」

사이또가 안경 너머로 생쥐 같은 눈을 반짝이며 물었다. 권박사는
물수건으로 손을 닦았다.

「잘 돼가고 있습니다. 그전에 이것을 맞춰 줘야 하겠습니다.」

「그게 뭐죠?」

「제가 거래하고 있는 외국은행입니다. 백만 달러를 내일 정오까지
입금시켜 주십시오. 이 두 군데에 나누어서 입금시켜 주십시오.
75만 달러는 도쿄 은행에 스기모리 다꾸지라는 이름으로, 그리고
나머지 25만 달러는 스위스 유니언 은행에 프랑스인 앙리 마티스
라는 이름으로 입금시켜 주십시오.」

사이또는 안경을 벗었다가 도로 끼면서 고개를 갸우뚱했다.
「급하군요. 내일 정오까지라면 너무 촉박한데요.」
「거사일이 그 다음날이니까 내일 정오까지는 입금 여부를 우리가
확인해야 합니다.」
사이또는 메모지를 집어 들고 한참 동안 들여다보았다.
「이 구좌번호에다 입금시키면 된다 이겁니까?」
「네, 그렇습니다.」
「알겠습니다. 해드리죠. 6일 X와 교환하겠습니다. 박사님을 믿을
수가 없어서가 아니라 우리의 규정이 그러니까요.」
「좋습니다. 우리는 입금 여부만 확인하면 되니까요.」
요리가 들어오기 시작했다.
사이또는 연방 요리가 훌륭하다고 하면서 쉬지 않고 수저를 놀
렸다.
「6일 자정 이후에는 어떻게 할 겁니까? 코스에 대해서 이야기를
좀 해 주십시오. 우리도 그것을 좀 알아야 하지 않겠습니까?」
「그렇지요. 우리 대원들이 조사한 바로는 남쪽에서 배를 타는 게
좋겠다는 결론이 나왔습니다. 그러니까 승용차 편으로 경부 고속
도로를 밤새 달려 해안에 닿는 겁니다.」
「어느 해안인가요?」
「부산 쪽입니다.」
일본인은 지도를 꺼내 탁자 위에 펼쳤다.
「부산 어딥니까?」
「여깁니다.」
그는 다대포를 손가락으로 가리켰다.
「이쪽에다 배를 대 놓기로 했습니다. 서울서 자정이 지나 출발하
여 거기에 닿으면 이른 아침이 됩니다. 곧 날이 밝기 때문에 발이
묶이지요.」

「그럼 어떡하지요?」

「부근에 숨어서 밤이 되기를 기다려야지요. 이미 숨어 있을 장소는 수배해 놨습니다. 우리 애들 중에 부산 지리에 밝은 애들이 있지요. 그 애들은 사흘거리로 부산에 오기 때문에 그 곳 지리는 환합니다. 약을 취급하는 애들이니까요.」

「약이라니요?」

「흰 가루 말입니다. 히로뽕이 대부분이지요.」

「배는 일본에서 오나요?」

「아닙니다. 우리와 거래가 있는 한국인의 배입니다. 밀수와 밀항을 전문으로 하는 꽤 빠른 배입니다. 한국 경비정도 그 배는 따라오지 못하지요.」

「제발 따라오지 않았으면 좋겠습니다.」

「그 점은 걱정하지 않아도 됩니다. 한두 번 다니는 것도 아니니까요. 그 방면에는 전문가들이죠.」

일본인은 자신에 차 있는 듯이 보였다. 그러나 권박사는 그렇지가 못했다. 시간이 흐를수록 그는 마음이 불안하고 초조해지기만 했다. 과연 잘 돼갈 것인지 그는 이제 와서 자신할 수가 없었다. 그렇다고 뒤로 물러설 수도 없는 노릇이었다.

「부산까지 내려갈 자동차는 있나요?」

「내일중으로 다섯 대가 올라오기로 되어 있습니다. 페리호 편으로 부산에 도착해서 올라오는 겁니다.」

「우리는 세 사람이 될 겁니다. 나와 배박사, 그리고 내 아들……」

「사모님은 어떻게 되나요?」

「그 사람은 가지 않을 겁니다. 나중에 기회를 봐서 데리고 갈 생각입니다.」

「수가 적을 수록 움직이는 데는 좋지요. K공원을 답사해 봤는데 지역이 넓어서 만나는 장소를 정해야겠더군요.」

「동상 앞이 어떨까요?」

「거기는 불이 밝아서 안됩니다. 멀리서도 눈에 띄기 때문에 피하는 게 좋을 것 같습니다. 우리가 따로 조사한 바로는……」

일본인은 메모지를 꺼냈다. 거기에는 K공원 약도가 그려져 있었다. 그는 한 곳을 손가락으로 짚었다.

「이 연못에서 만났으면 합니다. 연못가에 벤치도 있고 숲도 울창하다고 하니까 장소로는 적당합니다. 상당히 어둡기도 해서 잠복해 있기도 아주 좋습니다.」

「좋습니다. 거기로 정하죠. 나와 한 약속은 꼭 지켜야 합니다. 만일 그들이 내 아들을 데리고 나오지 않을 경우 그들을 죽여야 합니다.」

「죽이겠습니다. 그 대신 당신도 약속을 지켜야 합니다. 약속을 지키지 않으면 당신도 죽어야 합니다.」

일본인은 처음으로 냉혹한 표정을 얼굴에 띠었다.

구문대는 아내의 깨우는 소리에 눈을 떴다. 시계를 보니 어느새 8시가 지나고 있었다. 그가 집에 돌아온 것은 오후 3시께였다. 아내에게 5시에 깨워 달라고 부탁하고 잠깐 눈을 붙인 것이 벌써 다섯 시간이 지나고 있었다.

「왜 깨우지 않았어?」

그는 못마땅한 눈으로 아내를 흘겼다.

「너무 고단하게 주무시기에 차마 깨울 수 없었어요.」

그녀는 그를 쳐다보지도 않고 말했다. 그녀의 얼굴에는 언제나처럼 그늘이 져 있었다. 그는 그러한 아내가 심히 못마땅했다. 아내가 못마땅한 것은 어제 오늘의 일이 아니었다. 그러한 감정은 쌓일 대로 쌓여 이제 폭발 직전까지 와 있었다. 만일 아이들이 아니라면 그동안 벌써 결판이 났을 것이다. 그는 화가 치밀다가도 아이들을 생각하면 어금니를 깨물고 화를 참는 것이었다.

「다섯 시에 깨워 달라고 했잖아?!」

「……」

아내는 아무 말없이 창백한 얼굴을 숙였다. 그녀는 변명하는 법이 없다. 그럴 바에는 숫제 입을 다물어 버린다. 그것이 그의 비위를 더욱 상하게 함은 물론이다.

그는 나흘만에 집에 들렀었다. 사건이 터지면 몇 날 며칠씩 집을 비우는 것은 보통 있는 일이었다. 그때마다 그는 아내와 아이들에게 미안했다. 그러나 그런 짓도 10여 년 동안 계속되다 보니 이제 미안하다는 말도 나오지 않았고 그런 감정도 고갈되어 버렸다.

그런데 그의 아내는 결코 그의 외박에 대해 이러쿵저러쿵 잔소리를 늘어놓는 법이 없었다. 처음부터 그녀는 침묵으로 일관했다. 그녀가 차라리 큰소리로 불만을 터뜨리고 바가지를 긁어 준다면 그의 마음도 한결 가벼워지련만 그녀는 결코 그러는 법이 없었다. 그녀는 침묵으로 일관함으로써 무언의 시위를 벌이는 것이었다. 그것은 노골적인 불평불만보다 더욱 효과가 커서 무거운 중압감으로 그를 짓누르는 것이었다.

그녀는 무언의 시위와 함께 아이들을 잘 때렸다. 그가 잘 보고 들을 수 있도록 적절하게 기회를 포착해서 아이들을 때리곤 했다. 그럴 때마다 그는 자신이 아내에게 얻어맞는 것 같은 고통을 느끼곤 했다. 그는 지금까지 아이들을 야단치거나 그들에게 손찌검을 가한 적이 한 번도 없었다. 그런 터에 그의 아내는 그가 보는 앞에서 여봐라는 듯이 아이들을 때리는 것이었다.

「중요한 약속이 있는데 이제 깨우면 어떻게 하는 거야.」

「……」

그는 투덜거린다는 것이 쓸데없는 짓인 줄 알면서도 다시 한번 투덜거렸다.

그의 아내는 말없이 일어나 밖으로 나가더니 조금 후에 밥상을 들고 들어왔다. 밥상 위에는 온갖 반찬들이 빈틈없이 들어 차 있었다. 며칠 만에 들어온 남편을 위해 정성들여 만든 밥상임을 첫눈에 알 수 있었다. 그것을 대하는 순간 그는 아내에게 미안한 생각이 들었다. 동시에 그녀가 얄미웠다.

그녀에게는 상대방을 끊임없이 심리적으로 압박해야 직성이 풀리는 가학증상이 있었다.

그 정도가 심해 그는 불안할 지경이었다.

정신의학적인 면에서 볼 때 아내의 그 같은 증상은 비정상에 속한다고 볼 수 있었다. 그러나 그는 그것을 인정하는 것을 두려워하고 있었다.

그는 정성들인 밥상보다도 편안하고 화목한 분위기가 더 그리웠다. 그러나 아내는 그러한 분위기를 만들 줄을 모르고 있었다. 정성들인 밥상으로 자신의 입장을 과시하려 하고 있었다. 그는 억지로 밥 한 그릇을 모두 비우고 나서 밖으로 나왔다.

왠지 불쾌한 밤이었다. 하늘에는 구름이 잔뜩 끼어 곧 비라도 내릴 것 같았다. 그래서 불빛이 없는 곳은 캄캄했다.

그의 집에서 한길까지 나가자면 10분쯤 걸어야 했다. 소시민들이 모여사는 밀집지대로 서울에서도 후미진 변두리였다. 그 곳을 벗어나 조그만 아파트에라도 들어가고 싶었지만 형편이 닿지 않아 그러지를 못하고 있다.

구멍가게에 딸린 담배 가게에서 담배를 한 갑 사서 한 개비를 뽑아 막 불을 당기고 나자 시커먼 사람이 불쑥 다가섰다.

「불 좀 빌릴까요?」

문대는 주춤하고 놀랐다. 그 무례함에 한마디 하고 싶었으나 꾹 참고 성냥을 건넸다.

상대는 쓰레기통에서 빠져나온 것 같은 더러운 사내였다. 입에서

는 술 냄새가 풍기고 있었다. 그는 호주머니를 뒤지더니

「아, 담배가 떨어졌네. 담배 한 대 빌립시다.」

라고 말했다.

그 말하는 폼이 마치 자기 물건을 달라는 듯이 당당했다. 문대는 불쾌했다.

「나도 담배가 떨어졌어요.」

「방금 사는 걸 봤는데……?」

문대는 상대방을 쏘아보았다.

「이거 봐요. 당신한테 줄 담배는 없어요. 비켜요.」

앞을 가로막고 있는 사내를 밀치고 가려고 하자 그 사내의 손이 그의 팔을 움켜잡았다. 의외의 억센 손길에 문대는 자못 놀라면서 미간을 찌푸렸다.

「이거 놓지 못해?」

하면서 손을 뿌리치려 했지만 상대방의 손길은 오히려 더 억세어지기만 했다. 더러운 사내는 비실비실 웃기까지 하는 것이었다.

「놓지 못하겠어. 담배 하나 가지고 그럴 거 없잖아. 자, 담배 하나 내놓으시지.」

그러면서 그는 문대를 어두운 벽 쪽으로 밀어붙이는 것이었다.

문대는 어이가 없었다. 낯선 사내한테서 이런 짓을 당해보기는 난생 처음이었다. 갑자기 기습을 당한 기분이라 당황하기도 했다. 그는 침착성과 판단력을 잃고 그만 화를 벌컥 냈다.

「이 새끼, 사람을 뭘로 알고 행패야. 너 같은 놈은 구속시켜야 해! 날강도 같은 놈!」

그는 상대방의 얼굴을 냅다 후려쳤다. 상대가 주춤하자 그는 허리춤에서 수갑을 꺼내 들었다.

「경찰이다! 꼼짝 마!」

그는 더러운 사내의 손목에 수갑을 채우려고 했다. 그러자 사내는

그의 손에서 수갑을 홱 잡아채더니 멀리 던져 버렸다. 그 솜씨가 너무도 대담하고 번개 같아 문대는 어안이 벙벙했다. 그는 옆구리에 붙여 둔 권총을 꺼내야겠다고 생각했다. 이런 일로 무기를 꺼낸다는 것이 좀 안됐지만 화가 나서 견딜 수가 없었다.

「흐흐흐…… 경찰이라고? 나를 잡아가서 어쩌겠다는 거지?」

사내의 몸 전체가 강철같이 단단해지는가 싶더니, 그는 팔꿈치로 문대의 목을 짓눌러 왔다. 한 쪽 무릎으로는 그의 사타구니를 압박했다. 문대는 숨이 막히면서 눈앞이 침침해져 왔다. 팔다리를 움직여 상대를 제지해 보려고 했지만 이상하게도 꼼짝할 수가 없었다. 비로소 그는 공포를 느꼈다. 사내는 문대의 옆구리에서 민첩하게 권총을 뽑아냈다.

「이걸로 날 쏘고 싶나?」

관자놀이께에 총구가 와 닿았다. 그 싸늘한 감촉에 문대는 소름이 쭉 끼쳤다. 그는 비로소 상대가 누군인지 알 것 같았다. 그러나 아직은 확신이 서지 않았다.

「당신은 혹시?……」

「이제 알 것 같은가? 당신하고 이야기가 하고 싶어서 이렇게 기다린 거야. 당신들 중에 그래도 당신 인상이 제일 나은 것 같아서 이렇게 찾아온 건데 당신은 보기보다 둔하군. 사람을 몰라보다니 말이야. 담배 하나 가지고 그렇게 인색하게 굴 줄은 몰랐지.」

문대는 맥이 탁 풀렸다. 마치 뒤통수를 한 대 얻어맞은 기분이었다.

「왜 나를 만나려고 하는 거지?」

그는 공포감을 누르며 떨리는 소리로 물었다.

그는 완전히 저항력을 잃었다. 상대의 엄청난 힘과 담대함, 그리고 그 흉포함 앞에서 자신이 허수아비처럼 무력해지는 것을 그는 똑똑히 느끼고 있었다. 그의 육감은 자신이 그의 상대가 되지 않는다는 것을 분명히 말해 주고 있었다.

「당신하고 조용히 할 이야기가 있어. 조용히 말이야. 당신이 응해 준다면 당신을 해치지는 않겠어. 구문대 씨, 어떤가?」

더러운 사나이는 권총을 거두면서 뒤로 한 발짝 물러섰다. 비로소 문대는 상대로부터 헤어날 수 있었다.

「어떻게 내 이름을 알았지?」

「그야 간단하지. 수사본부에 전화를 걸어 당신의 인상을 말하고 이름을 물었지. 중요한 정보를 알려주겠다고 하자 당신의 이름을 말해 주더군.」

「그렇지 않아도…… 나도 당신을 만나 이야기하고 싶었지. 하지만 이런 식으로 만날 줄은 몰랐어.」

「한잔 하면서 이야기하는 게 어떨까?」

「좋아.」

문대는 쾌히 응했다. 무력감과 함께 공포감이 사라지고 있었다. 상대가 이쪽을 해칠 의사가 없다는 것을 알았기 때문일 것이다.

「허튼수작해서 주위를 시끄럽게 하면 안돼.」

「그런 짓은 하지 않아. 난 비겁하게 체포하지 않아.」

문대는 상대방의 눈을 쏘아보면서 말했다.

「난 당신이라면 통할 거라고 생각해서 이렇게 만난 거야. 우리는 만나서 이야기하지 않으면 안돼. 사태가 그렇게 돌아가고 있어. 당신한테 할 이야기가 있어. 아주 중요한 거야.」

「날 찾아 줘서 고맙군.」

문대는 상대방의 눈이 유리알처럼 차갑다고 생각했다.

「내가 안내하지. 이 근방 술집은 내가 잘 아니까.」

문대는 시장 쪽으로 걸어갔다.

더러운 사나이는 친구처럼 그와 어깨를 나란히 하고 걸었다.

문대는 마치 꿈을 꾸고 있는 기분이었다. 이럴 수가 있을까. 있을 수 없는 일이다. 지금까지의 수사 생활에서 이런 경험은 처음이었다.

자신이 뒤쫓고 있는 범인과 어깨를 나란히 하고 걸어가다니 도저히 상상할 수도 없는 일이었다. 어떻게 해서 이런 일이 있을 수 있단 말인가.

그러나 그것은 엄연한 현실이었다. 그는 그것을 확인이라도 하려는 듯 곁눈질로 사내를 훔쳐보곤 했는데, 그는 분명히 사진에서 익혀둔 그 얼굴과 많이 닮아 있었다. 매의 부리처럼 휘어진 콧잔등과 튀어나온 광대뼈가 틀림없는 나문식이었다. 이자는 어째서 나를 택했을까. 내가 가장 만만했던 모양이지. 박 명이라면 이러지는 않을 것이다. 죽든 살든 그는 이미 결판을 냈을 것이다. 그러고 보면 이자가 나를 아주 정확히 본 것이다.

그들은 시장으로 들어섰다. 9시 가까운 시간인데도 시장에는 사람들이 적지 않게 다니고 있었다.

이윽고 문대는 곱창을 전문으로 하는 집 앞에서 걸음을 멈추고 더러운 사내를 돌아보았다.

「곱창에 소주 한잔 하는 게 어때?」

「좋지.」

나문식은 끄덕였다.

「너무 더러워서 쫓겨나겠어. 옷을 좀 털 수 없겠나?」

더러운 사나이는 헝클어진 머리카락을 잡아당겼다. 머리가 벗겨지면서 고수머리가 나타났다. 더러움이 한결 가신 것 같았다. 다음에 그는 옷을 털었다. 먼지가 뿌옇게 일었다. 술집에서 나오던 남자들이 눈살을 찌푸렸다.

「어디서 먼지는 터는 거야?」

「미안합니다.」

나문식은 그들에게 정중히 사과했다.

술집 안은 서너 개의 자리를 빼 놓고는 모두 손님들로 차 있었다. 왁자지껄한 소음과 함께 곱창 삶는 냄새가 코를 찔렀다.

「이때? 이런 데도 괜찮겠어?」

「괜찮아.」

나문식은 서슴없이 뒤따라 들어왔다.

그들은 빈자리에 마주보고 앉았다.

드럼통으로 만든 둥근 식탁 위에 가스 곤로가 장치되어 있었는데, 조금 있자 그 위에 곱창전골 판이 놓여지면서 가스불이 켜졌다.

「비밀스런 이야기는 조용한 곳보다는 차라리 이런 곳이 좋지. 남의 이야기에 귀 기울이는 사람이 없어서 좋아.」

「담배 한 대 줘.」

나문식은 손을 내밀었다.

「정말 담배가 없는 모양이군.」

문대는 담뱃갑을 그 앞에 내놓았다. 고수머리의 사나이는 담배 한 개비를 꺼내 맛있게 피웠다.

문대는 그의 손을 유심히 관찰했다. 생각과는 달리 여자처럼 섬세하게 생긴 손이었다. 손가락이 긴 것이 예술가의 손 같다고 생각했다.

저 손에서 그렇게 무서운 힘이 나왔단 말인가. 저 손이 킬러의 손이란 말인가. 담배 연기 사이로 그의 얼굴이 나타났다.

그윽한 눈길로 이쪽을 바라보고 있었다. 놀랍도록 무표정한 얼굴이었다. 깊이 가라앉은 죽음의 호수 같은 눈이라고 그는 생각했다.

무표정한 얼굴 뒤에 숨어 있을 살기를 찾아 내려고 문대는 애를 썼지만 아무래도 찾을 수 없었다. 저럴 수가 있을까?

두 개의 조그만 잔에 그는 술을 채웠다.

「자, 건배……」

무엇을 위한 건배인지도 모른 채 그는 건배하자고 말하였다.

나문식은 잠자코 잔을 들었다.

두 개의 잔이 부딪쳤다.

여기서 범인을 피할 수도 있고 쫓을 수도 있다고 그는 생각했다. 그러나 그는 약속을 지키기로 했다. 야비한 짓을 한다는 것은 그의 생리에 맞지 않았다.

곱창전골이 끓기 시작했다. 종업원이 뚜껑을 열고 양념을 집어 넣었다.

「내 물건을 일단 돌려 주고 나서 이야기를 시작하는 게 좋지 않을까?」

문대는 될수록 부드럽게 말하려고 노력했다.

나문식은 무표정한 눈으로 그를 쳐다보았다. 한참 동안 그렇게 쳐다보더니, 무슨 생각을 했는지 권총을 꺼내 사람들에게 보이지 않도록 탁자 밑으로 그것을 내밀었다. 문대는 내심 적잖게 놀라면서 그것을 받아 허리춤에 꽂았다.

「실탄을 뽑지 않았어.」

하고 고수머리가 말했다. 그 말은 그러니까 당신은 마음만 먹으면 나를 체포할 수도 있다는 뜻이었다.

문대는 직감적으로 이자가 죽음을 각오하고 있구나 하고 생각했다. 죽음을 각오하지 않고는 어떻게 실탄이 장전된 권총을 돌려줄 수 있단 말인가.

이자가 나를 너무 믿고 있는 게 아닐까. 무얼 보고 나를 그렇게 믿는 거지?

「여기서 당신을 어떻게 할 생각은 없어. 마음놓고 하고 싶은 이야기 다 해봐. 단, 이건 알아야 해. 다음에 만날 때는 이런 식으로 만나지 않을 거야. 당신과 나 사이에 어떤 결론이 내려질 거야.」

「그건 나도 알고 있어. 그건 내가 하고 싶은 말이야.」

고수머리는 술을 입 속에 털어 넣고 나서 곱창 하나를 젖가락으로 집어 들었다.

「술을 거의 마시지 못했어.」

「마음 놓고 마서.」

문대는 상대방의 빈 잔에 술을 따랐다.

고수머리의 이마에 깊은 주름이 잡히면서 표정이 어두워졌다.

「어젯밤 조남석 씨를 만났을 때 나는 끝장이라고 생각했었지. 그가 나타난 것은 정말 뜻밖이었어.」

고수머리는 나직한 소리로 말했다.

「당신은 운이 좋았어.」

「한 번은 피할 수 있겠지. 하지만 두 번째는 피할 수 없다는 거 나도 알고 있어. 그 사람은 여우야.」

「잘 알고 있군.」

문대는 술잔을 반쯤 비웠다. 곱창은 감칠 맛이 날 정도로 맛이 있었다.

「조씨가 진짜 무기를 가지고 있었다면 이 싸움은 이미 끝났을 거야. 나는 그가 장난감을 들고 있는 것을 보고 깜짝 놀랐지. 나중에 알아봤더니 그는 이미 정년퇴직한 몸이었어.」

「그는 당신의 얼굴을 가장 잘 아는 유일한 사람이야. 그래서 우리가 도움을 청한 거지.」

「많이 다쳤나?」

그는 걱정스런 말투로 물었다.

「얼굴이 많이 망가졌어.」

「나한테 달려들었기 때문이야.」

그는 가만히 한숨을 내쉰 다음 다시 말을 이었다.

「그를 죽일 수도 있었지. 하지만 그러고 싶지 않았어. 그를 죽이지 않은 것을 나중에 후회하리라는 것을 알고 있어. 하지만 그럴 수가 없었어.」

「그를 죽이지 않은 것은 잘한 일이야. 백번 잘한 일이지. 이제 자신에 대한 정리를 해야 할 때가 아닌가.」

「내 앞길에 대해서 이러쿵저러쿵 말하지 마. 내가 다 알아서 할 거니까. 그보다도…… 현재 무슨 일이 벌어지고 있는지나 알고 있나?」

순간 두 사람의 시선이 무섭게 부딪쳤다.

문대는 한참 동안 입을 열지 않았다. 어떻게 대답해야 할지 망설여졌기 때문이다.

한참 후 그는 나직하게 말했다.

「어느 정도는 약간……」

나문식은 깊은 눈길로 그를 바라보았다. 조용하고 차가운 느낌이 드는 눈이긴 했지만 그렇다고 살인자의 눈으로 생각되지는 않았다. 이자가 정말 킬러란 말인가. 이자의 어디에 그런 잔인한 일면이 있다는 것인가. 하긴 어떤 특징이 겉으로 드러나는 것은 아니다. 그런 것은 내면 깊숙이 숨어 있다가 어떤 계기에 순간적으로 드러나는 것이다. 그리고 인간에게는 양면성이라는 게 있다. 한 인간의 예를 들어보자. 그는 벌레 한 마리도 못 죽일 정도로 마음이 여리고 착하다. 그러나 그는 사람을 죽일 수 있다. 어느 순간에 갑자기 잠복해 있던 야성이 폭발해 살인을 저지른다. 실제로 살인범을 잡아 보면 놀랄 정도로 착한 심정을 가지고 있음을 종종 보게 된다. 마음이 여린 여자들이 끔찍한 살인을 저지르는 것을 보라.

「X에 대해서 들어 보았나?」

「들어 보았지. 그것이 어떤 것이며 얼마나 중요한 기밀이라는 것도 알고 있지.」

「황근호가 왜 죽었는가도 알고 있나? 물론 내가 죽였지만……」

「아직도 모른다. 왜 황근호를 죽였지?」

　그는 가스불을 조금 줄였다. 이상할 정도로 마음은 편한데도 그는 진땀을 흘리고 있었다.

　그러나 나문식은 땀 하나 흘리지 않고 있었다. 그는 네 잔째까지 받아 마시고 더 이상은 사양했다.

　「나도 지금까지 그 이유를 모르고 있었어. 하긴 내가 해 온 일 거의가 그렇지만…… 이유를 모르고 일을 수행하는 게 편해. 나는 돈만 받으면 되니까.」

　「황을 제거해 준 대가로 얼마를 받았나?」

　「그건 말할 수 없어. 나에게 제거해 달라고 부탁해 온 것은 어떤 조직이었어. 나는 부탁대로 황을 없앴어. 그런데 조직에서 잔금을 주지 않았어. 그리고 나를 죽이려 했어. 그래서 나는 그들과 싸우기로 한 거야.」

　「잘못 걸려들었군.」

　「내가 말인가?」

　「아니, 그들이 말이야.」

　「그들은 X를 노리고 있어. 세림의 어떤 사람을 통해 X를 빼내려고 하는데 황근호가 그 음모를 알아낸 거야. 황은 그걸 미끼로 그 스파이한테 수시로 돈을 우려냈지. 그 스파이는 생각다 못해 조직에 그 사실을 알렸고 조직에서는 큰일났다 싶어 황을 제거하기로 한 거야. 거기에 내가 손을 빌려 주게 된 거지.」

　그는 남의 일처럼 담담한 어조로 말했다.

　「많은 것을 알아냈군.」

　문대는 내심 상당히 놀랐다. 이제야 모든 의문들이 풀리는 것 같았다. 그런데 이자는 왜 나한테 그 사실을 털어놓는 것일까.

　「황근호의 죽음이 문제가 아니야. X를 빼내려는 엄청난 흉계가 문제야. 나는 보복을 하기 위해 쫓아다니다가 그 비밀을 알게 된 거지. 모른 체 덮어둘 수도 있지만…… 왠지 그러고 싶지가 않았어.

워낙 문제가 국가적 차원의 어마어마한 것이기 때문에 그런 것이었는지도 모르지. 내가 국가를 생각하다니, 정말 우스운 일이지.」
그는 자신을 조소하는 것 같았다.
「누구에게나 애국심은 있는 거야.」
「그렇게까지 생각하고 싶지 않아. 나는 X를 외국의 범죄조직에 뺏기고 싶지 않을 뿐이야. 나라는 놈도 죽기 전에 좋은 일 한번 해보고 싶어. 그래야 지옥에 가는 걸 면할 수 있지 않겠어.」
그 말 끝에 나문식은 빙그레 웃었다. 그 웃음은 어떻게 보면 순진하게 또 어떻게 보면 섬뜩하게 느껴지는 것이었다.
「죽기 전에 좋은 일하는 것은 좋아. 그건 말리지 않겠어. 하지만 당신, 좋은 일하는 것치고는 사람을 너무 많이 죽이고 있어. 어떤 명분으로도 인명을 해치는 것은 용서할 수 없어.」
고수머리 사나이의 얼굴에서 미소가 사라졌다. 그는 손을 들어 문대의 말을 막았다.
「누가 용서해 주든 말든 난 그런 건 상관하지 않아. 한 가지 분명한 건 제거한 자들은 존재할 가치도 없는 쓰레기 같은 자들이라는 거야. 이 사회에 남겨 두면 해독만 끼치게 될 그런 인간들이야. 나는 그런 자들만 제거했어.」
「당신한테는 그럴 권한이 없어. 존재할 가치도 없는 쓰레기 같은 인간이란 없어. 인간은 제각기 존재 가치를 가지고 태어났어. 생명이 있다는 것 자체가 가치 있는 일이야.」
나문식은 문대를 유심히 쳐다보았다. 그의 말의 진실 여부를 살피려는 듯이 한참 동안 그렇게 쳐다보았다.
「나 같은 놈한테도 존재 가치라는 게 있나?」
「있고 말고.」
「거짓말 마! 나한테는 그런 거 없어! 내 손에 죽은 그자들도 그런 거 없어! 그들은 쓰레기야! 아무 쓸모없는 쓰레기야! 두면

둘수록 악취만 풍기는 쓰레기야! 당신은 나한테 거짓말을 하고 있어!」

문대는 그가 흥분하고 있는 데 놀랐다.

「누구를 단죄한다는 것은 법으로만 가능한 거야. 아무리 사회에 해악을 끼치는 사람이라 하더라도 법에 의하지 않고는 처벌할 수 없는 거야. 처벌해서도 안되고.」

「법이라고?」

나문식의 표정이 순식간에 변했다. 그는 어느새 웃고 있었다.

「내 앞에서 법 운운하는 걸 보니까 당신은 순진한 형사군. 법이야말로 내가 가장 혐오하는 거지.」

「아무리 그래도 당신은 법망을 벗어날 수 없어. 그것은 우리 인간의 운명 같은 거야. 당신은 법의 심판을 받게 돼. 아무리 발버둥쳐도 벗어날 수 없어.」

그의 말을 인정한다는 뜻으로 고수머리의 사나이는 고개를 끄덕였다.

「법망을 벗어날 수 없다는 것은 나도 알고 있어. 하지만 나는 죽을 때까지 거기에 승복할 수 없어. 나는 절대 항복하지 않을 거야. 법과 타협한다는 것은 죽기보다 싫어. 나는 당신 같은 인간하고는 달라.」

「물론 다르겠지. 하지만 당신은 무언가 좋은 일 한 가지라도 남기고 싶다고 했어.」

「하지만 그건 법과의 타협이 아니야. 오해하지 마. 뭘 바라고 그런 짓을 하는 게 아니야.」

「나를 왜 만나려고 했지?」

문대는 빨리 문제에 접근하고 싶었다.

「정보를 교환하고 싶어서……」

「무슨 정보 말인가?」

「당신이 알고 싶은 정보는 없나?」

「있지. 세림의 그 스파이는 누구지?」

고수머리는 대답 대신 섬세한 손끝으로 자신의 매부리코를 매만졌다.

「그걸 알려줄 테니까 디데이를 알려줘. 시간과 장소까지.」

「디데이라니 무슨 말이지?」

「시침떼지 마. X가 넘겨지는 날 말이야.」

「그건 알아서 뭐하려고 그러지?」

「나도 현장에 참석하려고.」

「장터처럼 붐비겠군.」

중얼거리는 그의 말을 고수머리는 놓치지 않고 들었다.

「그날 현장에 사람들이 많이 몰리나 보지?」

「많이 몰릴 거야. 각양각색의 사람들이 말이야. 그중에서 과연 누가 승리자가 될지는 아무도 모르지.」

「언제지? 날짜와 장소를 말해 줘.」

문대는 잠자코 술잔을 들었다. 이자에게 그것을 말해 주는 게 좋을지 어떨지 그는 얼른 판단이 서지 않았다. 나문식을 이용한다는 면에서는 알려주는 게 좋을 것이다. 악당은 악당의 손으로 처치하게 만든다는 것이 그가 이번 사건에 임해온 태도였다. 자기들끼리 서로 죽이다 보면 결국 소수의 인원만이 살아남을 것이다. 경찰은 그때 가서 쓰레기를 치우듯이 그들을 거두어 들이면 되는 것이다.

그러나 한편으로는 그의 이러한 태도는 직무유기에 해당하는 것이라고 할 수 있었다. 범인들끼리 싸우도록 팔짱을 끼고 관망한다는 것은 그의 직무상 용납될 수 없는 일이었다. 더구나 범인에게 시간과 장소를 가르쳐 줌으로써 그로 하여금 현장에 나오도록 유도한다는 것은 있을 수 없는 일이었다. 그러나 그는 지금 자신의 직무를 버리고 싶은 심정이었다.

「나중에 체포되더라도 나한테 알아냈다는 말하면 안돼.」
「염려하지 마.」
「내일 밤 12시 정각…… 장소는 K공원 연못이다.」
「틀림없겠지?」
고수머리의 눈빛이 이상하게 빛났다.
「틀림없어.」
「그게 정말이라면 당신들 수사력도 대단하군. 어떻게 그렇게 소상하게 알았지?」
「그건 비밀이야. 자, 이제 스파이의 이름을 말해 주지.」
「권근수라는 자를 알고 있나?」
「알고 있지. 역시 예상했던 대로군.」
두 사람의 시선이 뜨겁게 부딪쳤다.
「권근수라는 자를 예상하고 있었단 말이지? 그에 대해 알고 있나?」
고수머리는 상당히 놀란 표정을 지었다.
「알고 있고 말고. 우리는 이미 거기에 관계된 자들의 리스트를 확보하고 있어. 지금은 다만 그것을 확인하는 과정에 있지.」
고수머리는 당황하는 기색이었다.
「그럼 당신들이 모르고 있는 건 뭔가?」
「양채기라는 인물에 대한 거야. 그 인물에 대해 좀 알고 있나?」
문대는 젖가락으로 전골냄비 속을 뒤적였다.
고수머리는 형사의 얼굴에서 눈을 떼지 않은 채 말했다.
「조금밖에 몰라.」
「그의 소재에 대해서는?」
「몰라.」
「그는 한국에서 활약하고 있는 조직책이지. 물론 그의 뒤에는 조직이 있고, 그 조직의 뒤에는 더 큰 검은 손이 있어. 그게 뭔지 알고 있나?」

「몰라.」

문대는 술을 들이킨 다음 얼굴을 찌푸리며 안주를 집어 먹었다.

「KGB야. 소련의 KGB……비밀경찰 말이야. 세계 최강을 사랑하는 첩보 조직이지. 샤갈은 X를 그들에게 넘길 작정이야.」

고수머리의 얼굴 위로 경련 같은 것이 스치고 지나갔다. 그러나 순간적으로 스쳐갔기 때문에 문대는 미처 눈치를 채지 못했다.

「샤갈이 누구지?」

「양채기의 암호명이야. 우리 경찰은 그의 소재를 찾으려고 전 수사력을 동원하고 있어. 하지만 아직 못 찾았어. 내일이면 그 작자를 만나게 되겠지.」

「그자야말로 내가 만나고 싶어.」

고수머리는 갑자기 낮은 어조로 중얼거리듯이 말했다.

「당신은 현장에 나와서 어떡하겠다는 거지? 우리 일을 방해하려는 건 아니겠지?」

「당신들한테 방해가 되는 짓은 안해.」

「제발 그랬으면 좋겠어. 그런데 당신은 현장에서 사살될지도 몰라. 그래도 나오겠다는 건가?」

「상관없어. 그걸 두려워하면 나갈 수가 없지.」

범인은 한숨을 길게 내쉬었다. 긴 여행의 종착역을 앞둔 사람 같다고 문대는 생각했다.

「한 잔 더 하지.」

문대는 잔을 권했다.

고수머리는 신중한 태도로 잔을 받았다. 문대는 술을 따르면서 말했다.

「바라고 싶은 말이 있으면 해 보시지. 힘은 없지만 도움이 될지도 모르니까.」

고수머리는 입 속에 소주를 털어 넣었다. 그는 안주에는 손도 대지 않았다. 한참 후 그는 무겁게 입을 열었다.

「내가 죽거든 화장을 시켜 주시오. 가루를 만들어…… 대지에다 뿌려 주시오.」

처음으로 그는 존대어를 썼다.

문대는 이자가 그래도 자신의 죽음에 대해 관심이 있나 보다 하고 생각했다.

고수머리는 자리에서 일어나더니 간다는 말도 없이 밖으로 사라져 버렸다.

반역의 말로

마침내 6월6일 아침이 밝아왔다.

아침부터 비가 내리고 있었다.

권근수는 침울한 얼굴로 창문에 뿌리는 빗물을 바라보고 있었다.

집을 떠난다. 아내와도 결별이다. 모든 것과의 이별, 그리고 새로운 생활, 과연 가능할 것인가.

그의 얼굴은 창백하다 못해 푸른빛이 감돌고 있었다. 두 눈은 한없이 절망의 빛을 띠다가도 돌연 불안한 빛으로 번득이기도 하고, 혹은 탐욕의 빛을 발산하기도 했다.

그는 빨리 밤이 다가왔으면 했다.

하지만 그럴수록 시간은 더디 흐르고 있는 것 같았다.

자정이 되면 어떻든 결판이 날 것이다. 살든가 죽든가 둘 중의 하나겠지. 그렇게 생각하면 공포에 떨 것까지는 없다. 그러나 생각대로 마음을 다스릴 수가 없다.

갑자기 눈앞이 침침해지면서 뜨거운 눈물이 솟았다. 눈을 감았다 뜨자 두 줄기 눈물이 볼을 타고 흘러내렸다. 이제 와서 눈물을 흘리면 어쩌자는 것이냐? 마음을 독하게 먹어야 살 수 있다. 반역의 길이 그렇게 쉬운 일은 아니지 않느냐?

　문이 열리는 소리에 그는 재빨리 손등으로 눈물을 닦았다. 돌아보니 그의 아내가 뒤에 서 있었다.

　그의 아내 손미화는 뼈만 남은 앙상한 모습이었다. 아들이 유괴된 이래 거의 식음을 전폐하다시피 하고 뜬눈으로 밤을 지새왔기 때문에 무섭게 말라 있었다. 그녀는 청바지 차림에 흰 남방을 걸치고 있었다. 머리는 아무렇게나 헝클어져 있었고, 조그만 얼굴에 두 눈만 퀭하니 열려 있었다.

　두 사람은 말없이 쳐다보았다.

　그녀는 남편의 두 눈에 눈물 방울이 맺혀 있는 것을 보고는 사뭇 놀란 것 같았다. 정신착란 증세를 보이고 있는 남편이 혼자서 울고 있었다는 것을 그녀가 볼 때는 확실히 놀라운 일이었다.

　그녀는 남편의 두 눈에서 복잡하게 얽힌 표정을 읽을 수 있었다.

　자신의 그러한 표정을 아내가 알아본 것 같다고 생각되자 권박사는 당황한 표정으로 시선을 돌렸다.

　그는 아내와 단둘이 조용한 시간을 가져보고 싶었다. 그리고 자신의 고민과 문제를 털어놓고 싶어 하루에도 몇 번씩 망설이곤 했다. 그러나 그런 시간을 가지기도 어려웠을 뿐 아니라 감히 모든 것을 털어놓을 용기가 끝내 일지 않았던 것이다.

　아들이 유괴되자 그의 아내의 생활은 완전히 파괴되고 말았다. 그의 생활 역시 마찬가지였지만 아내의 경우는 더했다. 음대 교수인 그녀는 학교도, 예술도 내팽개친 채 오로지 자식만 기다리고 있었다. 그런 터에 남편이 반역자가 되어 도주한 것을 알게 되면 어떻게 나올까. 그것은 물어보나마나 뻔한 것이다.

　그녀의 얼굴이 일그러지는가 싶더니 가냘픈 몸뚱이가 힘없이 그의 품으로 쓰러졌다. 그는 얼결에 그녀를 쓸어안았다.

　그녀는 소리를 죽이며 격렬하게 울음을 터뜨렸다. 참고 참았던 울음이 한꺼번에 터져 나오는 바람에 온몸이 마구 떨리고 있었다.

그는 아무 말없이 아내를 힘껏 껴안았다. 그리고 그녀가 마음껏 울도록 내버려두었다.

그녀는 걷잡을 수 없을 정도로 떨면서 흐느껴 울었다.

아내의 앙상한 어깨뼈가 그의 가슴을 아프게 했다. 그는 아내에게 모든 것을 털어놓고 싶었다. 모든 것을 털어놓고 아내의 도움을 바라고 싶었다.

아내가 그를 이해하고 그를 따라 준다면 더 이상 바랄 게 없을 것 같았다. 그러나 그는 차마 입이 떨어지지가 않았다. 아내의 이해를 바란다는 것은 거의 불가능한 일이라는 것을 그는 알고 있었다.

그의 아내는 정의라는 것에 대해 남다른 신념을 가지고 있었다. 그녀에게 있어서 그것은 신앙과 같은 것이었다. 그와 함께 그녀는 이 땅에 깊은 애정을 품고 있었고, 결코 흔들릴 수 없는 뿌리를 거기에 내리고 있었다. 만일 아내에게 모든 사실을 털어놓는다면 어떤 일이 발생할까.

그는 그 결과를 눈에 보듯 환히 알고 있었다. 아내는 결코 그를 이해하지 않을 것이고 그를 따라나서지도 않을 것이다. 그렇다고 그녀는 그와 결별한다거나 하지도 않을 것이다. 그 대신 그녀는 그를 당국에 고발할 것이다. 반역자니 처벌해 달라고 말이다. 그리고 그가 석방될 때까지 혼자서 살아갈 것이다. 10년이고 20년이고 혼자서 살아갈 것이다. 만일 남편이 무기형을 받는다면 평생을 혼자 살아갈 것이다. 만일 그가 사형을 당한다 해도 혼자 살아갈 것이다. 그녀는 그런 여자였다.

이윽고 그의 아내는 울음을 그쳤다. 그의 품에서 빠져나간 그녀는 충혈된 눈으로 그를 바라보았는데 그 눈길은 더없이 측은한 빛을 담고 있었다.

「우리 무슨 일이 일어나더라도 좌절해서는 안돼요. 저는 당신이 그러시는 거 싫어요. 옛날의 당신은 이러시지 않았어요. 옛날의 당신은 용기 있고 패기에 차 있었어요.」

그는 아내의 어깨를 감싸안고 소파에 가서 앉았다. 아내는 작은 소리로 계속해서 말했다.

「이건 우리 집안에 닥친 최초의 시련이에요. 이걸 이겨내지 못하면 우리 가정은 파멸이에요. 만일 당신이 좌절하면 우리 집안을 누가 일으켜 세울 거예요. 만일…… 만일…… 우리 철이에게 무슨 불길한 일이 일어나더라도…… 우리는 절망해서는 안돼요. 우리는 철이를 잊어야 해요. 우리한테는 혜련이가 있잖아요. 철이의 운명은 하늘에 맡기도 우리는 어떤 비극에도 대처할 수 있는 준비가 되어 있어야 해요. 철이 때문에 모든 것을 포기할 수는 없지 않아요. 저는 그동안 많이 생각했어요. 철이를 생각하면 꼭 죽을 것만 같았어요. 하지만 그래서는 안된다는 것, 그리고 그것이 잘못된 생각이라는 것을 알게 됐어요. 악마들에게 유괴된 철이를 생각하면 소름이 끼쳐요. 잠을 잘 수도 없고 음식이 넘어가지 않아요. 살아도 살아 있는 것 같지가 않아요. 하지만 언제까지 이렇게 있을 수는 없잖아요. 우리는 철이를 찾기 위해 해볼 만큼 해봤어요. 이제 모든 걸 하늘에 맡기고 기다리는 수밖에 없어요. 그 애가 돌아오면 다행이고 그렇지 못하면 하는 수 없는 일이에요. 너무 모진 말 같지만 우리 가정을 지키기 위해서는 할 수 없는 일이에요. 저는 그 애한테 모진 엄마가 되겠어요. 당신은 저를 용서해 주시리라 믿어요. 우리…… 철이를 잊기로 해요. 이 시간부터……」

그녀의 말은 울음에 잠겨 더 이상 나오지 않았다.

그는 아내를 힘주어 끌어안고 얼굴을 꼭 맞대었다.

「알겠어. 당신 말대로 하자구.」

「이제부터 울지 않기로 해요. 그리고 꿋꿋이 사는 거예요.」

그는 눈물로 얼룩진 아내의 얼굴을 가만히 들여다보다가 두 손으로 눈물을 닦아 주었다.

아내는 그윽한 눈길로 그를 바라보았다. 그는 끄덕였다.

「그래. 꿋꿋이 살기로 해. 당신 무슨 일이 일어나더라도 꿋꿋이 살아야 해.」

「이보다 더한 일이 어디 일어나겠어요. 당신만 건강하시다면 저는 염려하지 않아도 돼요.」

「당신은 좋은 아내야. 정말 훌륭한 아내였어. 나한테는 과분할 정도로……」

그는 말끝을 흐렸다. 잘못 입을 놀린 것 같았다. 아니나 다를까. 아내의 눈에 의혹이 빛이 일었다.

「당신은 꼭 먼길을 떠나는 사람처럼 말씀하시는군요.」

「아니야. 그런 뜻은 아니었어.」

그는 당황해서 말했다.

15년 동안 함께 살을 섞어온 아내였다. 그 아내를 버리고 자신은 이제 떠나려고 하는 것이다. 아주 멀리, 그리고 영원히…… 지금이라도 늦지 않았다. 솔직히 털어놓고 상의하자. 그래도 오랫동안 함께 살아온 아내인데 나에게 해가 되는 짓은 하지 않겠지.

그녀가 나를 이해하고 내 결정에 따라만 준다면 아아, 얼마나 좋을까. 그녀가 그렇게만 해 준다면 모든 일이 잘될 것이다. 그래, 남자답게 툭 털어놓고 이야기하는 거야. 솔직히 이야기하자.

그는 아내를 뚫어지게 바라보았다.

그의 얼굴에 경련이 일었다. 뺨이 실룩거리고 입술이 떨렸다. 그리고 나오는 것은 한숨뿐이었다.

그는 용기가 없었던 것이다. 용기가 없어 차마 입을 열 수가 없었던 것이다.

그녀는 그의 마음속을 다 들여다보는 것 같은 깊은 눈길로 그를 쳐다보면서 그의 말을 기다리고 있었다. 당신의 고민을, 당신의 비밀을 다 알고 있어요. 숨기지 말고 다 이야기하세요. 당신을 이해할 수 있어요. 당신의 뜻에 따르겠어요. 당신이 가는 곳이라면 어디라도 따라가겠어요. 그녀의 눈은 그렇게 말하고 있는 것 같았다. 그러나 그는 아무래도 사실을 털어놓을 수가 없었다.

그는 두 손으로 아내의 얼굴을 감싸쥔 채 한참 동안 그 얼굴을 들여다보다가 속으로 「안녕, 잘 있어.」하고 말했다. 그런 다음에는 될 수록 아내와 눈이 마주치는 것을 피하면서 외출복으로 갈아 입었다.

집을 나온 그는 연구실에 잠시 들렀다가 다른 사람의 차에 편승해서 시내로 나갔다.

그의 움직임을 여섯 명의 수사관이 추적했지만 워낙 교묘하게 추적했기 때문에 그에게 눈치 채이지 않았다.

그의 움직임은 본부에 낱낱이 보고되었다.

그때까지 잠자코 있던 본부 요원들은 기다렸다는 듯 기지개를 켜고 일어나 개미떼처럼 시내에 깔려 움직이기 시작했다.

모두가 D데이 아워를 앞두고 긴장된 표정들을 감추지 못하고 있었다. 누가 승자가 될 것인가는 두고 보아야 알 수 있는 일이었다.

권근수는 차에서 내려 택시로 갈아탔다. 운전기사에게 먼저 만 원을 지불한 다음 30분 동안 차를 쓰겠다고 양해를 구했다.

젊은 운전사는 후한 요금에 기분이 좋아 손님이 가자는 대로 차를 돌아갔다.

30분 가까이 시내 중심가의 골목을 누비다가 택시는 국제 전신전화국을 두 바퀴 돌아 멎었다.

권박사는 미행자가 없다는 확신이 서자 차에서 내려 전화국 안으로 들어갔다.

창구에는 사람이 붐비고 있었다.

그는 먼저 일본의 도쿄 은행 본점에 국제전화를 부탁했다. 5분도 못돼 도쿄 은행이 나왔다.

그는 이름과 구좌번호를 댄 다음

「75만 달러가 입금됐는지 알아보고 싶습니다.」

하고 용건을 말했다.

「잠시 기다리십시오.」

그는 기다리는 동안 담배에 불을 붙였다. 담배를 반쯤 태웠을 때 상대방이 다시 나왔다. 아름다운 여자 목소리가 일본 말로 말했다.

「어제 오후에 75만 달러가 입금됐습니다.」

「아, 그래요?」

그의 입에서 절로 감탄의 소리가 흘러나왔다.

「스기모리 다꾸지 씨, 더 하실 말씀이 있으신가요」

「아니오, 고맙소. 어떤 사람이 다시 확인 전화를 걸어올 거요.」

「네, 확인 전화에는 언제나 정확히 답변해 드립니다. 저희 은행을 이용해 주셔서 고맙습니다.」

「고맙소.」

권박사는 두 번째로 스위스 유니언 은행을 부탁했다. 5분쯤 지나자 상대방이 나왔다.

「국제 프랑스…… 이름은 앙리 마티스…… 구좌번호는 AO15283……
……」

「네, 필요한 것을 말씀해 주십시오.」

「어제 날짜로 입금된 금액을 알고 싶습니다.」

「잠깐 기다려 주십시오.」

남자가 영어로 말했다.

잠시 후 다시 그 목소리가 나왔다.

「25만 달러가 입금됐습니다.」

「고맙소.」

권박사는 후 하고 한숨을 내쉬었다.

배무인 박사는 요란스럽게 울어대는 전화통을 한참 동안 바라보다가 무겁게 손을 뻗어 수화기를 집어 들었다.

「네, 여보세요.」

「나야, 나. 권이라고.」

「아, 그거 어떻게 됐어?」

「됐어. 방금 도쿄에 확인했는데 정확히 들어갔어. 정확히 75가 들어갔어. 원하는 대로 들어갔으니까 이제는 배박사 할 일만 남았어.」

「아, 고마워. 정말 고마워.」

「확인해 보라구.」

「알았어. 이따가 7시에 만나.」

「물론. 준비를 해두라구.」

배박사는 한숨을 내쉬고 나서 도쿄 은행으로 국제전화를 부탁했다.

「스기모리 다꾸지입니다. 구좌번호는……」

그는 메모지를 들여다보고 나서 구좌번호를 읽어 내려갔다.

「조금 전에도 어느 분의 확인이 있었지요. 75만 달러가 입금됐습니다. 어제 날짜로……」

배박사는 입이 딱 벌어졌다.

거금 75만 달러가 입금되었으니 놀랄 수밖에 없었다. 무엇보다도 그런 일이 현실로 일어날 수 있다는 데 그의 놀라움은 컸던 것이다.

「정말 놀라운 일이야.」

그는 방안을 서성거리며 중얼거렸다.

도대체 최근에 일어나고 있고 돌아가고 있는 일들이 그는 현실로 믿어지지가 않았다. 그러나 그것은 현실이었다. 75만 달러라면 한국 돈으로 6억에 가까운 돈이다.

그는 벽시계를 보았다. 정오가 가까워 오고 있었다.

그는 벽장 쪽으로 다가가 술병을 꺼내 칵테일을 만들었다.

술 마실 시간이 아니었다. 그러나 마시지 않고는 안될 것 같았다.

허무한 감정과 함께 분노가 끓어올랐다. 조금 후에 연민의 감정이 가슴을 촉촉이 적셔 주기 시작했다.

그는 얼굴을 일그러뜨린 채 창 밖을 내다보았다. 비바람이 창문을 후려치고 있었다.

빗물이 창문을 타고 줄줄 흘려내리고 있었다.

반역의 말로에 대해, 인간의 말로에 대해 그는 많은 것을 생각해 보았다. 잔을 들고 있는 손이 떨렸다. 술잔을 입으로 가져갔다. 탁한 향기가 코를 찔렀다.

「불쌍한 인간…… 가련한 자식…… 도대체…… 무엇이 그를 그렇게 만들었을까?」

흘러내린 빗방울 사이로 창백한 얼굴 하나가 부서져 내리는 것이 보였다. 권근수의 얼굴이었다.

「과연 반역으로 자신을 구제할 수 있을까?」

그는 술잔을 바꾸어 들었다.

반역으로 자신을 구제할 수 있다면 그렇게 해도 좋다. 그러나 그것이 가능할까?

전화벨이 울렸다.

그는 그대로 있었다. 때르릉 때르릉 때르릉…….

아, 저놈의 전화 소리. 좀 그쳐줄 수 없을까. 그는 손을 뻗어 수화기를 집어들었다.

「입금이 되었더군요.」

침착한 목소리가 말했다.

그는 불쾌한 표정을 지었다.

「네. 조금 전에 확인했습니다.」

「전화를 기다렸습니다. 기다리다가 이렇게 전화를 걸었습니다.」

그의 얼굴이 갑자기 분노로 붉어졌다.

「나는 그만두겠습니다.」

「그만두다니요?」

「그만둔다는 뜻도 모릅니까?」

그는 수화기를 거칠게 내려놓았다.

잠시 후 다시 전화벨이 울었다.

배무인은 그대로 울리도록 내버려두었다.

상대방은 포기하지 않고 계속 신호를 보냈다. 끈질긴 놈이라고 생각하면서 그는 스무 번째 울렸을 때 수화기를 집어 들었다.

「미안합니다. 그런데 이제 와서 어쩌자는 것입니까. 그런 것은 있을 수 없는 일입니다.」

「그건 당신들이 알아서 할 일입니다. 나는 내가 해야 할 일이 있고 당신들은 당신들이 해야 할 일이 있습니다. 나는 착각에 빠졌던 것입니다.」

상대방의 한숨소 리가 들려왔다.

「착각이 아닙니다. 박사님은 가장 정상적인 행동을 취하신 것입니다. 삼척동자에게 물어봐도 그렇게 말할 것입니다.」

「나는 내 할 일만 하겠습니다. 그 일을 가지고 왈가왈부하지 마십시오!」

그는 흥분해서 소리쳤다. 손에 들고 있는 술잔에서 술이 흘러 내렸다.

「그것이 박사님께서 하셔야 할 일입니다.」

「강요하지 마시오.」

「박사님, 강요가 아닙니다.」

상대방은 얄미울 정도로 침착하게 말하고 있었다.

「강요가 아니라면 전화를 끊으시오.」

「이대로는 끊을 수 없습니다.」

상대방은 강경하게 나오고 있었다.
「그럼 내가 끊겠소.」
그는 수화기를 내려놓았다.
잠시 후 전화벨이 다시 시끄럽게 울리기 시작했다. 그는 전화통을 노려보다가 수화기를 내려놓았다.
「여보세요! 여보세요!」
수화기에서 그를 부르는 목소리가 계속해서 들려왔다.
30분쯤 지났을 때 인터폰이 울렸다.
「어떤 분이 찾아오셨습니다.」
경비실 직원이 말했다. 방문자의 이름을 듣고 난 그는 표정이 굳어졌다.
「없다고 하세요.」
「계시다고 했는데요.」
「들여보내요.」
그는 이맛살을 찌푸리며 인터폰을 내려놓았다.
얼마 후 노크 소리가 들려왔다. 그는 문 쪽으로 다가가 안으로 잠긴 문을 열었다.
「전화를 받지 않으시기에 이렇게 찾아 왔습니다. 죄송합니다.」
방문자는 정중히 머리를 숙이고 말했다.

오후 2시경, 구문대와 박 명은 K공원 입구를 들어섰다.
그들은 우산 하나에 몸을 의지하고 있었고, 비바람이 몹시 불고 있었기 때문에 옷이 거의 젖어 있었다.
「이렇게 날씨가 나빠서야 어디 움직일 수 있겠어. 하필 오늘 날씨가 이럴 게 뭐야. 빌어먹을!」
박 명은 하늘을 올려다보며 투덜거렸다.
「정말 걱정인데……」

구문대도 얼굴을 찡그리며 하늘을 쳐다보았다.

여름으로 막 접어들기 시작한 공원은 어느새 울창한 나뭇잎들로 시야가 가려져 있었다.

그들은 사진답사차 내 번째 와 보는 길이었다.

「저런데 처박히면 밖에서는 전혀 모르겠는데.」

박 명이 울창한 숲 속을 가리켰다.

구문대는 고개를 끄덕이며 콘크리트 산책로를 바라보았다.

산책로는 사방으로 갈라져 있어 연인들의 데이트 코스로는 아주 적격일 것 같았다.

우산을 받쳐 쓴 남녀 한 쌍이 저만큼 갈림길에서 숲 사이로 사라지는 것이 보였다. 이렇게 비바람 치는 날 이런 곳에서 산책을 하다니 참 별난 아베크족도 있다고 문대는 생각했다.

「도대체 여기서 오늘 밤 무슨 일이 벌어질까?」

「두고 봐야지.」

문대는 무뚝뚝하게 말했다.

고수머리의 사나이는 조금이라도 여자에게 비를 맞지 않게 하려고 그녀를 꼭 끌어안고 걸어갔다.

키가 그의 어깨밖에 와 닿지 않는 여자는 그의 품에 안겨 참새처럼 할딱이면서 말했다.

「이처럼 비 올 때 데이트하는 것도 괜찮네요. 좀 청승맞기는 하지만……」

「이것도 추억에 남을 거야.」

그의 눈이 쉴 새 없이 주위를 날카롭게 살피고 있었다. 여자와 함께 걷고 있었지만 그에게는 여자 따위는 안중에도 없는 것 같았다.

스무서너 살밖에 되지 않은 그녀는 유치할 정도로 화장을 진하게 해서 제 모습이 화장에 거의 가려져 있을 정도였다.

그녀는 술에 취해 있었다. 그렇게 만든 것은 사내의 짓이었다.

그는 공원을 미리 답사하기 위해 온 것이었는데 혼자 온다는 것이 아무래도 위험했기 때문에 아베크족으로 위장했던 것이다.

아베크족으로 위장하기 위해서는 여자가 필요했는데 그래서 그는 생각 끝에 사창가를 찾아갔었다.

거기서 그는 약간 바보스럽게 행동했다. 창녀와 관계하는 대신 그는 창녀와 술을 마셨다. 그리고 만 원짜리 몇 장을 집어 준 다음 자기와 하루를 지내 준다면 더욱 많은 돈을 주겠다고 제의했다. 물론 함께 지내는 장소는 사창가 밖이고 어디를 어떻게 돌아다니든 상관해서는 안된다는 조건을 달았다.

그렇지 않아도 불황으로 고통을 겪고 있던 그녀는 웬 떡이냐 싶어 그 문제를 포주와 상의했고 쥐새끼처럼 입이 튀어나온 포주는 선금 얼마를 더 내놓으면 응해도 좋다고 허락했다. 그래서 그는 몇 만 원을 더 집어준 다음 그녀를 데리고 나왔던 것이다.

창녀는 쉴 새 없이 지껄였다. 그녀는 자신이 몸을 팔고 있다는 사실에 대해 비참하다거나 불쌍하다는 생각 따위는 도대체 가지고 있지 않는 것 같았다. 체념 상태가 되었기 때문일까.

「있잖아요. 4년 동안 이 생활을 했지만 아저씨 같은 사람은 처음이에요. 아저씨는 참 괴상해요. 아저씨는 그런 거 싫어하세요?」

「……」

「아저씨, 왜 그렇게 쳐다보세요?」

그녀는 팔꿈치로 그의 옆구리를 찔렀다.

「아, 그저 비 오는 게 근사해서……」

「아저씨, 키스해 주세요.」

「키스는 비위생적이야.」

그의 말이 끝나기 무섭게 그녀는 그의 목에 매달려 입술을 밀어붙였다.

「이러지 마!」

그는 재빨리 고개를 돌렸지만 그녀의 입술은 그의 오른쪽 뺨에 닿았고 그래서 그의 뺨에 빨간 키스마크가 찍혔다. 그것을 보고 창녀는 깔깔거리고 웃었다.

「에이, 이러면 되나.」

그는 손으로 그녀의 입술이 닿은 부분을 닦아내면서 미소를 지었다.

「아저씨, 아저씨는 그거 싫어하세요……」

「그거라니?」

「아이, 그것도 모르세요. 옷 벗고 둘이서 하는 거 말이에요.」

「아, 그거…… 난 또 뭐라구. 난 그런 거 싫어해. 그런 거 보면 짐승 같은 생각이 들어. 짐승이나 그런 짓 하지……」

「어머머머……」

그녀는 기가 막히다는 듯 비명을 질렀다.

「세상에 그런 말이 어딨어요. 그걸 가지고 짐승 같다고 하면 어떡해요. 아저씨는 남자가 아닌가 봐. 아저씨는 호모예요?」

「호모? 호모가 뭐지?」

「어머머, 호모도 모른가봐. 아저씨는 바보야. 그럼 아저씨는 왜 거기에 오신 거예요?」

「그저 심심해서……」

「그거 하려고 오지 않았으면 뭐하려고 돈까지 쓰면서 그런 데 왔어요? 세상에는 참 별별 사람 다 많아요.」

「그렇지 별의별 사람 다 많지. 나 같은 사람도 있어야 재미있지. 세상 사람이 모두 똑같으면 무슨 재미로 살겠어.」

「그럼 아저씨는 저하고 이렇게 다니는 게 재미있으세요?」

「응. 재미있고말고.」

「참, 이상하다. 이게 뭐가 재미있어요? 우리 그러지 말고 따뜻한 방에 들어가 술이나 마셔요. 이런 날은 그저 뜨뜻한 아랫목에서 소주나 까고 있는 게 제일 좋아요.」
「그래. 조금 있다가 가기로 해.」
「아저씨는 무슨 일을 하세요?」
「아무 일도 안해.」
「그럼 무슨 돈이 그렇게 많아서 물 쓰듯 돈을 쓰세요?」
「많지는 않고, 벌어놓은 돈이 조금 있지.」
저만큼 앞에 두 남자가 다가오고 있는 것이 보였다. 그들은 우산 하나에 두 몸을 가린 채 다가오고 있었다.
고수머리 사내의 눈초리가 차갑게 빛났다. 그는 두 사나이를 주시하면서 천천히 걸어갔다.
두 사나이가 동시에 이쪽을 바라보았다. 그중의 한 사람을 알아본 그는 우산으로 얼굴을 가렸다.
구문대도 고수머리를 알아보았다. 그러나 박 명은 그를 알아보지 못했다. 그들은 스치듯 지나쳤다.
「남자끼리 데이트하는 사람도 있네요.」
창녀가 나불거렸다.
그들은 오르막길을 한참 올라가다가 오른쪽으로 돌았다. 그리고 밑으로 내려갔다.
연못은 거기에 있었다.
그는 위에서 한참 동안 내려다보다가 계단을 밟고 밑으로 내려갔다.
창녀가 다리가 아프다고 투덜거렸다.
연못가에는 벤치가 몇 개 놓여 있었지만 비에 젖어 앉을 수가 없었다.
그는 주위를 살피면서 연못가를 한 바퀴 돌았다.
주위에는 아무도 없었다. 이상한 소리 같은 것도 들려오지 않았다. 빗줄기가 나뭇잎에 부딪히는 소리만이 쏴 하고 들려오고 있었다.

그의 눈은 예리하게 구석구석을 살폈다. 그는 한 곳도 놓치지 않고 머릿속에 모든 것을 그려넣었다.

「아이, 오줌 마려 죽겠어요.」

창녀가 갑자기 발을 동동 굴렀다.

그가 모른 체하자 그녀는 저쪽으로 가자고 그를 잡아 끌었다.

그는 하는 수 없이 그녀가 끄는 대로 바위 뒤로 돌아갔다.

「보지 마세요.」

그녀는 엉덩이를 까고 몸을 웅크렸다. 그는 돌아서서 그녀가 비에 맞지 않도록 우산을 뒤로 기울였다.

해가 떨어지면서 어스름이 깔리기 시작했다.

7시15분 전이었다.

권근수는 주위를 살피면서 배무인 박사의 연구실을 노크했다. 아무도 보는 사람은 없었다.

배박사는 초조한 기색으로 방안을 서성거리다가 그를 맞았다. 그가 안으로 들어서자 급히 문을 잠근 다음 그의 손을 잡아 끌며

「별일 없었어?」

하고 물었다.

「아니 없었어. 모든 것은 계획대로 잘 돼가고 있어.」

「오늘 하루는 어떻게 지나갔는지 모르겠어. 빨리 내일이 다가왔으면 좋겠어. 무슨 땀을 그렇게 많이 흘리나?」

「땀이 날 수밖에 없지.」

그는 시계를 보았다.

「비가 그칠 것 같지 않은데 어떤가?」

「오히려 잘됐어. 공원에 사람도 없을 테니까 말이야.」

그는 또 시계를 들여다보았다.

「시작하는 게 어떨까?」

「음, 좋아.」

배무인은 끄덕였다.

「그럼 시간을 정확히 맞추자구. 몇 시에 맞출까?」

권근수는 손목시계를 풀면서 물었다. 배무인도 시계를 풀었다.

「7시30분에다 맞추지.」

「그 시간에 정확히 전깃불을 끄겠어. 내가 알아봤는데 정전이 생겼을 때 자가발전으로 불을 다시 들어오게 하는데 아무리 빨라야 5분이 걸린다고 했어. 하지만 배전함을 파괴하면 시간은 훨씬 많이 걸리지.」

「5분이면 충분해. 5분 이내에 촬영을 모두 끝낼 수 있어.」

「그런데 경비원들이 플래시를 가지고 있으면 어떡하지?」

「그렇지 않아도 그 점을 유의해서 봤는데 플래시 같은 건 없어. 왜냐하면 지금까지 정전소동이 없었고 자가발전 시설이 잘돼 있으니까. 술 한잔 하겠나?」

권근수는 머리를 흔들었다.

「안돼. 술은 안돼. 촬영이 끝나면 바로 나와야지. 여기서 어정거리면 안돼. 그리고 필름을 현상해야 돼.」

「시간이 얼마나 걸리겠나?」

「넉넉잡고 한 시간이면 돼.」

「그러면 10시 정각에 만나기로 해.」

배무인은 초조한 듯 계속 물었다.

「어디서?」

「S은행 K 지점 맞은편에 있는 카페에서 만나기로 해. 카페 이름은 백마…… 완벽하게 준비해 가지고 나와야 해. 거기서 만나 함께 가는 거야.」

「알았어.」

「무슨 수를 써서든지 경호원을 따돌려야 해. 미행자가 있을지도 모르니까 거기에도 관심을 가지고 지켜 보아야 할 거야.」

그들은 7시5분에 헤어졌다.

배무인은 열쇠로 철문을 연 다음 권근수를 돌아보았다. 두 사람의 시선이 뜨겁게 부딪쳤다.

권근수가 끄덕하자 배무인은 안으로 들어가 철문을 닫았다.

권근수는 한동안 배무인이 사라진 철문 쪽을 노려보다가 밖으로 나왔다.

복도에는 인기척 하나 없었다. 그는 이미 보아 두었던 배전함 쪽으로 접근했다.

배전함은 복도의 맨 끝 쪽에 있었다.

가까이 감에 따라 가슴의 고동 소리가 마치 해머로 벽을 때리는 것처럼 쿵쿵 하고 들려왔다. 숨이 가빠지면서 걷잡을 수 없이 땀이 흘렀다. 손등으로 땀을 닦아내면서 조심스럽게 걸음을 옮겼다.

복도는 기역자로 꺾이고 있었다. 그리고 꺾이는 곳에 화장실이 있었다.

화장실 앞에 이르렀을 때 문이 열리면서 여자가 한 명 나왔다. 그들은 거의 부딪힐 뻔했기 때문에 서로가 깜짝 놀랐다.

「어머, 안녕하세요?」

그녀는 레이저 광학 연구실의 연구원으로 재색을 겸비한데다 미혼이기 때문에 남자들 사이에 인기가 좋았다. 미국 유학에서 갓 돌아온 그녀는 스물여덟의 나이에 광학 분야의 박사 학위를 소지하고 있었다.

「아, 안녕……」

그는 손을 쳐들다 말고 웃는다는 것이 그만 얼굴이 일그러지고 말았다.

「여긴 웬일이세요?」

그녀는 재빨리 침착을 되찾은 얼굴로 물었다.

「아, 볼일이 좀 있어서……」

그는 침착해지기는커녕 더욱 당황하고 있었다.

「저기 말씀은 들었어요.」

무슨 말을 들었단 말인가. 빨리 가지 않고 왜 이렇게 늘어붙는 거지.

「철이 소식은……」

그녀는 남의 아픈 마음을 건드리기가 두려운지 더욱 조심스럽게 말끝을 흐렸다.

아, 그 말이구나. 그제서야 그는 그녀의 말뜻을 알아차리고 표정을 굳혔다.

「소식이 없어요.」

그녀의 아름다운 까만 눈이 더욱 까매졌다.

「잊기로 했어요.」

그는 내뱉듯이 차갑게 말하면서 머리를 세게 흔들었다. 그리고 그녀를 지나쳐 남자 화장실 안으로 들어갔다.

소변을 보면서 손목시계를 보았다. 7시15분이 지나고 있었다. 소변을 보고 나서 복도로 나왔다. 그녀의 모습은 보이지 않았다.

커브를 막 돌려는데 복도를 울리는 발자국 소리가 들려왔다. 그는 황급히 도로 화장실 안으로 들어갔다.

화장실 안에는 대변실이 세 개 있었다. 노크를 해보았다. 반응이 없는 것이 모두 비어 있는 것 같았다. 맨 왼편에 있는 대변실로 들어갔다.

변기 위에 앉아 있는데 발자국 소리가 가까워지더니 누군가가 안으로 들어오는 소리가 들려왔다. 침을 칵 하고 뱉는 소리, 이어서 오줌발이 떨어지는 소리가 났다.

그는 죽은 듯이 있는 것보다는 사람이 있다는 것을 알리는 것이 좋을 것 같아 가볍게 헛기침을 했다. 그런 다음 담배를 한 대 피워 물었다.

조금 후 사람이 밖으로 나가는 기척이 났다.

문틈으로 아무도 없는 것을 확인한 다음 밖으로 나왔다.

아직 시간이 남아 있었다. 밖에 있는 것보다는 안에 들어가 있는 것이 안전할 것 같아 도로 왼쪽 대변실로 들어가 앉았다.

7시25분이 되었을 때 한 사람이 화장실에 들어왔다가 나가는 소리가 들려왔다.

급히 고무장갑을 끼고 화장실을 나와 커브를 돌았다. 저만큼 배전함이 있었다. 우물쭈물할 여유가 없었다. 시계는 7시29분을 가리키고 있었다. 펜치를 꺼내 들고 배전함으로 다가섰다.

배전함에 자물쇠가 걸려 있었다.

펜치로 자물쇠가 걸린 부분을 힘껏 잡아 비틀자 자물쇠는 떨어져 나갔다. 자물쇠가 바닥에 떨어지는 소리가 둔탁하게 주위를 울렸다.

뒤를 한번 돌아본 다음 배전함을 열어 젖혔다.

스위치가 몇 개 나란히 붙어 있었다. 스위치를 내리는 것만으로는 안될 것 같다.

인입선을 펜치로 물었다. 절단기 역할을 하는 안쪽 깊은 부위에 물리게 한 다음 온 힘을 다해 손잡이를 죄었다. 그리고 비틀었다. 푸른 불꽃이 푸드득 튀는 것과 동시에 갑자기 캄캄한 암흑이 덮쳐 왔다. 정전이었다. 그러나 인입선은 완전히 절단되지 않은 상태로 남아 있었다. 그는 완전을 기하기 위해 줄이 끊어질 때까지 펜치를 잡아 비틀었다.

마침내 줄이 툭 끊어졌다. 펜치를 집어 던지고 돌아섰다. 너무 캄캄해서 걸음을 옮기기가 힘들었다.

복도 여기저기서 문이 열리면서 갑자기 정전이 된 데 대해 수런거리는 소리가 들려왔다.

다른 건물은 불이 그대로 켜져 있었다.

어둠에 눈이 익자 움직이기가 조금 수월해졌다.

몇 사람이 복도에 나와 서성거리고 있었지만 누구인지 알아볼 수는 없었다. 이만하면 성공이다 하고 그는 속으로 외쳤다. 5분은 실히 지난 것 같다.

고양이처럼 눈을 번득이면서 출입구 쪽으로 걸어가는데 플래시 불빛이 급히 다가왔다. 불빛은 그의 얼굴을 그냥 스쳐 지나갔다. 배전함 쪽으로 가고 있다는 생각이 들자 그는 걸음을 멈추었다.

예상대로 불빛은 커브를 돌아 사라졌다.

조금 있자 비상벨 소리가 귀를 찢을 듯이 건물 안에 울리기 시작했다. 배전함이 파괴된 것을 발견한 직원이 비상벨 스위치를 누른 것 같았다.

「문을 잠가! 출입구를 봉쇄해!」

날카로운 외침이 복도를 울렸다.

그는 출입구와 가까운 곳에 서 있었다. 외침 소리를 듣자마자 그는 곧 출입구를 빠져나왔다.

자신의 연구실까지 달려오는데 오랜 시간이 걸린 것 같았다.

비상 사이렌 소리는 이제 연구소 전체를 집어삼킬 듯 들려오고 있었다. 연구소 전체가 소용돌이 속에 빠져드는 것 같았다. 여기저기서 호각 소리가 들려왔다. 총을 든 경비원들이 이리 뛰고 저리 뛰고 있었다. 연구소 주위를 둘러싸고 있는 담벼락이 서치라이트 불빛에 환히 드러났다.

그는 연구실을 나와 비를 맞으며 아파트 쪽으로 걸어갔다.

안면이 있는 경비원이 그의 곁을 지나쳤다.

「무슨 일이오?」

「불순분자가 침투한 것 같습니다!」

경비원은 자못 흥분해 있었다.

아파트로 들어서자 형사들과 그의 아내가 근심스런 얼굴로 그를 맞았다.

「불순분자가 침투했다면서요?」

하고 형사가 물었다.

「그런 모양입니다.」

그는 아내를 데리고 방안으로 들어갔다.

그의 표정이 너무도 심각했기 때문에 그의 아내는 의아한 눈길로 그를 쳐다보았다.

그는 마지막으로 그녀에게 무슨 말인가 해야 한다고 생각했다. 그러나 무슨 말을 해야 할지 얼른 생각나지가 않았다. 그는 괜히 그녀를 보러 왔다고 생각했다. 그대로 가 버릴 것을, 그러지 못하고 돌아온 자신의 나약함을 속으로 꾸짖었지만 아내는 지금 그의 눈앞에서 의아하게 그를 쳐다보고 있었다.

「혜련이를 불러 줘.」

그는 꺼져 들어가는 목소리로 겨우 말했다.

그녀는 더욱 의아한 표정으로 그를 바라보다가 말없이 방을 나갔다.

잠시 후 그의 아내와 딸이 방안으로 들어왔다.

딸 혜련은 아내를 닮아 예뻤다. 국민학교 6학년인데다 총명해서 어른 이상으로 슬픔에 잠겨 있었다. 혜련은 자기 때문에 동생을 잃은 것으로 생각하고 있었다. 자기 나름대로 고통과 슬픔을 겪고 있었기 때문에 가엾게도 많이 수척해져 있었다. 철이가 유괴된 이후 그는 딸애의 얼굴에서 미소를 볼 수가 없었다. 본래가 명랑하고 쾌활한 성격의 소녀였다. 그런 아이의 얼굴에 웃음이 사라진 것을 보고 있자니 가슴이 찢어지는 것만 같았다. 그는 딸애의 머리를 쓰다듬었다.

「혜련아, 이제 힘을 내야지? 우리 모두가 힘을 내야 하지 않을까?」

그의 말이 떨어지기 무섭게 딸애의 눈에 눈물이 핑 돌았다. 그가 팔을 벌려 안아주자 소녀는 그의 가슴에 안기면서 울음을 터뜨렸다. 그는 딸애의 볼을 비비면서 눈을 감았다. 그것을 보고 그의 아내는 고개를 돌렸다.

「자, 이제 울음을 그쳐. 슬픔은 오래 갖고 있으면 안돼. 엄마하고 나하고 약속했어. 굳세게 살기로 말야. 자, 울음 그치고 나를 쳐다 봐.」

아이는 울음을 그치고 아빠를 쳐다보았다. 어깨는 여전히 들먹거리고 있었다. 그는 두 손으로 딸애의 볼을 타고 흘러내리는 눈물을 닦아 주었다.

「자, 됐어. 가서 공부해.」

혜련은 순순히 밖으로 나갔다. 그는 딸애의 뒷모습을 뚫어지게 바라보다가 아내 쪽으로 시선을 돌렸다.

「볼일이 있어 시내에 좀 나갔다 오겠어.」

「이렇게 비가 오는데요.」

아내의 눈이 짙은 의혹에 싸이고 있었다. 그가 머뭇거리자 그녀가 다시 말했다.

「연구실에 비상이 걸렸는데 나가실 거예요.」

「그래도 나가 봐야 해. 나중에 이야기해 줄게.」

그는 문 쪽으로 걸어갔다.

「저녁이나 드시고 가세요.」

「저녁은 밖에서 먹겠어.」

그는 아내를 흘깃 돌아본 다음 문을 열고 방을 나왔다. 그것이 아내와의 마지막이었다. 방을 나서고부터는 아내를 두번 다시 쳐다보지 않았다.

그의 아내는 창가에 달라붙어, 그가 차를 몰고 사라지는 것을 불안한 눈으로 끝까지 지켜보고 있었다.

거센 바람이 차창을 후려치고 있었고, 윈도와이퍼는 쉴 새 없이 빗물을 훑어 내고 있었다.

그는 빗속을 뚫고 미친 듯이 차를 몰았다.

열한 명의 사나이들이 두 방에서 거의 동시에 쏟아져 나왔다.

두 명은 부산에 이미 내려가 대기하고 있었다.

그들은 카펫이 깔려 있는 복도를 걸어가 네 대의 엘리베이터에 다가섰다.

먼저 세 명이 엘리베이터를 타고 내려갔다. 다음에 또 세 명이 엘리베이터 속으로 들어갔다. 이어서 두 명이, 그리고 마지막으로 세 명이 엘리베이터를 타고 내려갔다.

사이또라고 하는 조그만 사내가 그들을 지휘하고 있었다. 그의 눈짓과 손짓에 따라 사나이들은 기계적으로 움직이고 있었다. 복장은 가지각색이었다. 잠바 차림도 있었고 양복 차림도 있었고 티셔츠만 걸친 자도 있었다. 그중 절반 가량은 가방을 들었거나 어깨에 걸치고 있었다.

호텔 로비로 내려온 그들은 출입구 주변에 흩어졌다. 그중 네 명이 밖으로 나가더니 주차장에서 차를 끌어냈다. 모두 네 대로 최신형 일제 승용차였다.

출입구 주변에 흩어졌던 사나이들은 한 명씩 밖으로 나가 차에 올랐다.

생쥐같이 생긴 조그만 사나이는 맨 마지막에 차를 탔다.

이윽고 네 대의 일제 승용차는 빗속으로 사라졌다.

구석 쪽에서 그것을 지켜보고 있던 잠바 차림의 사내 하나가 무전기를 꺼내 들고 작은 소리로 말했다.

「여기는 금붕어 1호, 여기는 금붕어 1호, 박쥐가 출발했다. 박쥐가 지금 막 2번가 쪽으로 출발했다!」
「알았다. 금붕어 1, 2, 3, 4, 5, 6, 7, 8호는 그들의 방을 수색하고
결과를 보고하라!」

그 시간에 구문대와 박 명은 다른 수사관들과 함께 어둠 속에 몸을
숨기고 있었다.
「놈들이 출발했다는군.」
무전 연락을 받은 구문대가 어둠 속에서 말했다.
「짜아식들, 일찍도 출발했군.」
박 명은 남의 집 담벼락에다 소변을 보기 시작했다.
그 곳은 공원으로 올라가는 진입로 주변의 주택가였다. 차도 양켠
에는 건물도 몇 개 늘어서 있었는데, 대부분이 여관 간판이 달려 있
었다.
지금 공원 진입로 주변의 그 주택가에는 수사관들이 잠복하고 있
었다. 어두운데다 비까지 내리고 있어서 잘 눈에 띄지는 않았지만 그
들의 수는 수십 명이나 되었다.
그들은 말없이 그림자처럼 어둠 속에 몸을 숨긴 채 명령이 떨어지
기만을 기다리고 있었다.
그들 중 아무도 불평하는 사람은 없었다. 그들은 자신들의 임무를
너무도 소중히 아끼고 있는 것처럼 보였다. 옷은 습기가 차 눅눅해지
고 날씨 때문에 춥기까지 했지만, 그들은 어둠의 일부처럼 자신들의
몸과 마음을 까맣게 색칠하고 있었다.
누군가가 먹을 것을 나누어 주고 있었다. 카스테라 하나씩과 우유
봉지 하나씩이 공급되고 있었다.
그들은 그것들을 군소리 하나 없이 받아 들고 먹기 시작했다.
박 명은 순식간에 자기 몫을 처분하고는 입맛을 다셨다.
「입맛만 버렸잖아. 출출해서 안되겠는데.」

「이걸 들지 그래. 난 먹기 싫어.」

문대는 자기 몫을 고스란히 내주었다.

「싫어. 먹기 싫어도 먹어 두라고. 밤새 뜬눈으로 지샐지도 모르니까.」

박 명은 잠깐 다녀오겠다고 하더니, 구멍가게에서 소주 한 병과 컵라면 두 개를 사가지고 왔다.

「자, 식기 전에 먹으라고. 뜨거운 물을 부어서 뜨끈뜨끈 해.」

구문대는 라면을 받아 뚜껑을 떼어내고 국물을 후루룩 마셨다.

「기막힌 별미군.」

「별미고 말고. 이런 데서 먹어야 제 맛이라고.」

박 명은 소주병을 나발불었다. 문대는 술은 입에도 대지 않았다. 왠지 그는 술을 마시고 싶은 기분이 아니었다.

「한 잔하니까 추위가 좀 풀리는데 웬 오줌이 이렇게 나오지.」

박 명은 벽에다 대고 다시 소변을 보았다.

문대는 시계를 들여다보았다. 야광 시계는 10시10분 전을 가리키고 있었다.

「자, 올라가 보지.」

그는 공원 쪽을 올려다보며 말했다.

공원 숲 속의 수은등이 빗발 사이로 희뿌옇게 빛나고 있는 것이 보였다.

「벌써 올라가서 어떡하자는 거야? 비를 피할 데도 없는데.」

「어차피 다 젖게 돼.」

「앞으로 두 시간이나 남았는데…… 물에 빠진 생쥐꼴이 되겠는데.」

공원 안으로 잠입해야 하기 때문에 우산으로 비를 막을 수도 없었다. 지금 공원에 들어간다면 두 시간 동안 고스란히 비를 맞을 수밖에 없었다.

우비는 행동을 둔하게 만들기 때문에 처음부터 사용이 금지되었다.

「저쪽으로 돌지. 나는 이쪽으로 돌 테니까.」

문대는 빗속으로 나섰다.

「이따가 만나.」

그의 뒤에다 대고 박 명이 낮게 소리쳤다.

공원 입구로 바로 들어간다는 것은 아주 위험한 일이었다. 그래서 그들은 공원의 좌우로 진입하기로 약속이 되어 있었다. 문대는 왼쪽을 맡고 있었다.

그 쪽은 주택들이 밀집되어 있기 때문에 그것들을 통과한다는 것은 쉬운 일이 아니었다.

개들이 여기저기서 짖기 시작했다.

좁은 골목을 한참 올라가자 여기저기서 검은 그림자들이 나타났다. 이미 배치되어 있던 수사요원들이었다.

「어떻게 됐나?」

「양해를 구해 놨습니다.」

어둠 속에서 누군가가 대답했다.

「그럼 모두 출발시켜.」

검은 그림자들은 말없이 움직이기 시작했다.

그들은 어느 집 대문을 열고 안으로 들어섰다.

「실례합니다.」

문대는 현관에 나와 서 있는 주인 남자를 향해 낮은 소리로 인사했다.

「수고하십니다.」

주인 남자는 싹싹하게 대꾸했다. 그들은 집 뒤로 돌아가 담을 넘었다.

이미 그들의 옷은 질퍽하게 젖을 대로 젖어 있었다.

개 짖는 소리가 더욱 요란스러워지고 있었다. 담 뒤편은 비탈이었다.

집을 짓느라고 흙을 파헤쳐 놓았기 때문에 흙무더기가 밀려내려오기도 하고 발이 흙 속에 푹푹 빠지기도 했다. 흙투성이가 되어 모두가 엉망진창이었지만 어느 누구도 투덜거리는 사람이 없었다.

미끄러운데다 발이 빠지는 바람에 나뭇가지를 붙잡고 올라가지 않으면 안되었다.

구문대는 맨 앞장서서 비탈을 올라갔다.

가까스로 급경사진 비탈을 올라가자 담이 나왔다. 공원 담이었다.

공원 담은 꽤 높았다.

한 사람이 담 밑에 엎드려 주었다. 문대는 엎드린 사람의 등을 밟고 올라섰다. 힘겹게 담을 타고 넘다가 빗물에 쭉 미끄러져 공원 안으로 굴러 떨어졌다. 다행히 다친 곳은 없는 것 같았다.

머리카락을 타고 흘러내리는 빗물을 손바닥으로 연방 훑어 내리면서 모두 안전하게 담을 넘어오는 것을 기다렸다가 담을 기고 이동했다.

문대는 이런 고생쯤이야 아무것도 아니라는 생각이 들었다. 경험이 없는 사람이야 더없이 고생스럽겠지만 그의 경우에는 사실 이런 것이야 아무것도 아니라고 할 수 있었다.

그는 군대에 복무할 당시 특수부대에 소속되어 있었다.

그것은 특공 작전을 주임무로 하는 부대였다. 그래서 먹고 자는 시간 외에는 하루 종일 훈련을 받는 것이 일이었다. 훈련은 격렬해서 보통사람들로서는 상상도 할 수 없을 정도였다. 그는 그 엄청난 훈련을 겪으면서 인간 능력의 한계에 대해서 여러 번 생각했었다.

나중에는 훈련이 아니라 인간 능력의 한계에 도전하는 시험같이 생각되었다.

그 후 그는 월남전에 참가해서 정글 속에서 2년을 보낸 다음 살아서 돌아왔던 것이다.

정글전에서 죽을 고비를 수없이 넘길 수 있었던 것은 죽음 그 자체를 귓가에서 앵앵거리는 모기처럼 친근하게 생각했기 때문인지도 몰랐다.

아무튼 그는 살아 돌아왔는데, 지금 생각하면 그 모든 것들이 꿈 같은 일로 기억되는 것이었다. 어떻게 그런 훈련과 전쟁을 치를 수 있었는지 그는 아무리 생각해도 납득이 되지 않았다.

자신에게 그런 능력과 경험이 있었다는 것이 도무지 믿어지지가 않았다. 지금 같으면 상상도 할 수 없는 일이었다. 그만큼 몸과 마음이 쇠약해졌기 때문일까.

그는 나뭇가지를 소리나지 않게 헤치면서 앞을 주시했다. 너무 어두워서 주위는 그야말로 칠흑이었다. 적이 기습한다면 꼼짝없이 당할 수밖에 없을 것 같았다.

그러나 그는 왠지 무기를 꺼내고 싶지 않았다.

얼굴에 뿌려지는 빗물이 이상하게도 상쾌한 느낌으로 받아들여지고 있었다. 그는 소리내어 웃고 싶었다.

나뭇가지 사이로 저멀리 수은등 불빛이 휘뿌옇게 빛나고 있었다.

그들은 불빛을 향해 살금살금 이동했다. 그는 자신이 야행성 짐승 같다는 생각이 들었다.

오른쪽을 맡은 박 명은 구문대보다도 수월하게 침투해 들어갔다. 그는 요원들을 이끌고 어느 집으로 들어섰는데 그 집은 정원이 유난히도 컸다. 그리고 담 하나로 공원과 경계를 이루고 있었다.

그 집의 창가에서는 흰 드레스 차림의 소녀가 바이얼린을 켜고 있었다. 열댓 살 정도의 소녀는 거의 무아경에 빠져 있는 것 같았다. 커튼이 반쯤 열려 있었기 때문에 방안이 환히 들여다보였고 그녀의 표정까지도 잘 보이고 있었다.

물에 빠진 생쥐꼴이 된 남자들은 잠시 넋을 잃은 채 소녀를 바라보았다. 소녀는 눈부실 정도로 예뻤다. 너무 예뻐서 딴 세상 사람처럼 보였다.

사실 안과 밖의 광경은 너무도 달랐다. 밖에서는 비에 젖은 사나이들이 위험을 무릅쓰고 작전을 수행하고 있었고 안에서는 그것도 모른 채 소녀가 평화롭게 바이얼린을 켜고 있었다.

「예쁜데……」

박 명은 자신도 모르게 중얼거렸다.

바이얼린의 선율이 밖에까지 선명히 흘러나오고 있었다. 그것은 끊어질 듯 말 듯 흐느끼는 소리로 그들의 무쇠 같은 가슴에 스며들고 있었다.

그들은 약속이나 한 듯 움직임을 멈추고 소녀를 바라보고 있었다. 박 명은 얼어붙었던 가슴이 스르르 녹는 것을 느꼈다.

그때 시커먼 개가 나타나 울부짖기 시작했다. 바이얼린 소리가 멎었다.

「메리!」

소녀가 창문을 열고 개를 부르다가 그들을 발견하고는 비명을 질렀다. 소녀가 드레스 자락을 움켜쥐고 방에서 뛰어나가는 것이 한폭의 그림처럼 보였다.

조금 있자 경비원이 나타났다. 경비원하고는 사전에 묵계가 되어 있었다. 경비원은 개를 쫓은 다음 사다리를 담 벽에 세워 놓았다.

수사요원들은 그 사다리를 타고 담을 넘어갔다. 아무도 입을 여는 사람이 없었다.

박 명은 그 소녀에게 미안한 생각이 들었다. 그녀는 몹시 놀란 것 같았다. 그녀는 창가에서 다시는 그런 표정으로 바이얼린을 켤 수 없을 것이다. 창 밖에 자꾸만 신경이 쓰여 무아경에 빠질 수 없을 것이다.

그는 무전기를 꺼내 문대를 불렀다.

「잘 돼가고 있어.」
하고 문대가 말했다.
「이쪽도 잘돼가고 있어. 그런데 말이야, 바이얼린을 켜는 소녀를 본 적이 있나?」
「갑자기 무슨 뚱딴지 같은 소리야?」
「난 봤어. 아주 예쁜 소녀가 아름다운 곡을 연주하고 있었어. 무슨 곡인지는 모르겠어. 그런데 그 소녀가 우리를 발견하고는 비명을 지르며 도망쳤어.」
「주의할 것이지.」
「사과할 수 있으면 사과하고 싶어.」
박 명은 무전기에다 대고 속삭였다.
「뭘 좀 발견했나?」
「아직 아무것도. 그 쪽은 어때?」
「두 명을 발견했어. 저쪽에 또 두 명이 있어. 이번에는 세 명……」
박 명은 무전기를 거두고 허리를 구부렸다. 십여 미터 저쪽에 몇 개의 검은 그림자가 움직이고 있는 것이 보였던 것이다.

9시에 권근수는 S은행 K지점 맞은편에 있는 카페 〈백마〉의 문을 열고 들어섰다.
약속 시간까지는 아직 한 시간이 남아 있었다. 그때까지 그는 술을 마시며 배박사를 기다릴 참이었다. 비바람치는 밤에 안전하게 숨어 있을 곳이란 술집밖에 없을 것 같았다. 실내에는 사람들이 의외로 많았다. 그는 스탠드 한 쪽 구석에 앉았다.
「버본 한 잔 주시오.」
「콕으로 드릴까요?」
어깨를 드러낸 노란 드레스 차림의 여자 바텐더가 물었다.
「아니, 스트레이트로.」

그는 담배를 뽑아 물고 불을 붙였다.

「혼자 오셨네요.」

바텐더가 술잔을 놓으며 말을 걸었다.

「얼음을 조금 줘요.」

바텐더는 글라스에 얼음 두 조각을 담아 내놓았다. 그는 거기에다 술을 부었다.

「기분 안 좋은 일 있으세요?」

「아니……」

그는 술잔을 들며 여자의 젖무덤을 바라보았다.

그녀는 30대의 이혼한 경력이 있는 여자였다. 미모에다 육체적인 매력이 있어서 많은 남자들이 그녀를 보러 찾아오고 있었다. 거의 다 그녀와 한번 잠자리를 같이 했으면 하고 바라는 눈치였지만 하나같이 거절당하고 있는 것 같았다. 권근수의 경우도 예외는 아니어서 그는 아직 그녀의 손목 한번 못 잡아 보고 있었다. 그가 백마를 출입한 지는 6개월 정도 되었지만 그동안 한 번도 그녀와 사적으로 만난 적이 없었다. 기회 있을 때마다 데이트 신청을 하곤 했지만 그때마다 번번이 거절당해 이제는 오기로라도 그녀를 손아귀에 넣어야겠다고 벼르고 있는 참이었다.

그러나 그것도 이제는 오늘로써 마지막이었다. 그는 버본 한 잔을 다시 청했다.

「오늘로써 여기도 마지막이야.」

「어머, 어디 가세요?」

여자가 짐짓 놀라는 체하며 물었다.

「음, 마지막 이별주를 나눕시다. 한 잔 해요.」

「어디 가시는데요? 외국에 나가세요?」

그는 고개를 끄덕였다. 그리고 타오르는 눈길로 여자를 바라보았다.

「어느 나라에 가시는데요?」

그는 거기에는 대답하지 않고 잔을 입으로 가져갔다. 여자가 얼마쯤 있다가 돌아올 거냐고 물었다.

「오지 않을 거요. 영원히……」

그는 심각한 표정으로 술을 입 속으로 흘려 넣었다.

「이민 가세요?」

「그런 셈이지.」

「언제 떠나세요?」

「조금 있다가……」

「어머나, 그럴 수가……」

그때 문이 열리면서 배무인이 들어섰다. 그는 한 손에 보스톤 백을 들고 있었다. 권근수는 그를 향해 손을 들어 보였다. 배무인은 거칠게 숨을 몰아쉬며 다가왔다.

「어떻게 됐어?」

그가 자리에 앉자마자 권근수가 귀에다 대고 다급하게 물었다. 배박사는 얼른 대답하지 않고 불안한 눈으로 주위를 둘러보았다.

「그거 가져왔어?」

배박사는 고개를 끄덕인 다음 맥주를 시켰다. 맥주 한 잔을 단숨에 벌컥벌컥 들이키고 나서 그는

「아주 혼났어.」

하고 중얼거렸다.

「왜? 무슨 일이 있었어?」

「말도 마. 정전이 되고 나서 일대혼란이 일어났어. 30분 후에야 복구됐는데 범인을 색출하느라고 야단이 났었어. 불순분자가 침투해서 배전함을 파괴한 것으로 밝혀졌기 때문에 더욱 야단이 났었어. 지금도 비상이 걸려 있는 상태야. X가 안전한 것이 확인되었기 때문에 모두들 한숨을 돌렸지만. 아무튼 발칵 뒤집혔어. 난 잠깐 나

갔다 오겠다고 하고 빠져나온 거야.」
「X는 무사히 촬영했나?」
「응, 시간은 충분했어.」
「좀 볼 수 없을까?」
「여기서?」
「여기서밖에 시간이 없어.」
배박사는 불안한 기색으로 주위를 둘러보고 나서 안주머니에서 조그만 플라스틱 필름 통을 꺼냈다.
「필름이야.」
「그게 X란 말인가?」
권근수는 필름 통을 만지려고 손을 쳐들었다. 배무인은 재빨리 필름 통을 호주머니 속에 집어 넣어 버렸다. 권근수는 손을 도로 내렸다.
「미행은 없었나?」
「없었어. 몇 번이나 확인했지만 미행 같은 건 없었어.」
그들의 표정은 불안으로 인해 납덩이처럼 굳어 있었다.
「두 분은 아주 심각한 말씀들을 하시나 봐.」
여자 바텐더가 끼어들었다. 권근수는 억지 미소를 지어 보였다.
「이렇게 떠나시다니 정말 섭섭해요.」
「나 역시……」
「우리는 기회가 없었어요.」
「인연이 없었던 모양이지.」
「어디 가시더라도 편지해 주세요.」
「그럽시다.」
그는 여자의 흰 살결을 바라보았다. 거기에다 입을 맞추고 싶은 충동이 일었다. 그러나 참아야 했다.
그들이 가게를 나선 것은 11시쯤이었다. 미리 일찍 서둘러 나선 것이었다.

권근수는 아주 느리게 차를 몰았다. 배박사는 그의 옆자리에 앉아 앞을 주시하고 있었다.

K공원 입구까지는 30분 정도 걸렸다.

권근수는 차를 어두운 골목에 세웠다. 출발하기 쉽게 차를 돌려 세워 놓았다.

두 사람은 어두운 처마 밑에 10분쯤 서 있었다.

10분 후 그들은 마침내 각기 우산을 펴 들고 공원 쪽으로 걸어가기 시작했다.

그들의 눈과 귀는 모든 움직임과 소리를 하나도 놓치지 않고 수렴하고 있었다. 비바람에 흔들리는 수풀 속에 수십 개의 눈들이 숨어서 자기를 지켜보고 있는 것만 같아 권근수는 오싹 소름이 끼쳤다.

권근수는 수은등 불빛에 손목시계를 들여다보았다. 자정이 되려면 아직 10분쯤 남아 있었다.

「몇 시야?」

배박사가 긴장된 목소리로 물었다.

「10분 전이야.」

그들은 약속이나 한 듯 걸음을 늦추었다.

희뿌연 수은등 불빛 아래 연못이 저만큼 보였다.

「아무도 없어. 우리가 먼저 나온 모양이야.」

하고 배박사가 말했다.

「먼저 왔다고 해서 손해될 건 없어. 먼저 와서 감시하고 있는지도 모르지. 조심성이 많은 사람들이니까.」

이윽고 그들은 연못 앞에 닿았다. 연못 주위의 수풀은 비바람에 파도처럼 출렁이고 있었다. 휘몰아치는 비바람 소리가 요란스러웠다. 연못가에는 수은등이 하나 있었는데 희뿌연 불빛이 거센 비바람에 파르르 떨리고 있는 것 같았다.

권근수는 가까스로 담배에 불을 붙였다. 담배를 끼고 있는 손가락이 달달 떨리고 있었다. 번득이는 눈초리로 계속 주위를 두리번거렸다.

배무인 박사도 가만 있지 못한 채 계속 몸을 움직이면서 두리번거리고 있었다. 비를 맞지 않으려고 그는 우산 밑에서 잔뜩 몸을 웅크리고 있었다.

마침내 기다리던 시간이 다가왔다.

6월6일 정각 24시였다.

어둠 저쪽으로부터 누군가가 다가오는 것이 보였다. 우산에 가려 얼굴은 보이지 않았다. 걸어오는 모습이 남자 같았다. 혼자였다.

정체불명의 사나이는 혼자 걸어오고 있었다. 거침없이 그들 쪽으로 다가오고 있었다.

「오고 있어. 혼자야.」

권박사는 배무인에게 귓속말로 속삭였다.

우산으로 얼굴을 가린 사나이는 코트처럼 생긴 푸른색의 비옷을 입고 있었다. 마침내 사나이가 걸음을 멈추었다. 연못 저쪽이었다.

그들은 연못을 사이에 두고 마주 섰다. 연못의 폭은 10여 미터쯤 되었다.

사나이가 우산을 쳐들었다. 캡을 쓰고 있었다.

권박사와 배박사도 상대방이 잘 볼 수 있도록 우산을 뒤로 조금 젖혔다.

「저자가 맞나?」

하고 배박사가 물었다.

권근수는 끄덕였다. 그는 눈이 뒤집히는 것 같았다. 건너편에 서 있는 자는 짙은 색안경을 끼고 있었다. 그래서 누구인지 잘 알아볼 수가 없었다. 그러나 그게 문제가 아니었다. 그는 혼자가 아닌가? 그의 옆에는 철이가 있어야 했다. 그런데 철이가 보이지 않는다. 그는 미칠 것 같은 심정을 누르고 상대방을 노려보았다.

「당신은 누구요?」

권근수는 떨리는 소리로 물었다. 비바람이 그의 목소리를 휩쓸어 갔다.

「당신과 여기서 만나기로 한 사람이야.」

상대방이 날카로운 어조로 말했다.

「안경을 벗어요!」

권근수는 소리치면서 연못가를 돌아 건너편으로 다가갔다. 상대편 사나이는 천천히 안경을 벗었다. 양채기였다.

「자, 이제 알아보겠소?」

하면서 그는 차가운 표정으로 미소했다. 그리고 안경을 도로 끼었다.

「내 아들은?」

권근수는 다급하게 물었다.

「X는?」

양채기도 물어왔다.

「내 아들은 어디 있어? 왜 혼자 왔어?」

「아들은 잘 있어. X를 먼저 내놔. 아들이 있는 곳을 가르쳐 줄 테니까.」

「약속이 틀리잖아! 우리 아들을 여기에 데려오지 않으면 내줄 수 없어.」

「여기는 위험한 곳이야. 그리고 비도 이렇게 오고 있고. 이런 시간에 이런 곳에 어린애를 어떻게 데려온단 말이야? X를 주면 당신 아들이 있는 곳을 가르쳐 주겠어.」

「믿을 수가 없어.」

권근수는 머리를 흔들었다. 그는 더욱 가까이 양채기 앞으로 다가섰다. 그는 손을 뻗어 양채기의 비옷 자락을 움켜잡았다.

「내 아들이 있는 곳으로 함께 갑시다! 거기 가서 X와 교환합시다!」

「그건 안돼!」

양채기는 난호하게 말했다.

「왜 안된다는 거지? 이 악당아!」

「당신 아들은 여기서 여러 시간 걸리는 곳에 있어. 나는 거기까지 갈 시간이 없어. 미안하지만 안되겠어.」

배무인은 그들의 이야기를 묵묵히 듣고만 있었다. 그는 그들과는 상관없는 듯한 태도를 취하고 있었다.

「뒤에 서 있는 분은 배박사님 아닙니까?」

양채기가 아는 체를 했다.

「그렇소. 배박사까지 온 이상 X에 대해서는 의심할 필요 없어요. 당신은 약속을 어겼어. 내 아들은 어디 있소?」

양채기는 권근수를 묵살하고 배무인 쪽으로 다가가 그와 악수를 나누었다.

「오시느라고 수고 많았습니다. 배박사께서 이렇게 협조해 주시리라고는 미처 생각지 못했습니다.」

「나는 당신이 X를 노리고 있을 줄은 몰랐습니다. 여기 와서야 알았습니다. 권박사는 나에게 당신 이야기를 하지 않았습니다.」

그러자 권근수는 호소하는 눈길로 배무인을 바라보았다.

「배박사. 미안하게 됐어. 나는 아들을 구하는 게 급했어. 바로 이 자가 내 아들을 유괴해 갔어. 그리고 X를 요구한 거야. 내 아들과 X를 교환하겠다는 거야. 그래서 할 수 없이 응하게 된 거야. 하지만 근본적인 계획에는 차질이 없어. 내 아들만 찾으면 우리는 계획대로 떠나는 거야.」

배무인은 그의 말에 아무런 반응도 보이지 않았다. 벙어리라도 된 듯 잠자코 있었다.

「배박사. X를 이자에게 주게. 부탁이야.」

배무인은 한동안 미동도 하지 않고 있다가 옷 속으로 손을 집어 넣고 무엇인가를 끄집어냈다.

「X는 이 안에 있소.」

그는 플라스틱으로 된 조그만 필름 통을 내밀었다.

「이게 X란 말이오?」

「X를 찍은 필름입니다.」

「틀림없겠지요?」

양채기의 목소리가 떨리는 것 같았다.

「틀림없습니다. 한번 검토해 보십시오.」

「필름만 가지고는 여기서 검토할 수가 없지요.」

그렇게 말하면서 그는 필름 통을 안주머니에 집어 넣었다. 권근수는 다시 양채기의 옷자락을 움켜잡았다.

「자, 이제 우리 아들 있는 곳을 대 줘.」

「그러지. 당신 아들은…… 지금 대전에 있다.」

「대전 어디?」

양채기는 호주머니 속에서 종이 한 장을 꺼냈다.

「여기에 약도가 그려져 있어. 지도에 그려진 대로 따라가면 찾을 수가 있어.」

「잠깐!」

권근수는 준비해 온 플래시로 종이를 비춰 보았다.

약도대로라면 대전 근교의 산속 움막에 갇혀 있는 것이었다.

「거기에 누구랑 있는 거지?」

「어떤 노인하고 함께 있어.」

「거짓말 마! 대전 근교에 이런 산은 없어. 이건 엉터리 지도야. 난 그 일대의 지리를 잘 알아. 거기가 내 고향이기 때문에.」

권근수는 양채기의 옷자락을 잡고 늘어졌다.

「이 나쁜 놈들! 우리 아들을 내놔! 우리 아들은 어디 있어?」

양채기는 당황한 것 같았다. 사납게 권근수의 손을 뿌리치면서 주먹으로 그의 얼굴을 갈겼다. 권근수는 엉덩방아를 찧으면서 뒤로 넘어졌다.

바로 그때 여기저기서 사람들이 나타났다. 얼핏 보기에도 십여 명은 되는 것 같았다.

「사이또!」

권근수는 구세주나 만난 것처럼 소리쳐 불렀다.

십여 명의 사나이들이 세 사람을 에워쌌다. 사이또라 불리운 사나이는 껌을 열심히 씹어대고 있었다.

「사이또! 그놈을 처치하시오! 그놈은 약속을 어겼어!」

사이또가 양채기를 바라보았다. 양채기도 사이또를 쳐다보았다. 그러나 별로 놀라는 기색이 아니었다. 놀랍게도 두 사람은 권근수가 보는 앞에서 악수를 나누었다.

「사이또! 그놈을 처치하라구요!」

그 말에 사이또는 콧방귀를 뀌었다.

「무슨 말을 하는지 모르겠군. 나한테 이래라저래라 하지 말아요. 이분은 내가 보호해야 할 분이오. 내가 모시고 가려고 여기에 온 거요.」

「뭐라고? 도대체 무슨 말을 하는 거야?」

「그래도 모르겠소? 우리는 같은 소속이오.」

권근수는 입이 딱 벌어졌다.

「그럴 수가……」

「이제야 알겠소? 우리는 서로 다른 입장이 아니란 말이오. 그러니까 그렇게 알고 하자는 대로 해요.」

권근수는 머리를 흔들었다.

「당신들은 나를 속였어. 이건 어디까지나 거래야.」

「물론 거래지. 그래서 우리는 선금으로 백만 달러나 지불한 거지.」

생쥐같이 생긴 조그만 일본인은 배박사 쪽으로 시선을 돌렸다.

「이런 데 나오시게 해서 죄송합니다.」

「난 스스로 나온 거요.」

배박사는 퉁명스럽게 대꾸했다. 권근수는 배박사의 뱃심에 적잖게 놀랐다.

사이또라는 자가 배박사에게 다시 말을 걸었다.

「X는 완벽하지 않겠지요?」

「완벽하지 않습니다. 잔금을 받고 나서 완벽하게 해드리겠습니다.」

「물론 우리는 약속대로 잔금을 지불할 겁니다.」

그러자 권근수가 달려들었다.

「그것이 문제가 아니야! 내 아들을 찾아야 해!」

배무인은 고개를 천천히 흔들었다.

「그건 내가 알 바 아니야. 자넨 나한테 아들 이야기를 하지 않았어. X와 교환하기로 했다는 말을 비치지도 않았잖아. 단지 2백만 달러를 받기로 했다는 말만 했어.」

배무인의 말투는 냉정하기 이를 데 없었다. 권근수는 배무인의 입에서 그렇게 냉혹한 말이 나올 것이라고는 상상도 못했기 때문에 경악했다. 안면근육이 떨리면서 입이 벌어졌다.

「배박사, 나는 돈이 문제가 아니야. 아들을 구하는 게 더 중요해.」

「그건 권박사 사정이고 난 돈이 더 중요해.」

「배박사, 이럴 수가 있나?! 사람보다도 돈이 더 중요하다는 건가?! 내 아들을 구하겠다는 데 협조해 줄 수 없다는 건가?! 자네처럼 인정이 많은 사람이 그럴 수 있어?!」

「난 마지막 순간에는 나 자신밖에 모르는 사람이야. 나한테 뭘 기대할 생각 같은 건 하지도 마. 다른 사람을 생각할 수는 없어. 자네 아들이 어떻게 되든 난 관심이 없어. 오로지 내 자신에 대한 것 밖에는 관심이 없어.」

권근수의 눈에 푸른 불꽃이 일었다. 그는 증오에 차서 배무인을 노려보았다.

「친구 자식이 어떻게 되든 상관없다는 거지?」

「우리는 친구가 아니야. 오해하지 마. 난 자넬 친구라고 생각한 적이 한 번도 없어.」

「에이, 더러운 새끼!」

그는 배박사의 얼굴에다 침을 칵 하고 뱉었다.

배박사는 동요의 빛도 없이 손수건을 꺼내 얼굴에 달라붙은 침을 닦았다.

「더러운 인간은 바로 자네야.」

「내 아들을 내놔!」

권근수는 울부짖기 시작했다.

「흥, 그래도 자기 자식은 잊을 수가 없는 모양이지.」

「이놈들아. 내 아들을 내놔! 내 아들 어디 있어?!」

권근수는 길길이 뛰었다.

「아들 찾을 생각은 하지 마. 지금 우리를 순순히 따라갈 텐가 아니면 여기 남을 텐가?」

양채기가 엄숙한 목소리로 물었다.

권근수는 귀신 같은 몰골로 부들부들 떨고 있었다. 우산도 내팽개친 채 비를 흠씬 맞고 서서 미친놈처럼 사람들을 저주하고 있었다.

「내 아들이 어떻게 됐는지 말해 줘! 죽었는지 살았는지 말해 달란 말이야!」

「살았으면 여기로 데려왔지. 그렇게도 머리가 안 돌아가나? 박사라는 사람이……」

사이또라는 자가 핀잔을 주자 권근수는 펄쩍 뛰었다.

「그럼 내 아들이 죽었단 말이야?」

「아무렇게나 해석해.」

양채기가 차갑게 내뱉었다.

「이 살인마 !」

권근수는 울부짖으면서 품속에서 비수를 꺼내 들었다.

「내 아들을 죽이고 네가 온전할 줄 알았더냐?」

권근수는 상대방의 가슴을 겨누고 돌진했다. 그러나 이내 주춤했다. 양채기의 손에 어느 틈에 피스톨이 들려 있었던 것이다.

「너는 이제 필요없어. 함께 갈 필요도 없어졌고 여기 그대로 놔 두고 가자니 뒤가 시끄러울 것 같아. 우리는 배박사만 데리고 간다. 너는 귀찮은 존재야. 마지막으로 유언이나 한마디 하지.」

권근수는 칼을 들고 있던 오른손을 떨어뜨리며 심하게 경련을 일으켰다.

「나…… 나를 죽이겠다는 말이지 ? 이용할 대로 이용하고 나서 나를 죽이겠다는 거지 ? 이…… 이럴 수가……」

「그게 바로 현실이라는 거야. 1분 여유를 주겠다. 유언이 있으면 말해 봐.」

총구는 권근수가 움직이는 대로 정확히 가슴을 겨냥하며 이동했다. 조금도 빈틈을 보이지 않고 기계적으로 따라 움직였다. 권근수는 총구가 갑자기 커다랗게 확대되는 것을 보았다. 그 속에서 거대한 탄환이 튀어나와 자신을 가루로 만든다고 생각하자 그 자리에 버티고 있을 수 없었다. 상대방은 단순히 위협하고 있는 것이 아니라는 것을 그는 알 수 있었다.

「아들 문제는 꺼내지 않을 테니 나를 데려가 주시오.」

그는 무릎을 꿇으며 두 팔을 벌렸다.

「빨리 유언이나 말하란 말이야.」

「제발 이러지 말아요. 배박사, 어떻게 좀 해 줘.」

그는 배무인에게 매달렸다. 그러나 배무인은 차갑게 고개를 저었다.

「난 몰라. 자넨 아무래도 죽어야 할 것 같아.」

「아니야! 난 죽을 수 없어! 내가 왜 죽어!」

그는 앞으로 쓰러질 듯하면서 양채기의 다리를 끌어안았다.

「살려 주십시오! 제가 잘못했습니다! 제가 없으면 X를 완성할 수 없습니다! 배무인 혼자서는 X를 완성할 수 없습니다! 배무인을 믿지 마십시오!」

총구가 그의 이마에 와 닿았다. 차가운 감촉에 그는 마치 이마에 총을 맞기나 한 것처럼 부르르 떨었다.

바로 그때 한 방의 총성이 주위를 울렸다. 놀란 사나이들은 허리를 굽히면서 사방으로 흩어졌다.

누군가가 내지른 비명이 길게 여운을 끌면서 허공으로 흩어졌다.

권근수는 땅바닥에 처박았던 얼굴을 가만히 쳐들었다.

놀랍게도 그의 눈앞에는 권총을 들고 그렇게 기세등등했던 양채기가 벌렁 쓰러져 있었다. 뻥 뚫린 이마에서는 피가 용솟음치고 있었다.

그때 여기저기서 호각 소리가 들려왔다. 그것은 그들이 포위됐다는 것을 알리는 신호였다. 아니나 다를까 마이크 소리가 들려왔다.

「우리는 경찰이다! 너희들은 포위됐다!」

그러나 경찰의 모습은 하나도 보이지 않았다. 모두가 숲 속에 몸을 숨기고 있는 것이 분명했다.

사나이들은 엄폐물을 찾아 이리 뛰고 저리 뛰었다. 몇 명이 위협적으로 총을 발사했다. 그러자 기다렸다는 듯 경찰도 응사해 왔다. 경찰의 화력은 자못 위압적이어서 사나이들의 총질을 제어하기에 충분했다. 일거에 비로 쓸어내는 것 같은 총소리가 한동안 계속되더니 갑자기 뚝 멎었다. 이어서 죽음 같은 적막이 찾아왔다. 긴장과 공포가 감돌았다. 이윽고 경찰의 마이크 소리가 다시 들려왔다.

「너희들은 완전히 포위됐다! 빠져나갈 구멍은 없다! 저항해 봐야 소용없는 짓이다! 5분 간 여유를 주겠다! 항복할 의사가 있으면 5분 이내에 모두 무기를 버리고 손을 들고 나와 주기 바란다!」

「우리는 항복하지 않는다! 우리는 끝까지 싸울 것이다!」

사이또가 일본 말로 외쳤다. 그는 몸을 일으키더니 다시 한번 똑같은 말을 되풀이했다.

탕!

한 방의 총성이 주위를 울렸다.

사이또는 배를 움켜쥐더니 무릎을 구부리면서 앞으로 천천히 고꾸라졌다.

권근수는 경악과 공포의 어둠 속에 싸여 있는 숲을 둘러보았다. 배무인도 마찬가지였다. 그는 아무래도 믿을 수 없다는 표정이었다.

구문대는 워키토키에다 대고 소리쳤다.

「어떻게 된 일이야?! 누가 쐈어?!」

「아무도 쏘지 않았어!」

박 명이 대답했다.

「그럼 누가 쐈지? 벌써 두 명이 쓰러졌어.」

「그자가 아닐까?」

「이쪽을 맡아. 난 한 바퀴 둘러볼 테니까.」

구문대는 총이 발사된 쪽으로 이동했다. 그는 발소리를 죽이며 놀라울 정도로 빨리 움직였다.

모두가 연못에다 시선을 집중하고 있었기 때문에 그 밖의 지역은 공백이나 다름없었다. 나문식은 지금 그것을 이용하고 있는 것이다.

앞에서 나뭇가지가 부러지는 소리가 들렸다. 문대는 상체를 구부렸다. 권총을 든 손을 앞으로 들어 올리면서 어둠 속을 응시했다. 검은 그림자가 저쪽으로 급히 이동하고 있는 것이 얼핏 보였다. 검은 그림자는 밑으로 향하고 있는 것 같았다.

지휘자를 잃은 사나이들은 완전히 싸울 의사를 상실한 채 안절부절못하고 있었다. 그들은 서로 눈치를 보면서 누가 먼저 무기를 버리고 항복할 것인지 기다리고 있는 것 같았다.

마침내 한 명이 무기를 던진 다음 두 손을 번쩍 처들며 일어섰다.

「항복하겠다 !」

그자는 일본 말로 소리치면서 두 팔을 흔들었다. 그 뒤를 이어 다른 자들도 무기를 버리고 일어섰다.

그러나 권근수는 쉬이 항복하려 들지를 않았다. 그는 땅바닥을 기어가더니 땅에 떨어져 있는 권총을 하나 집어 재빨리 호주머니 속에 집어 넣었다. 저쪽에서 배무인이 걸어와 발로 그의 어깨를 건드렸다.

「빨리 두 손을 들고 일어나시지.」

권근수는 배박사를 노려보면서 몸을 일으켰다.

이윽고 경찰이 그 모습을 드러냈다. 그들은 완전히 원형으로 포위한 채 다가왔다.

「모두 손을 머리 위로 높이 쳐들어 !」

앞장서서 다가온 박 명이 벼락치듯 소리쳤다. 그는 배박사에게 다가서더니 손을 내밀었다. 배무인은 웃으면서 그와 악수를 나누었다.

「수고 많았습니다. 조금 전에야 이야기를 듣고 알았습니다. 협조해 주신 데 대해 감사드립니다.」

박 명의 정중한 인사에 권근수의 눈이 뒤집혔다. 거기에는 아랑곳하지 않고 배박사는

「구형사님은 어디 가셨나요?」

하고 물었다.

「네, 곧 올 겁니다. 조금 전까지 함께 있었는데 어디 좀 간 모양입니다.」

「배신자!」

하고 권근수가 배박사를 노려보며 응어리진 목소리로 말했다.

「네놈이 그럴 줄은 몰랐다!」

「배신자는 바로 자네야. 자네는 조국을 배신했어. 나는 내가 할 일을 했을 뿐이야.」

배무인은 양채기 쪽으로 걸어가 그의 호주머니 속에서 필름 통을 꺼냈다.

「이건 가짜야. 나는 X를 찍지도 않았어. X는 아무도 손댈 수 없는 거야.」

배박사는 필름을 꺼내 땅바닥에 구겨 던졌다. 그리고 그것을 구두 끝으로 짓밟았다. 수사요원들이 재빨리 사나이들의 손목에 수갑을 채우기 시작했다.

권근수는 부들부들 떨고 있다가 수사요원이 다가와 수갑을 채우려 하자 갑자기 권총을 빼들었다.

「배무인! 꼼짝 마!」

그는 배박사의 뒤로 돌아가더니 그의 목을 휘어감고 목에다 총구를 들이댔다.

「모두 저쪽으로 비켜! 비키지 않으면 이놈을 쏴 죽이겠다!」

너무도 갑작스럽게 일어난 일이었기 때문에 수사관들은 당혹한 표정을 감추지 못했다. 그들은 권근수가 시키는 대로 한 쪽으로 비켜 섰다.

「권근수! 어리석은 짓 하지 마라!」

박 명이 성이 나서 소리쳤지만 이미 발광해 버린 권근수의 귀에 그것이 들어갈 리 만무했다.

「따라오지 마! 난 이놈을 데리고 가겠다! 따라오면 이놈의 머리
  통에 구멍을 내놓겠다! 이놈이 얼마나 중요한 놈인지는 잘 알겠
  지?」

배무인은 숨이 막혀 캑캑거렸다. 발광한 권근수는 놀라운 힘으로
그를 끌고 가고 있었다. 수사관들은 그저 멀거니 지켜볼 수밖에 없
었다.

「지금 인질이 잡혀 있다. 인질이 끌려가고 있으니까 준비해 주기
  바란다!」

박 명은 워키토키로 공원 입구를 지키고 있는 수사관들에게 상황
을 알렸다.

「어떻게 할까요? 처치할까요?」

「인질이 죽어서는 안돼!」

「그럼 어떻게 할까요?」

박 명은 얼른 결단을 내릴 수가 없었다. ·

「조금 기다려 봐.」

그는 워키토키로 구문대를 불렀지만 그는 어찌된 영문인지 응답이
없었다.

「망할 놈의 인간! 어디 처박혀서 이렇게 대답이 없지.」

검은 그림자가 움직임을 멈추었다. 문대도 나무 뒤로 몸을 숨
겼다.

불과 수미터 앞 도로 위로 두 사람이 뒤엉켜 걸어가고 있는 모습이
보였다. 가만 보니 배무인과 권근수였는데 권근수가 배박사의 머리
에다 권총을 들이대고 있었다. 보아하니 인질극을 벌이고 있는 것 같
았다.

「큰일이다!」

구문대는 속으로 외쳤다.

나문식은 미동도 하지 않고 인질극을 지켜보고 있었다. 얼마 후 그는 그들을 따라 움직였다. 구문대는 나문식이 보도 쪽으로 내려가는 것을 숨을 죽이고 바라보았다. 그가 무슨 짓을 하려는 것인지 그는 알 수 없었다.

보도 한 쪽에 거대한 바위가 하나 서 있었다. 그 바위를 끼고 보도는 왼쪽으로 꺾어지고 있었다. 바로 그 바위 뒤로 나문식이 몸을 숨기고 있었다. 그런 줄도 모르고 권근수는 배박사를 끌어안은 채 내려가고 있었다.

비는 더욱 억수같이 쏟아지고 있었고, 번개와 함께 천둥이 대지를 뒤흔들었다. 구문대는 좀더 자세히 보려고 그 쪽으로 조심스럽게 접근해 갔다.

번쩍하는 번갯불 사이로 나문식이 두 사람을 덮치는 것이 순간적으로 보였다.

「안돼!」

소리치면서 구문대는 그들을 향해 뛰어갔다.

나중에 생각한 일이지만 그때 그가 왜 안된다고 소리쳤는지 그는 아무래도 알 수가 없었다.

그가 거기에 도착하기 전에 총소리가 났다. 세 사람이 뒤엉켜 있는 모습이 보였다.

이윽고 그가 거기에 도착했을 때 세 사람은 따로따로 떨어져 뒹굴고 있었다. 수사관들이 우르르 몰려왔다.

배무인이 천천히 몸을 일으켰다. 그는 비틀거리며 문대 쪽으로 다가왔다.

권근수는 땅바닥에 쓰러져 몸을 뒤틀고 있었다. 그의 입에서는 괴로운 신음이 흘러나오고 있었다. 플래시 불빛이 그의 상처를 집중적으로 비치고 있었다. 그의 옆구리에는 칼이 손잡이 부분만 남아 있을 정도로 깊이 박혀 있었다. 그는 스스로 그 칼을 뽑아냈다. 검붉은 피가 둑이 터지듯 쏟아져 나왔다. 피는 나오는 대로 빗물에 씻겨 흘러 내려갔다.

나문식은 네 활개를 편 채 편안한 자세로 하늘을 쳐다보고 있었다. 얼굴은 창백했고 눈동자는 움직이지 않고 있었다.

호흡 소리가 몹시 가늘게 들려왔다. 그의 가슴은 피로 젖어 있었다. 가슴에 정통으로 총을 맞은 것 같았다.

구문대는 한 쪽 무릎을 굽히고 땅바닥에 떨어져 있는 권총을 집어 들었다. 그리고 나문식을 굽어보았다.

「할말은 없나?」

나문식의 얼굴에 가는 미소가 번졌다. 입술이 조금 움직이는 것 같았다. 그러나 입 안에서 소리가 흘러 나오지는 않았다. 구문대는 무슨 말인지 알아들으려고 귀를 바싹 갖다 대 보았지만 아무것도 들을 수가 없었다.

「그 사람이 나를 구해 줬습니다.」

배박사가 뒤에서 울먹이는 소리로 말했다.

나문식의 얼굴에서 이윽고 미소가 사라졌다. 숨소리도 더 이상 들리지 않았다. 두 눈은 캄캄한 어둠을 향해 멀거니 열려 있었다. 그에 비해 권근수의 얼굴은 고통과 살고 싶은 욕망으로 인해 보기 흉하게 일그러져 있었다.

《끝》

版權所有

김성종 추리문학 전집·14
반역의 벽(하)

초판발행 1984. 1. 25.
중판발행 1993. 7. 20.

지은이 김성종
펴낸이 김인종

발행처 도서출판 남도
서울 강동구 천호동 451
산경빌딩 5층 3—1호(134—023)
전화 488—2923·4/팩스 473—0481
등록/제1—73호(1978. 6. 26.)

값 4,500원

ISBN 89—7265—023—4 33800